SV

Franz Hodjak
Ein Koffer voll Sand

Roman

Suhrkamp

Erste Auflage 2003
© Suhrkamp Verlag Frankfurt am Main 2003
Alle Rechte vorbehalten, insbesondere das der Übersetzung,
des öffentlichen Vortrags sowie der Übertragung
durch Rundfunk und Fernsehen, auch einzelner Teile.
Kein Teil des Werkes darf in irgendeiner Form
(durch Fotografie, Mikrofilm oder andere Verfahren)
ohne schriftliche Genehmigung des Verlages reproduziert
oder unter Verwendung elektronischer Systeme
verarbeitet, vervielfältigt oder verbreitet werden.
Satz: Hümmer GmbH, Waldbüttelbrunn
Druck: Freiburger Graphische Betriebe, Freiburg
Printed in Germany
ISBN 3-518-41394-5

1 2 3 4 5 6 – 08 07 06 05 04 03

Ein Koffer voll Sand

I

Bernd Burger war neugierig, welches sein erster Gedanke sein würde, wenn er die Grenze passierte. Die Grenzbeamten kontrollierten bloß seinen Staatenlosen-Paß, der blau war, eine Farbe, die, wie ihm schien, auf seltsame Weise etwas ausdrückte, das so bedeutungslos war wie ein kleines Nichts, das jeder Tragik und, was noch schlimmer war, jeder Komik entbehrte, eine Farbe, die abgehoben war von allem, womit man sonst geneigt ist, sie in Verbindung zu bringen, ein Blau, dachte er, so lang wie breit, eine Farbe wie ein Narrenkleid, eine Farbe, endlos vervielfältigt und bedenkenlos ausgehändigt, ein Blau, von dem er nicht wußte, was er täte, wär er an seiner Stelle, ein Blau, dunkel wie weit am Horizont der vage Schatten eines Schiffs, von dem man nicht weiß, ob es kommt oder geht, es war ein apathisches Blau, das selbst den Zustand von sich wies, in dem Bernd Burger sich befand und den es im Grunde markierte, nämlich von irgendwo noch nicht abgereist und irgendwo noch nicht angekommen zu sein, es war ein Blau, das sich gleichblieb, etwa wie ein Ausblick durch Gitterstäbe, durch ein zerbrochenes Fenster, etwa wie der Himmel, in dem sich weder Berge noch Seen noch sonst etwas spiegelten, es war eine Farbe, die in allem, was sie umgab, sich selbst bespiegelte, und diese Farbe war keine Bedrohung, sie war schlicht und einfach ein unabdingbares Blau, das nun in Bernd Burgers Hand lag und das er vorzeigte.

Die Grenzbeamten belächelten Bernd Burgers Gepäck, Panzer oder ein geheimes Land, das er irgendwo auszurollen gedenke, um eine blühende Landschaft kaputtzumachen, oder gar Mikrofone, die bis zum bitteren Ende ihre Pflicht gewissenhaft erfüllt hatten, nämlich den Zusammenbruch abzuhören, werden wohl nicht drin sein, meinte einer. Die anderen lachten. Es war, wie es Bernd Burger schien, ein Lachen, das aus einer Gegend kam, die sie zu betreten Angst hatten. Dieses Lachen klang in Bernd Burgers Ohren wie ein Verrat, zu dem er streng erzogen worden war, und er begann auch zu lachen. Schließlich wurden die Grenzbeamten ernst, schüttelten Bernd Burgers Hände und wünschten ihm viel Glück, und Bernd Burger ertappte sich, daß er maßlos enttäuscht war, weil das Klischee nicht eingetroffen war, das besagte, man würde mit Beschimpfungen, Drohungen, ja Brutalitäten entlassen werden, eben wie ein Vaterlandsverräter, und das, er ahnte es, würde seine Entscheidung schwieriger machen, nicht die Entscheidung des endgültigen Schritts, sondern die Entscheidung, fortan mit den Erinnerungen umzugehen, und Bernd Burger drückte einem Grenzbeamten einen Hundertmarkschein in die Hand, als könnte er eine Schuld abzahlen, und er fühlte sich schäbig in seinem Glauben, er hätte immer recht gehabt, in seinen Verdächtigungen, in seinen Mutmaßungen, in seiner Hoffnungslosigkeit, in seinem Mißtrauen, und irgendwie erinnerte dies alles ihn an den Tag, als er als Vierzehnjähriger seine dreiunddreißigjährige Tante bat, ihn zu heiraten, weil sie ihn stets liebevoll gestreichelt und er, Bernd Burger, sie im Bad durchs Schlüsselloch betrachtet hatte, wenn sie duschte, und da Bernd Burgers Tante merkte, daß Bernd Burger sie durchs Schlüsselloch betrachtete, ließ sie jedesmal, wenn sie duschte, die Tür einen Spalt offen, damit Bernd Burger, wenn er ihren nackten Körper sehen wollte, ihn auch sehen konnte und nicht nur Fragmente ihres nackten Körpers, was das Sehen durch das Schlüsselloch in der Perspektive ja begrenzte, und jedesmal, nachdem Bernd Burgers Tante geduscht hatte, ging Bernd Burger ins Bad, schloß sich ein und zog aus seiner Hosentasche ein Foto von seiner Tante, auf das er onanierte.

Bernd Burger hatte sich einmal geschworen, es mußte einer jener Augenblicke gewesen sein, in dem er in eine unsägliche, fast sträfliche Hoffnung verfallen war, in die man gerät, wenn man zuviel von diesem mystischen Tzuika trinkt und die kompromißlose Eigenschaft annimmt, die Welt streng in Gute und Böse zu teilen, und natürlich gehört man selbst zu den Guten und wird es sowohl den Guten, die immer weniger werden, je mehr man von dieser kompromißlosen Eigenschaft vereinnahmt wird, als auch den Bösen zeigen, also hatte Bernd Burger sich geschworen, sollte das Unmögliche, das er aus äußerster Vorsicht mit Freiheit umschrieb, doch irgendwann in sein Leben eintreten, würde er von dem Augenblick an seine eigene Zeitrechnung einführen, und seine Weihnachts- und Neujahrskarten nach der Revolution datierte er mit dem Jahr 1, worauf ihn alle bedauerten, nur seine Mutter schrieb ihm, Bub, da deine Handschrift diesmal nicht verwackelt von Hoffnung und nicht zittrig von Zuversicht ist, weiß ich, daß die Geburt Christi dir nie etwas bedeutet hat. Bernd Burger las diese Zeilen weder als Tadel noch als Mahnung, sondern eher als einen leisen Vorwurf der Mutter gegen sich selbst, sie hatte sich ihr Leben lang mit Schuldgefühlen getragen, ihn in eine Welt gesetzt zu haben, von der sie wußte, daß es nicht seine war, aber, versuchte sie sich zu rechtfertigen, das war das einzige Angebot, ein anderes gab es nicht, und sie hatte immer genügend Geduld, etwas von ihrer Überzeugung zurückzunehmen, um die Brücken zwischen ihnen nicht einstürzen zu lassen. Bernd, fragte sie einmal, kann man die Gegend beschreiben, aus der der Schmerz kommt?

Für Bernd Burger war Freiheit immer so etwas wie ein abstrakter Begriff, eine Art Verlegenheitslösung, mit der man das zu benennen versuchte, was einen verunsicherte. Der Stacheldraht hatte Bernd Burger sehen gelehrt, und alles, was dahinter war, schielen, und das Schielen wurde allmählich zu der alles entscheidenden Sehweise, die es ihm möglich gemacht hatte, nicht nur die Dinge zu sehen, die für immer und ewig an ihrem zugewiesenen Ort angeschraubt zu sein schienen, und zwar so fest und endgültig, daß selbst der kleinste Seufzer sich nicht Luft machte, aus Angst, er könnte die Endgültigkeit verletzen und stören, sondern auch etwas, das sich jenseits befand, nicht klar erkennbar, aber vernehmbar als Verlockung, als Farbenspiele, die anders waren, als Gerüche, die anders waren, als Töne, die anders waren, als vage Umrisse, die die Vorstellung beflügelten und Erscheinungen vorgaukelten und Illusionen wachkitzelten, bei denen man dann wieder Angst hatte, sie könnten nie eingelöst werden, und man wurde von Enttäuschung zu Enttäuschung von fremden Händen weitergereicht wie etwa ein Ziegelstein auf einer Baustelle, denn alles war eine große Baustelle, das negative Experiment an sich, aber es war ja nicht nur Enttäuschung, es war auch ein kleiner Funke Hoffnung, das Ganze sei nur ein Spuk, geboren einzig aus der krankhaften Phantasie, die Dinge, zu denen man selbst gehörte, etwas erträglicher zu machen. Bernd Burger fragte sich, ob jemand überhaupt den bitteren Geschmack dieser Hoffnung wahrnehmen kann. Den Dingen wurden durch alte, verbeulte, verrostete, aber enorme Trichter, größer als der Himmel, gewaltiger als die Zehn Gebote, Jubelschreie eingeflößt, und daß sie sich als hämisches Lachen entluden, merkte niemand, weil die Trichter alles übertönten, und es war ein Glück, sonst hätten die Dinge nicht einmal vor Verzweiflung lachen können, und sie wären zerplatzt.

Bernd Burger sagte sich, die Trichter waren ganz banale Mikrofone. Die Maiglöckchen waren getarnte Trichter. Der Chef war ein ausgebildeter Trichter. Ins gebrochene Bein wurde ein Trichter hineinoperiert. Die Vögel, getarnt als Volkssänger, hatten Trichter unter den Flügeln. Die Zugluft war ein Trichter, die Zehn Gebote waren ein Trichter. Die Beichte war ein Trichter. Der Zaun hatte keinen Sinn mehr, weil er eine Folge von Trichtern war. Selbst unser verludertes Herz war ein Trichter. Aus Trichtern wurden wir geboren. Mit Trichtern wurde gesät und geerntet. Mit Trichtern wurde der Briefkasten gestrichen. Mit Trichtern beglückwünschte man sich zum Geburtstag, mit Trichtern zündete man die Zigarette an. Auf Feten tanzten wir mit Trichtern, die Trichter waren tolle Tänzer. Die Uhr zeigte die Zeit der Trichter an. Die Orte hatten keine Namen mehr. Wenn man irgendwohin fuhr, fuhr man in Trichter. Es sang die Welt im Trichter, es surrte die Kamera im Trichter, ujuujuuuju. Man war schon so devot, daß man die Trichter im Kinderwagen spazierenführte und nur noch lugu lugu sagte. Selbst das Gegenteil, wenn es das gegeben hätte, war ein Trichter. Hatten wir aus Versehen, was ja unvermeidbar war, auf einen Trichter gepißt, reichten wir sofort elf Entschuldigungsschreiben ein. Trichter können nicht schreiben, also bekamen wir nie eine Antwort. In diesem Satz ist ein Trichter, der den nächsten Satz abhört.

Bernd Burger fuhr schon längst durch die Puszta, als er sich fragte, welches sein erster Gedanke gewesen war, nachdem er die Grenze überschritten hatte, und er bat seine Frau, beim nächsten Gasthof anzuhalten, weil er immer Hunger hatte, wenn ihm nichts einfiel, und weil ihm nichts einfiel, spürte er das Bedürfnis, sich in einen Gasthof zu setzen, um stundenlang in aller Ruhe an einem Zahnstocher zu kauen, bis ihn die Lust überkam, sich zu übergeben, und dieses Mal war es nur ein gelbgrüner Gallenerguß, den das Licht violett verfärbte und den die defekte Wasserspülung des Klosetts sofort akzeptierte und regenbogenartig ver- schluckte und hinunterspülte in gierige Schlünde, die sau- ber waren, zumindest politisch.

Putzikam, sagte die Toilettenfrau zu Bernd Burger, du bist großartig. Ich habe Schwänze von Grafen und Baro- nen gewaschen, sag mir nicht, wie pingelig sie waren, da ist noch ein Haar, und die Eichel, wenn sie nach Norden zeigte, mußte ich, je nach Wunsch, nach Süden oder We- sten richten, und die Ostseite mußte ich mit Parfüm be- sprenkeln, gut, damit konnte ich leben. Der einzige Fehler war, daß die Barone und Grafen verschleppt oder abge- murkst wurden, und in diesem panischen Durcheinander hat mich die Angst gepackt, doch an meiner Geschichte sind nicht alle anderen schuld, so selbstgerecht will ich nicht sein, und weil ich nicht selbstgerecht sein wollte, bin ich schnell gealtert. Aber ich will nicht klagen, und so habe ich diese öffentliche Toilette übernommen, die ich auch nur gegen Bestechung und dank guter Beziehung bekam, also, ich muß schon sagen, ich hatte großes Glück, und nun putze ich Tag für Tag diese Toilette, das ist eine Riesenarbeit, aber auch ein Auftrag, vielleicht der Auftrag meines Lebens, bedenk ich, jeder Nationalist, bevor er kotzt, zieht seine eigene Karte aus der Hosentasche und kotzt genau nach Plan, der deutlich macht, wie die neue Welt in Zukunft aussehen wird, und ich muß diese Zukunft wegwischen, und kaum habe ich sie weggewischt, weil sie so häßlich und unbegreifbar und unerträglich ist, erscheinen neue Länder. Das stimmt mich einfach traurig, daß man zumindest in der Toilette nicht friedlich pissen oder kotzen kann. Aber wenigstens hier, in der öffentlichen Toilette, bleibt die Welt intakt, und ich habe mir schon überlegt, aber sehr ernsthaft, ob ich die Toilette kaufen sollte, denn Privatisierung ist ja jetzt groß angesagt, und der Staat ist so bankrott, daß er schon jede zweite öffentliche Toilette schließen ließ. Aber weil du so dezent gekotzt hast, ohne die Grenzen zu verletzen, schenke ich dir einen Strauß Nelken, den jemand hier vergessen hat. Nelken, wie liebe ich Nelken. Die Nelken sind so erschreckend neutral, daß man sie zu jeder Gelegenheit schenken kann, ohne ein schlechtes Gewissen haben zu müssen. Nelken haben eine göttliche Eigenschaft, sie haben keine großen, langen Staubfäden, also muß niemand niesen, weder der Tote im Sarg noch der Säugling bei der Geburt, noch der Chef, während man ihn am Arsch leckt, noch die zarte, gebildete Dame, in die man sich verliebt hat. Niemand muß niesen, wenn man einen Nelkenstrauß schenkt. Er duftet einfach, ohne daß er jemanden in die unangenehme Lage versetzt, niesen zu müssen, obwohl das Niesen ein kleiner Befreiungsakt ist, doch wer will schon frei sein, der Tote im Sarg nicht, der Säugling nicht, der Chef nicht, die Dame nicht. Aber du bist so traurig, ist etwas passiert?

Nein, sagte Bernd Burger.

Sag mir nichts, hier, in der öffentlichen Toilette spielen sich die größten Tragödien ab, weil es die Paläste und Schlösser der Grafen und Barone nicht mehr gibt. Aber ich sehe es dir an, du bist, wie soll ich das ausdrücken, ja, du bist ein negativer Träumer.

Wie soll ich das verstehen?

Na ja, es ist mit dir wie mit einem Schwarzweißfilm, auf dem alles verkehrt erscheint, das Weiß ist schwarz, das Schwarz ist weiß, aber wenn man die Bilder vom Film abziehn läßt, ist es genau umgekehrt, so ist das, einfach so.

Bernd Burger wurde ungehalten, und er fragte, mehr aus Verlegenheit als vor Zorn, weil er zu müde war, ihr zu widersprechen, und wie heißt du eigentlich?

Emesche, wie alle Ungarinnen, leider.

Bernd Burger hatte mit diesem Vorwurf nicht gerechnet. Emesche, sagte er, ich träume nicht in Farben, ich würde mich ja entschuldigen, wenn ich wüßte, bei wem. Ich träume schwarzweiß. Wenn ich aufwache, spreche ich rumänisch mit der toten Lerche auf dem Balkon, nachdem ich, kurz zuvor, im Schlaf noch deutsch gesprochen hatte, und deshalb sollte eine Entscheidung mich entzwein? Ich fahre jetzt zum Brandenburger Tor, um die alten Schuhe wegzuwerfen, mögen sie den Weg zu Ende gehn, ohne mich.

Wie heißt du?

Bernd, Gott sei Dank nicht Franz, sonst könnte ich meinem Schicksal nie entgehen, es würde stets hinter meinem rechten Ohr kleben wie ein ekliges Kaugummi.

Schade eigentlich, daß du Bernd heißt und nicht Franz, ich hätte dich einfachhalber Feri nennen können. Bernd, dieser Name sagt mir gar nichts, weil ich diesem Namen noch nie begegnet bin, aber vielleicht ist es gut so, daß du Bernd heißt und nicht Feri, also Franz, sonst hättest du nicht so dezent gekotzt, sondern den Anspruch erhoben auf einen Thron oder zumindest auf einen Präsidentenstuhl, aber sag mir, Bernd, hast du eine Frau mit?

Nein, wieso?

Schade, sehr schade, Bernd. Ich hätte dich gerne zu einem Kaffee eingeladen, und ich hätte mir deshalb gewünscht, es wäre eine Frau mit dir, die mich für die kurze oder längere Zeit, während wir Kaffee trinken, in der Toilette vertreten könnte.

Emesche, liebe, ich könnte ja selbst die Arbeit in der Toilette übernehmen, während du Kaffee trinkst. Ich habe schon im Arrest beim Militär Steine nach einer strengen Ordnung aufschichten müssen, die ich dann nach einer anderen strengen Ordnung wieder abtragen mußte, damit das große Ganze einen erhabenen Sinn ergab. Also ich vertrete dich gerne in dieser öffentlichen Toilette, während du Kaffee trinkst.

Das ist nicht gerade eine geniale Idee, denn dann könnten wir nämlich nicht zusammen Kaffee trinken.

Ja, das stimmt.

Komm, gehen wir. Ich kann nur hoffen, daß die Nationalisten sich inzwischen die Köpfe nicht einschlagen, wenn jeder Einsicht bekommt in die Grenzverschiebungen des anderen.

Wieder einmal ist Sonntag, murmelte Bernd Burger, wieder einmal läuten die Glocken, wieder einmal ist ein Sonntag mit Glockengeläut, und die Pferde fressen friedlich das Gras und die Blumen von den Gräbern der Toten aus dem ersten und aus dem zweiten Weltkrieg.

Wieso ist Sonntag?

Ist es doch.

Weißt du, sagte die Toilettenfrau, nachdem sie in einem Café Platz genommen hatten, ich möchte dir eine Geschichte erzählen, nur bitte ich dich, kommentiere sie nicht, sonst legst du eine Bedeutung hinein, die sie sicher nicht hat, und dann wird sie eine andere Geschichte, und du hast sie mir weggenommen. Warum ich dir das sage? Schau, du fährst, wie ich begriffen habe, zum Brandenburger Tor, um die Geschichte mit deinen Träumen loszuwerden. Ich weiß nicht, ob das richtig ist, fremde Leute würden auf ihr herumtrampeln, ohne zu wissen, was sie tun, weil sie diese Geschichte nicht kennen, die, wie ich annehme, weil du mal deutsch, mal rumänisch sprichst, eine Folge von Geschichten ist, und selbst wenn sie die Geschichte kennen würden, würden sie auf ihr herumtrampeln. Die Leute verspüren einfach eine höllische Lust herumzutrampeln, egal auf was, es ist nur diese Lust, dieser Wahnsinn, diese Ekstase zu trampeln. Vielleicht ist das so, weil sie selbst keine ordentliche Geschichte haben, wenn es hochkommt, haben sie jemanden erschlagen, weshalb, das soll dann ein Psychiater herausfinden. Und eines Tages steht die Geschichte vor dir, total verunstaltet, bis zur Unkenntlichkeit, und sie blickt dich an, ohne den leisesten Vorwurf, was machst du dann?

Putzikam, ein Bahnhofsvorsteher, dessen Bahnhof auf einer Strecke lag, die stillgelegt wurde, weil die Leute dort so einsam waren, daß sie sich offen zur Einsamkeit bekannten, sie blickten nicht einmal zum Fenster hinaus, aus Angst, es könnte die Einsamkeit stören, es war eine Faszination der Einsamkeit, ein Zustand, der keine Vergangenheit brauchte, keine Gegenwart, keine Zukunft, keine Motivation, der keine Folgen fürchten mußte, auf nichts setzen mußte, also dieser Bahnhofsvorsteher zog um auf den Friedhof. Was soll das, in eine Fabrik umziehn, die irgendwann Pleite macht, nein, sagte er, dann zieh ich lieber gleich auf den Friedhof, der niemals Konkurs anmelden wird, und er vertauschte diskret die Grabsteine und Kreuze auf den Gräbern, weil er sich sagte, jeder soll für den Toten des anderen beten, nur so kommt Internationalismus auf. Schließlich ging er so weit, daß er nachts in der Leichenhalle jeden Toten aus seinem Sarg umbettete in einen anderen Sarg, und so beerdigte jede Trauergemeinschaft einen anderen Toten. Er war der Meinung, nur so kann tatsächlich Frieden auf Erden sein. Dabei blühte er buchstäblich auf. Acht Jahre hatte er das gemacht, und niemand hat jemals etwas bemerkt. Dieser Bahnhofsvorsteher war mein Geliebter, und als er starb, lag so viel Zufriedenheit in seinem Blick, eine Zufriedenheit, die größer war als das vereinte Europa, von dem wir nun sprechen. Es war eben sein Schicksal, daß er an Wespenstichen gestorben ist, und er hatte immer panische Angst vor Wespen, das war die Obsession seines Lebens, doch er war in die Falle seiner Obsession geraten, weil er das Wespennest in einem Holzkreuz nicht wahrgenommen hatte. Bei der Obduktion wurde festgestellt, drei Wespenstiche hätte er überleben können, aber es waren dreizehn. Na gut, also, daß er mich mit seiner Frau betrog, hatte ich ja akzeptiert, aber als ich erfuhr, daß er mich mit noch einer anderen Frau betrogen hatte, dachte ich nur, pfui Teufel. Aber er war ein einsamer Mensch, er war so einsam, daß er sagte, ob ich nun Jontschi heiße oder Pischto oder Janosch, ändert sowieso nichts, weder etwas an der Geduld oder Ungeduld, weder etwas an der Orientierung der Störche noch an der Orientierung, die die Störche verlieren, weder etwas an der Masse noch etwas an der Antimasse. Und jeden Sonntag gegen zwölf treffen wir uns auf dem Friedhof, seine Frau, ich und seine andere Geliebte, und wir schütten Palinka auf sein Grab und stecken Zigaretten in die Erde, und nachher gehen wir in ein Café und essen Ischler und Kremesch und stellen uns vor, was die sozialistische Gemeinschaft der aufgeklärten Männer von uns denken würde, wenn sie wüßten, daß uns ein Glück vereint, das sie, wenn sie es ahnen könnten, in einen Zustand versetzen würde, der so aufregend wäre, daß sie nur noch an ihrem Schnauzbart herumzwirbeln würden vor Neugier oder Enttäuschung oder Ratlosigkeit oder Hoffnung, und wir schwatzen und schwatzen, und essen Ischler und Kremesch.

Übrigens, Putzikam, weißt du, das Schwatzen ist eine göttliche Eigenschaft, eine Eigenschaft, vielleicht die einzige, die uns gegeben ist, uns von den Tieren zu unterscheiden, es ist eben eine Eigenschaft, die uns leider abhanden gekommen ist, weil inzwischen jeder glaubt, tiefsinnig sein zu müssen. Die Tiere brauchen keine Philosophen, am wenigsten brauchen sie Politiker, die ja wiederum auch sympathisch sind, weil sie schwatzen und schwatzen, doch ihr Schwatzen ist stillos, finde ich, denn in allem, was man tut, muß Stil sein, selbst in der Reinigung von öffentlichen Toiletten, und alle, die keinen Stil haben, sind Halbtrottel, und ich frage mich, was such ich Volltrottel zwischen lauter Halbtrotteln, die zumeist in Wien studiert haben. Ich sage ja nichts gegen Wien, doch bloß weil man in Wien lebt, muß man nicht gleich vertrotteln, aber ich glaube, das Vertrotteln ist die einzige Qual, die Spaß macht, ja, ein Volltrottel ist ein hoffnungsloser Fall, weil er einfach Lust hat zu schwatzen, mag sein, in Wien haben die Halbtrottel noch halbwegs Stil, aber hier, in Ungarn, du siehst, was sie machen, nachdem ich ihre Länder weggewischt habe. Sie erscheinen im Fernsehen, die Lippen zugekniffen, und mit stummen Lippen verkünden sie stumme Wörter. Irgend etwas stimmt da nicht in Ungarn, weil hier die Halbtrottel anders sind als in Wien.

Bernd Burgers Frau fragte ihren Mann, ob er nicht in Wien übernachten wolle. Sie wußte, wie sehr er mit Wien verbunden war, obwohl er Wien noch nie gesehen hatte. Es war eben die Geschichte seiner Vorfahren, die in ihm etwas wie Nostalgie auslöste, was er nie bereit war zuzugeben, im Gegenteil, wenn von Nostalgie die Rede war, rettete er sich in politische Witze.

Nein, sagte Bernd Burger, wir fahren jetzt an Wien vorbei, und er erschrak vor dem aggressiven Ton, und er küßte die Hand seiner Frau am Steuer, die diesen Kuß erwiderte, indem sie den rechten Schenkel an seinen linken preßte, ein Druck, der so sanft war, so leise, daß er bis an die Grenze seiner Hilflosigkeit reichte, in ein Gebiet, das von Stacheldraht durchzogen war.

Wir halten in Pöchlarn, sagte Bernd Burger, zur Zeit ist mir alles viel zu fremd, als daß ich nicht nach Pöchlarn wollte. Bernd Burger fühlte sich wie in einem Flugzeug, in dem eine nette Stewardeß erklärt, daß man, im Notfall, vor dem Aufsetzen der Sauerstoffmaske die Zigarette auslöschen muß, und Bernd Burger rauchte fiktiv eine Zigarette nach der anderen, für den Notfall, er müßte, bevor er die Sauerstoffmaske aufsetzt, eine Zigarette auslöschen, damit die Sauerstoffmaske funktioniert. Bernd Burger fragte sich, was soll das nun, in diesem Flugzeug darf ja gar nicht geraucht werden.

Kokoschkas Bilder, sagte sich Bernd Burger, sind ein permanentes Zittern, das der Angst entspringt, etwas sei zu deutlich, und der potenzierten Angst, etwas ginge verloren. Es ist eine Störung des Gleichgewichts und ein Befremden, ob das Gegenteil überhaupt machbar sei, es ist etwas Harlekinartiges, das sich wegbewegt von sich selbst, zur Substanz hin, die es nicht gibt, aber dieses Zittern ist keine Ratlosigkeit, sondern eine Philosophie des Zitterns, ein Aufbruch, der so bleibt, hilflos im Raum stehend, mehr nicht, eine Vermessenheit vielleicht, eine Demut, nicht vor sich selbst, sondern vor den Farben, die sich der Vertrautheit entziehen, eine Dünne, die das Licht einschränkt bis auf das Maß, von dem wir glauben, damit leben zu können, ein Verlust also, Farben, die vernarbt sind vor Enttäuschung, nicht gebären zu können, jede Nuance nimmt sich zurück aus einem Drang, der um sich selbst kurvt, etwas ewig Kontemporanes ist da drin, wie der Duft des Kaffees, morgens, der die Gedanken ordnet, die Freude ist weiß wie die Angst, es gibt, flüstern die Bilder, einen Gott der Einsamkeit, aber kein Geheimnis, die Konturen schmecken nach dem kalten Metall einer Türklinke, die Striche haben den Duft von Walderdbeeren, die auf verwilderten Gräbern wachsen, wo hin und wieder Grillen Petrarca in ihre Sprache übersetzen, es ist wie ein Tag, an dem sich die Abwesenheit in drei Schichten abwechselt, die Bewegung gleicht einem Ablauf, der sich in der zweiten Zukunft vollzieht, es ist, dieses Zittern, wie ein Raster, und die Hand hält das fest, was durchs Raster fällt, sie gibt ihm das verlorene Gewicht zurück, sie macht aus der Rippe des Bergs eine Gestalt, die keinem Ebenbild gleicht, es ist ein Zittern, das die Geldscheine zurückzieht, die sie gemalt hat, um die Auferstehung zu finanzieren.

Schade, sagte Bernd Burgers Tochter, daß das Museum geschlossen hat.

Bernd Burger öffnete einen Koffer, und der Koffer war voll Sand, ein Sand, der mit nichts etwas zu tun hatte, nichts mit Kokoschka, nichts mit Wien, nichts mit seiner Heimatlosigkeit, ein Sand, in dem er wühlte, vor Glück, vor Selbstvergessenheit, den er auf seinen Kopf streute, und er jubelte, weil es keine Asche war, der Sand war so rein, ohne Erinnerung, ohne Verzicht, ohne Verklärung, ein Sand, der so leicht war wie schwer, ein Sand, der einfach da war, den niemand bestellt hatte und den niemand wegtragen mußte, es war ein Sand, der weder häßlich war noch schön, ein Sand, der das Ergebnis war irgendeines Verfalls, an dem nicht mehr zu erkennen war, was da verfallen war, ein Sand, der jenseits jeder Variante war, es hätte so oder anders sein können, der Sand war einfach ein Produkt, das leugnete, woraus es entstanden war, es war ein Ergebnis, das sich zu nichts Neuem formen ließ, es war ein Sand, der aus etwas geboren worden war, aber niemand wußte, aus Liebe oder Verzweiflung oder Langeweile oder Lust, es war etwas, das sich entschlossen hatte zu gehen, bis es zerfällt, es rieselte einfach durch Bernd Burgers Hand, ein Sand, der so sanft war, so weich, etwas dekadent vielleicht, vielleicht etwas kosmopolitisch, ein Sand, der nach nichts Vergleichbarem roch, ein Sand, der farblos war, es war ein Sand, von dem Bernd Burger nicht genug haben konnte und mit dem er sich gierig einrieb, seinen ganzen Körper, immer wieder, bis alle Wunden geheilt, alle Schmerzen verflogen waren, nur Sand und Sand, und jede Pore seiner Haut verlor an Bedeutung, das ist gut so, sagte er sich, mit dieser Bedeutungslosigkeit sich einzureiben, bis die Begriffe zu dem werden, was sie wirklich sind, ein Koffer voll Sand.

Da Bernd Burger müde war, ging er zu Bett, doch er konnte nicht einschlafen. Er wälzte sich hin und her, Mühlsteine drehten sich in seinem Kopf, und irgendwann fiel ihm ein Baron aus Klausenburg ein, dem nach fünfundvierzig das Palais und alle Güter enteignet wurden. Der Baron, um sein Leben zu fristen, hatte sich einen Handwagen zusammengebastelt, aus Resten, die auf der Straße herumlagen oder die er aus irgendwelchen Lagern stahl. Er bemalte den Handwagen mit Szenen aus Operetten von Strauß, und während er mit seinem Handwagen vor dem Bahnhof auf Reisende wartete, um ihnen das Gepäck nach Hause zu bringen, sang er die neue Nationalhymne, die eben eingeführt worden war, und wenn jemand ihn fragte, Herr Baron, wie geht es Ihnen, antwortete er stets, eigentlich gut, ja prächtig, ich verdiene jeden Tag genug Geld, davon kann ich mich besaufen, aber jetzt bin ich ein Genosse. Er erklärte stets heiter, früher war ich Baron, nun bin ich Transportarbeiter, und wie Sie sehen, habe ich immer zur führenden Schicht und herrschenden Klasse gehört, und je mehr ich saufe, um so genialer fühle ich mich, damit habe ich überhaupt keine Probleme. Probleme habe ich nur damit, daß ich ständig Uhren beschaffen muß, um sie an die russische Besatzungsmacht abzuliefern. Wo, frage ich Sie, kann man, um Gottes willen, so viele Uhren auftreiben, wie die es von mir verlangen? Doch ich singe stramm die neue Nationalhymne, und zwar alle Strophen durch, und dann wieder von vorne, damit an meiner Loyalität und Begeisterung niemals Zweifel aufkommen, aber was mich wirklich traurig stimmt, und jede Traurigkeit ist größer als das größte Problem, ist, daß, wie ich gehört habe, mein Rembrandt in Moskau hängen soll, und es enttäuscht mich, und die Enttäuschung liegt jenseits der Grenze des Ertragbaren, auch der Traurigkeit, daß Stalin mich nicht zumindest, meinetwegen, jeden zweiten Monat einlädt, nach Moskau zu kommen, um meinen Rembrandt streicheln zu können. Aber es gibt nette Damen, die mir ihre Bilder schenken mit netten Mühlen. Ich habe ja nichts gegen nette Damen, aber wohl etwas gegen Bilder mit netten Mühlen, die ich immer wieder aufhängen muß, wenn die netten Damen mich besuchen, aber nichts ist erquicklicher, als wenn man Besuch von netten Damen bekommt, nichts ist angenehmer, als wenn man nette Damen beobachtet, die sich in Faszination auflösen, wenn sie die Bilder mit den netten Mühlen betrachten, nichts ist faszinierender als das Gefühl, man sitzt sich gegenüber und blickt sich an, und jeder sieht den anderen so, wie der andere sich das nicht vorstellen kann, und aus Respekt spricht man über Geranien, die so schön blühen, oder über den Tod, der jedem über die Langeweile oder über die Angst vor der Langeweile hinweghilft, oder über eine Hochzeit, die erstaunlicherweise wirklich stattgefunden hat, obwohl es nie den leisesten Grund zum Verdacht gab, daß sie nicht stattfinden würde. Doch das alles ist unwichtig. Ein Freund, den ich in einer Kneipe kennengelernt habe, Szenasibacsi hieß er, war Leichenwäscher, und dann wurde er Kurier in einem Verlag, doch da hielt er es nicht lange aus. Er sagte, vielleicht bin ich der einzige Mensch, der die Toten wirklich liebt, und er erklärte mir, ein Viertel Likör reiche für drei Frauen, man müsse sparsam sein, und als ich ihn fragte, was er tun würde, wenn er nachts aufwachte und in seinem Bett läge Gina Lollobrigida, antwortete er, ich würde sie nicht erkennen. Dieser einzige Mensch, der die Toten tatsächlich liebte, sagte einmal zu mir, Genosse, ich habe mich immer wieder in tote Frauen verliebt, aber, um Gottes willen,

denk jetzt nicht schlecht von mir, ich habe keine Leiche ge-
schändet, ich habe Respekt vor der Liebe. Und weil er als
Verlagskurier mit sich selbst nichts anfangen konnte, da er
niemanden so sehr liebte wie die Toten, ließ er sich in einem
Blumenladen anstellen, der im Zentrum lag, etwa einen
halben Kilometer vom Zentralfriedhof entfernt, den er mit
liebevoller Betonung Hasengarten nannte. Er trug stets auf
jeder Schulter einen Totenkranz, aber nicht direkt zum
Friedhof, er kreiste auf Umwegen mit seinen Totenkränzen
durchs Zentrum, immer wieder, bevor er sie im Friedhof
auf die Gräber legte. Ich glaube, dieser Szenasibacsi war
der erste Dissident überhaupt im Osten. Dazu war er noch
besonders stolz darauf, daß er rachitisch war. So, sagte er
immer wieder, werde ich zumindest nicht zum Militär eingezogen, meine Kollegen und Freunde sind alle im Krieg
gefallen, weil Gott sie gestraft hatte, gesund zu sein. Ja,
sagte der Baron, kein Sieger ist schuld daran, daß sein Gegner zu schwach war, und deshalb trage ich jetzt die Koffer
der Reisenden auf meinem Handwagen und singe die neue
Nationalhymne, die noch genialer ist als ich, und ich füge
mich den Parolen, zu viel nachzudenken macht dumm.

In dieser Nacht hatte ich einen heftigen Streit mit Bernd
Burger, der meinte, ich mische mich viel zu sehr in sein Leben ein. Bernd Burger, sagte ich, sei jetzt nicht gleich so
tragisch, ich werde eine Reise gewinnen, und zwar in eine
warme Gegend, bei Anruf Sonne, drei Hits am Stück, Hit
Radio Antenne. Und da nun klar ist, daß ich eine Reise
gewinnen werde, und es besteht überhaupt kein Grund,
daran zu zweifeln, daß ich keine Reise gewinnen werde,
und da ich die Reise schon so gut wie gewonnen habe, muß
ich dir sagen, ich habe mir ausgerechnet, daß ich die Reise

morgen beim Frühstück um acht Uhr zweiunddreißig gewinnen werde. Und da es, wie gesagt, feststeht, daß ich
die Reise gewinnen werde, bei Anruf Sonne, will ich dich
trösten. Es wird natürlich eine Reise sein für zwei Perso-
nen, und natürlich eine Reise in eine warme Gegend, sonst
würde ich ja bei Anruf Sonne morgen um acht Uhr zweiunddreißig nicht anrufen, um mir bestätigen zu lassen, daß
ich eine Reise gewonnen habe, natürlich mit Begleitperson.
Selbstverständlich nehme ich dich mit, Bernd Burger, vor
allem da es um eine Reise geht, die ich morgen gewinnen werde. Doch es gibt kein Glück ohne Pech, besonders
für einen Pechvogel, der ich nun einmal bin. Ich bin mir
absolut sicher, die Reise, die ich morgen früh, und das steht
inzwischen endgültig fest, gewinnen werde, wird eine
Reise nach Kuba sein. Ein Strand wird es sein, weitab von
Havanna. Es wird ein Glück sein mit viel Folklore, Palmen,
Huren, Zigarren, Sonne, Besäufnissen und viel Freiheit,
enorm viel Freiheit, die bewacht wird. Jeder zweite, nehme
ich an, wird in diesem Paradies am Strand ein strenger Be-
wacher der Freiheit sein, also lassen wir uns überraschen,
und ich will dich, Bernd Burger, kennenlernen, wie du mit
den Überraschungen umgehst und wie du dich im banalen
Alltag bewegst. Wir fliegen ja nicht nach Kuba, um über
Fidel Castro zu schimpfen, wir fliegen nach Kuba, weil ich
einfach morgen um acht Uhr zweiunddreißig eine Reise
nach Kuba gewinnen werde. Und da mir angeboten wurde,
daß ich die Reise morgen um acht Uhr zweiunddreißig gewinnen soll, habe ich zu bedenken gegeben, daß ich dann
noch mit dir, Bernd Burger, in einem wichtigen Gespräch
sein werde, und so habe ich mit der Redaktion ausgehan-
delt, daß ich die Reise erst übermorgen um sieben Uhr
siebzehn gewinne, aber mit der Bedingung, daß wir einer

Demonstration in Havanna beiwohnen dürfen. Der Redakteur sagte, wieso, dort gibt es bloß enthusiastische Demonstrationen für Fidel Castro, und die sind so langweilig, daß Sie, die Sie solche Kundgebungen noch nie erlebt haben, sofort einschlafen würden vor Langeweile. Also die Reise, die Sie nach Ihrem Wunsch, weil Sie heute nacht noch ein wichtiges Gespräch führen müssen mit einem gewissen Bernd Burger, erst übermorgen um sieben Uhr siebzehn gewinnen wollen, soll ein feuriges Erlebnis sein, eben Kuba, und nicht eine Erfahrung der Langeweile. Und außerdem ist es strengstens verboten, als Tourist, der nun übermorgen eine Reise nach Kuba gewinnt, aus dem Badeort nach Havanna zu reisen. Dazu bräuchten Sie eine spezielle Genehmigung, und die ist nicht drin im Gewinn Ihrer Reise. Na gut, gab ich zu, und zu Bernd Burger sagte ich, also wir werden Fidel Castro nicht sehen. Bernd Burger antwortete, Gott sei Dank, verwickle mich, bitte, nicht in politische Geschichten, die sowieso niemanden interessieren, am allerwenigsten mich, Liebesgeschichten wären mir am liebsten, die sind einfach spannender. Ich hatte in Bernd Burgers Gepäck einen Horinca geschmuggelt, einen maramurescher Schnaps, etwa siebziggrädig, den wir tranken, während der Verhandlungen, die nun folgten. Wir blieben beide hart. Da ich schließlich so besoffen war, fühlte ich mich verpflichtet, auf Bernd Burgers letzte Bitte einzugehen, und ich versprach ihm, ihn nicht sterben zu lassen, weil ich der Überzeugung bin, daß die Tragik nicht im Tod besteht, sondern darin, was wir mitunter davor erleben.

2

Es war ein verregneter Morgen, und als Bernd erwachte und die Gardinen im Hotelzimmer beiseite schob, sah er ein Grau, das er bisher noch nie gesehen hatte. Es ging über auf die Landschaft, die ihr Gesicht abgewandt hatte, er sah nur den Hinterkopf der Landschaft, ein unnatürlich graues Haar, und dieses Haar summte leise, monoton. Bernd Burger setzte sich auf die Toilette, und dieses abgewandte Gesicht der Landschaft rief Erinnerungen an die fünfziger Jahre in ihm wach, als er noch Gymnasiast war und jeder Tag mit dem Morgenappell des sozialistischen Realismus begann. Schon ein Naturgedicht über die Abenddämmerung war strafbar, da Abenddämmerung mit Pessimismus gleichgesetzt wurde und dieser mit Dekadenz. Morgenrotgedichte waren gefragt, vor allem, da die Sonne im Osten aufging, in der Sowjetunion. Onkel Werner hatte ein Gedicht über einen Sämann verfaßt, der aus der Schürze mit der Hand die neue Saat auf den Acker streut, die Saat des Aufbruchs in eine neue Zeit, und trotz seines unmißverständlichen Bekenntnisses zum Sozialismus geriet er ins Kreuzfeuer der Kritik: im Sozialismus werde nicht mehr mit der Hand gesät, sondern mit Sämaschinen. Oder ein anderer Onkel, Onkel Schorsch, der keinesfalls sogenannte feindliche Texte schrieb, aber auch keine fortschrittlichen in der Manier des sozialistischen Realismus, mußte ins Gefängnis. Selbst eine Ode an Stalin im Stil Hölderlins, die er veröffentlicht hatte, konnte ihn nicht retten. Die eigentliche Tragik, erzählte später Onkel Schorsch, ereilte mich im Gefängnis. Ich wurde von den Zellengenossen, die auch Schriftsteller waren, nicht akzeptiert. Sie sprachen nicht mit mir, grenzten mich aus, sie meinten, ich sitze zu Unrecht im Gefängnis, ich gehöre nicht zu ihnen, sondern nach draußen. Onkel Waldemar, der weder zu klug noch zu dumm war, um Gedichte zu schreiben, erzählte ständig Geschichten, meist über Onkel Stefans Vater, der Theologie studiert hatte, zuerst in Klausenburg, dann in Budapest, später in Wien, Berlin und Göttingen, und der immer wieder nach Paris gefahren war, weil er der Ansicht war, daß die Bordelle nirgends einen so vornehmen Stil hätten wie in Paris. Und als er zurückkam und in einem Dorf Pfarrer wurde, versuchte er ein Pferd dazu zu bringen, ihn zu erschlagen, zu zertrampeln. Höchste Schule der Dressur nannte er das. Sich selbst umbringen wollte er nicht, weil das gegen die Moral eines Pfarrers verstoßen hätte. Doch als alle Bemühungen mit dem Pferd, selbst die hartnäckigsten Anstrengungen, fehlgeschlagen waren, konvertierte er zum Katholizismus, der ihn bis nach Rom führte, wo sich schließlich seine Spur verlor. Onkel Rudi sagte, kannst du nicht mal aufhören mit diesen Geschichten, ich möchte endlich in Ruhe meine Suppe essen. Onkel Frieder sagte, ich gehe jetzt mal schnell in den Keller und hole etliche Flaschen Wein. Alle Onkel lachten.

Bernd Burger begann schallend zu lachen.

Bernd, was machst du so lange auf der Toilette, was gibt es dort zu lachen, liest du die Zeitung, fragte Bernd Burgers Frau.

Nein.

Weshalb lachst du dann so herzhaft?

Ach, Melitta, einfach so.

Bernd, kann ich nicht mitlachen?

Nein.

Weshalb nicht, Bernd.

Weil ich schon fertig bin.

Bernd Burger verließ die Toilette, und er bestätigte seiner Frau großzügig, ja liebevoll, daß er ein Morgenmuffel sei. Am Morgen wollte Bernd Burger mit niemandem seine Gedanken teilen, am allerwenigsten sein Lachen. Das würde, bevor der Tag noch richtig begonnen hatte, zu Mißverständnissen führen, die dann den ganzen Tag ausgeräumt werden müßten, und zu solchem Unfug hatte Bernd Burger einfach keine Lust, deshalb war er ein Morgenmuffel. Bernd Burger wollte einfach in Ruhe am Morgen seinen Kaffee trinken, und deshalb hatte er stets löslichen Kaffee mit, weil er ja nicht nackt oder im Morgenmantel in den Frühstücksraum der Hotels gehen konnte, um Kaffee zu trinken. Erst nachdem er Kaffee getrunken hatte, und dabei ließ er sich viel Zeit, ging er duschen, also, das Kaffeetrinken am Morgen war das wichtigste für Bernd Burger, das den Verlauf des Tages bestimmen würde, und jedesmal versuchte er beim Kaffeetrinken an nichts zu denken, um in Ruhe den Kaffee genießen zu können, doch an keinem Morgen war ihm das jemals gelungen, und auch deshalb war Bernd Burger ein Morgenmuffel.

An diesem Morgen hatte Bernd Burger besonders gereizt, daß Melitta, seine Frau, behauptet hatte, er hätte herzhaft gelacht, und Bernd Burger konnte sich nicht erinnern, wann er jemals herzhaft gelacht hatte, vielleicht in der Kindheit, aber das, bevor die Erinnerung an die Kindheit einsetzte, also begann Bernd Burger an diesem Morgen über das Lachen nachzudenken, und mit der Ruhe, an nichts denken zu müssen und an nichts denken zu wollen, war wieder einmal Schluß.

Bernd Burger, das muß etwa 1984 nach Christi Geburt gewesen sein, dachte, man kann nicht allzu profund über etwas nachdenken, das man besitzt, und so verhält es sich auch mit der Freiheit, die, wenn sie immer einfach da ist, als etwas Normales empfunden wird und nicht im besonderen als Freiheit, deren Möglichkeiten man vor lauter Freiheit nicht sieht, und Bernd Burger hatte sich eingeredet, pausenlos, verbissen, während er schielen lernte, nur dieses Wissen kann einen schützen, und jedes andere Ziel, das man erreichen will, ist es nicht wert, ein Ziel zu sein. Durch dieses Schielen kam Bernd Burger ins Stottern, nach jeder Silbe, die er aussprach, sagte er das Wort Stuttgart, zum Beispiel Siestuttgartbenstuttgartbürstuttgartgen oder Hostuttgartsistuttgartastuttgartna oder Anstuttgartna, und schließlich sprach er nur noch Worte, die mit na endeten. Das nahm ein jähes Ende im Krankenhaus. Es war die glücklichste Zeit in Bernd Burgers Leben, als er nach einer Beinoperation etwa zwei Tage im Koma lag. Während der Beinoperation soll er, sagte man ihm später, immer wieder gesagt haben, hängenden Hauptes kommen die einen von dort, wohin die anderen heiteren Schritts gehen. Das sei eben so, erklärte man ihm, daß Leute, die zuviel trinken, unter Narkoseeinwirkung stets wirres Zeug reden. Bernd Burger war überzeugt, diese Pause, also die zwei Tage, in denen er im Koma lag, sei längst fällig gewesen, eine willkommene und erholsame Pause, weil er niemanden grüßen mußte, niemandem widersprechen mußte, an keiner Sitzung teilnehmen mußte, den Hamster seiner Tochter nicht füttern mußte, keiner Einladung Folge leisten mußte, niemandem Recht geben mußte, in keiner Schlange stehen mußte, seiner Frau nichts erklären mußte, kein Unrecht begehen mußte, er mußte keine Milch trinken und keine

Fragen stellen und keine Antworten geben. Das war eine aufregende Zeit, an die Bernd Burger sich nicht mehr erinnern konnte, weil er nicht mußte. Er befand sich damals jenseits aller Verhaltensregeln und deren Sittlichkeit, also in einem Urzustand, und als er erwachte, hatte er nur den Wunsch, mit Schuhbandeln zu spielen, was nicht einfach war, weil es keine Schuhbandel gab, es war gerade eine Schuhbandelkrise, und so trennte Bernd Burger die Socken auf, verwob sie zu Schuhbandeln.

Damals waren, sagte sich Bernd Burger, die Grenzen enorm größer als das größte Land, die Länder waren so klein, daß sie auf der Europakarte verschwanden und nur noch Grenzen eingezeichnet waren.

Bernd Burger dröselte am Wort Dröseln herum.

Bernd Burger legte sich aufs Bett, streckte sich, und nachdem er die Augen geschlossen hatte, sah er den Nelkenstrauß, den er von der Toilettenfrau in Budapest geschenkt bekommen hatte, und seine Nasenflügel flatterten auf und ab wie aufgeregte Turmfalken, die auf der Suche sind. Bernd Burger witterte etwas, er spürte den Duft, den er irgendwann schon einmal gerochen hatte. Er versuchte sich zu erinnern, und schließlich wußte er, der Nelkenstrauß der Toilettenfrau roch nach dem Dichter, der geduldig vor dem Friedhofstor stand, um die Besucher, die vom Friedhof kamen, wie er sagte, umsichtig zu geleiten, dabei rochen seine Worte nach einer Heimatzahncreme, die die Vögel aufschreckte, vor allem den Galgenvogel, und er tat das mit einem Lächeln, das so hilflos war wie die Geste seiner Hände, die bedächtig durch den Raum fuhren, als wollten sie erklären, weshalb er lächelte, und seine Zähne glichen der Pfeilgasse in Wien im achten Bezirk.

Bernd Burger kam es vor, als hätte der Dichter, der geduldig vor dem Friedhofstor stand, Lächelnde Lachologie studiert.

Bernd Burger war auf dem Friedhof seiner Geburtsstadt gewesen, um von seinen Toten Abschied zu nehmen. Er wußte, wenn man endgültig geht, muß man den Toten erklären, weshalb man sie nicht mitnehmen kann. Es war ein Abschied, der nicht weh tat, nur hilflos machte, weil die Wege zu den Gräbern zugewachsen waren. Mannshoch wucherten die Gräser, und Bernd Burger irrte stundenlang durch diese Wildnis, es war niemand da, der die Gräber hätte pflegen können. Den Friedhofsschlüssel gab es zwar noch, aber niemanden, der ihn verwaltete. Pferde grasten im Friedhof und Kühe, doch es gab nicht so viele Kühe und Pferde, die das ganze Gras von den Wegen und Gräbern hätten fressen und eine Übersicht hätten schaffen können, eine Orientierungsmöglichkeit, zumindest andeutungsweise. Im Gegenteil, die Pferde und Kühe düngten den Gottesacker, so daß immer mehr Gras nachwuchs. Die Gräber waren voller Walderdbeeren, die wie kleine Lämpchen in der Trostlosigkeit leuchteten, es war ein so grelles Licht, daß es wiederum Finsternis verbreitete, es war ein Farbenspiel in dieser Finsternis wie langjährige Ohnmacht und plötzlich der Entzug von Ohnmacht. Bernd Burgers Tochter war glücklich, sie wollte die Walderdbeeren pflükken und essen, so viele Walderdbeeren hatte sie noch nie gesehen. Doch Bernd Burger sagte, nein, Astrid, lösch die Lämpchen nicht aus, es würde das Gleichgewicht stören, es wäre ein Stück Hoffnung, das du den Toten wegißt. Laß die Lämpchen glühen in dieser unübersichtlichen Wildnis, es werden Gelder fließen, die den Friedhof wieder in Ordnung bringen, und es werden nur noch Kerzen auf den

Gräbern leuchten, und die Toten werden sich wieder beobachtet fühlen.

Und dann kam dieser Dichter, der Bernd Burger behutsam geleiten wollte. Schau, sagte er, gleich gegenüber vom Friedhof haben wir ein Antiforum, wir haben es an der Endstation der Straßenbahn eingerichtet. Es ist zwar leer, aber es ist ein willkommener Ort, der jeden einlädt, tief in sich hineinzublicken, doch niemand will uns besuchen, man begnügt sich eben mit Äußerlichkeiten. Gestern wäre es fast abgebrannt, weil eine Öllampe umfiel während der Heftigkeit eines banalen Geschlechtsverkehrs. Trotzdem, es ist schon ein Glück, daß dieses Antiforum zumindest von verzweifelten Paaren aufgesucht wird, die nicht wissen, wo sie ihr Liebesleben austoben können, sonst stünde es leer und verlassen. Doch unser Antiforum hat sich zum Ziel gesetzt, alle Entwurzelten zu vereinen, um ihnen in Gruppentherapie begreifbar zu machen, wie sehr entwurzelt sie sind, und nun habe ich in dieser Sache den Titel eines Doktors erhalten, was mich zwingt, weiter nachzudenken. Es ist ja nicht so, als wäre mit den Toten alles beendet, es gab Lebende, die in Zügen in den Tod transportiert wurden, und weshalb sollte es keine Züge geben, in denen Tote ins Leben transportiert werden, und das mittels des ausharrenden Wortes. Trotzdem, es wäre wohl falsch, sich in einer fremden Erde begraben zu lassen, wo mit dir dein eigenes Wesen verwest. Hier verwest dein Wesen nicht, hier ist es in Ruhe aufgehoben. Also Herr Dichter, sagte Bernd Burger, mir ist es egal, wo ich begraben werde, und ich brauche keine Ruhe, selbst im Tod nicht, ich bin ein Vagant, und da gerade die Straßenbahn kam, ließ er den Dichter einfach stehen vor seinem Antiforum und stieg mit seiner Tochter in die Straßenbahn ein, wo sie sofort einschlief.

Bernd Burger konnte nicht schlafen, und da er weder das Licht anmachen noch rauchen wollte, aus Rücksicht auf seine Tochter und seine Frau, nahm er ein Kissen, ging ins Bad, knipste das Licht im Bad aus und setzte sich in die Duschkabine, wo er zu rauchen begann. Immer, wenn Bernd Burger das Wort entwurzelt hörte, begann er zu rauchen. Und Bernd Burger erklärte der Duschkabine, wie sehr die Galle in ihm hochkommt, wenn er das Wort entwurzelt hört. Er erklärte der Brause, die über ihm hing, er erklärte dem Abfluß, der unter ihm lag, daß dies Wort eine Art Nabelschau sei. Bernd Burger fühlte sich heimatlich geborgen, während er in der Duschkabine im Hotel saß und rauchte. Es ist, erklärte Bernd Burger dem heißen Wasserhahn, ja nicht so, wie das Klischee besagt, daß Heimatlosigkeit schmerzt. Man kann, erklärte Bernd Burger dem kalten Wasserhahn, mit seiner Ungeborgenheit gut zurechtkommen, vor allem, erklärte Bernd Burger der rechten Wand der Duschkabine, wenn man in diesen Zustand hineingeboren wurde. Oder, fragte Bernd Burger die linke Wand der Duschkabine, die nun die rechte war, da Bernd Burger sich in seiner Schlaflosigkeit gewendet hatte, können Orte, wo man zu einer Minderheit gehört, egal aus welchem Grund, Orte der Heimat oder Geborgenheit sein? Bernd Burger sprach zu seinem linken Knie, weil er das linke Bein hochgehoben und angewinkelt hatte, es sind bloß Lebensräume, Wohnorte, Adressen, und, sagte Bernd Burger zur Vorderwand der Duschkabine, die nun die Hinterwand der Duschkabine war, da Bernd Burger sich, wie gesagt, in seiner Schlaflosigkeit gewendet hatte, ich gehöre keinesfalls zu jenen, die in Selbstmitleid verfallen, weil sie nun in einer Duschkabine in einem Hotel in Pöchlarn übernachten und das Kokoschka-Museum geschlossen war.

Nein, ich gehöre nicht zu denen, begann Bernd Burger übermütig zu deklamieren, die mit dem Weggang aus dem Land ihres Ursprungs behaupten, ihre Heimat verloren zu haben, nein, zu denen gehöre ich nicht, sagte Bernd Burger zur Brause, die nun unten lag und nicht mehr oben, weil Bernd Burger sie bei seinem pathetischen Deklamieren aus der Halterung gehebelt hatte. Ich, jedenfalls, sagte Bernd Burger zur Halterung, aus der die Brause herabgefallen war, behaupte, das ist allemal ein Trugschluß, denn, begann Bernd Burger wieder mit hinreißendem Pathos zu deklamieren, wäre man in dem Land, aus dem man emigriert ist, tatsächlich beheimatet gewesen, hätte man es nicht verlassen. Und dieser Trugschluß, erklärte Bernd Burger dem Abfluß in der Duschkabine, basiert allein auf der Tatsache, daß man mit seiner alten Heimatlosigkeit besser umgehen konnte, als man es mit seiner neuen Heimatlosigkeit kann, und in die Brause hinein, die er vor den Mund geführt hatte wie ein Mikrofon, begann Bernd Burger zu schreien, dem Heimatbegriff haftet ein enormes Maß an Verklärung an, besonders bei den Emigranten, und weil sie oft das nicht finden, was sie sich erhofften, trauern sie dem nach, was sie in ihrer Vorstellung verloren haben, in Wirklichkeit jedoch nie besaßen.

Bernd Burgers Frau schrie zurück, kannst du, Bernd, nicht einmal still träumen, mußt du immer Unsinn im Schlaf reden, und dann auch noch schreien, versuche, ruhig zu schlafen, stör nicht immer meinen Schlaf und meine schönen Träume.

Bernd Burger wurde ganz leise. Das einzige, flüsterte er dem Zigarettenrauch zu, den er in Ringen hochsteigen ließ, und er betrachtete fasziniert die Gebilde, in die die Rauchringe sich kunstvoll auflösten, das einzige, das jeder

Mensch tatsächlich besaß und endgültig verloren hat, flüsterte Bernd Burger, ist die Kindheit, jedoch den Ort der Kindheit mitsamt seinen Requisiten, die man, je weiter man sich von ihnen entfernt, immer stärker verklärt, als eine Art Heimat zu begreifen, scheint mir überaus fragwürdig. Und Bernd Burger getraute sich nicht einmal mehr zu flüstern, aus Angst, der Luftzug könnte die Rauchgebilde zerstören und zu alptraumartigen Landschaften gestalten. Also rauchte Bernd Burger still vor sich hin.

Gegen Morgen kam Bernd Burgers Frau auf die Toilette, und sie war maßlos überrascht, als sie ihn in der Duschkabine fand. Was machst du da, Bernd?

Ich rauche, Melitta.

Bernd Burgers Frau setzte sich zu ihm in die Duschkabine und begann mit seinem Glied zu spielen.

Laß das, Melitta, du weißt, ich mag den Geschlechtsverkehr auf die Schnelle nicht, ich komme mir dann immer vor, als würde ich onanieren, zwar nicht in meine Faust, aber immerhin in deine Scheide, was im Grunde ja ein und dasselbe ist. Hab etwas Geduld, wenn wir im Auffanglager in Hamm angekommen sind, schicke ich die Tochter für ein paar Tage zu meiner Schwester nach München, und dann haben wir Zeit, viel Zeit. In den nächsten Monaten werden wir sowieso mehr Zeit haben, als uns recht ist. Wir werden so viel Zeit haben, daß wir gar nicht wissen werden, was wir mit der Zeit anfangen sollen.

Bernd Burgers Frau verließ die Duschkabine, doch bevor sie aus dem Bad ging, stieß sie einen rumänischen, dann einen ungarischen Fluch aus.

Melitta, rief Bernd Burger ihr nach, weshalb fluchst du nicht deutsch? Wir sind jetzt nur unter Deutschen, und hier versteht kein Mensch Ungarisch oder Rumänisch.

Melitta lachte.

Weshalb lachst du, Melitta? Fluch deutsch.

Die Deutschen, antwortete Melitta, haben ein armseliges Repertoire, sie kennen keine deftigen Flüche, ihre Flüche sind bloß Halbheiten, Kultur hin, Kultur her, aber eine Fluchkultur haben sie nicht, und das macht mich traurig. Sie tragen ihren Frust mit sich herum, und ihre Flüche klingen wie kitschige Lieder, mit denen sie, wie mir scheint, ihrem Frust schmeicheln wollen, und auch das, mein Gott, tun sie nur halbherzig, rief Bernd Burgers Frau zurück.

Dann fluch doch österreichisch oder schweizerisch.

Melitta stieß einen rumänischen Fluch aus.

Da Bernd Burger nun wieder seinen Kaffee nicht trinken konnte, ohne an etwas denken zu müssen, und das machte ihn fast wahnsinnig, und immer, wenn er fast wahnsinnig wurde, erinnerte er sich daran, daß der Stacheldraht ihn sehen gelehrt hatte, und alles, was dahinter war, schielen. Ihm fiel ein, daß in Klausenburg, als er beim Kaffee saß, zur gleichen Stunde, zu der er nun in Pöchlarn im Hotel seinen Kaffee trank, heftig an die Tür geklopft wurde. Da Bernd Burger damals wie heute, wenn er Kaffee trank, an nichts zu denken Lust hatte, reagierte er nicht, doch da das Klopfen immer heftiger wurde und in Fußtritte gegen die Tür überging, warf er seinen Morgenmantel über, weil Bernd Burger, wenn er Kaffee trank, den Kaffee immer nackt trank, und er öffnete die Tür, vor der ein Jemand stand, der sich lächelnd ausweisen wollte. Ist nicht nötig, sagte Bernd Burger, und er fragte, werde ich nun verhaftet? Doch der Jemand zwinkerte nur und trat in Bernd Burgers Wohnung. Er wußte Bescheid, holte sich eine Tasse aus dem Schrank und goß sich Kaffee ein. Ach wo, sagte er nach dem ersten Schluck, fühlte sich gleich heimisch und ging ins Wohnzimmer, wo er sich aufs Sofa setzte, er sagte, wir, die Vertreter, können ein Auge zudrücken, auch zwei, wir verlangen von Ihnen nichts anderes, als daß Sie bereit sind, sich von uns retten zu lassen. Wir geben Ihnen eine großzügige Chance, die, wenn Sie bereit sind, sie zu akzeptieren, Ihnen Möglichkeiten öffnet, die jenseits aller Grenzen Ihrer Vorstellungen liegen. Wir wissen, Sie haben sich in Geschichten verwickelt, die Sie buchstäblich gesucht haben, um die Moral zu unterwandern. Wir, nun, geben Ihnen die Chance, sich zu rehabilitieren. Sie streiten zu viel mit Gott, das lenkt ab vom Patriotismus, Sie lieben zu viele Frauen, das lenkt ab vom Patriotismus, Sie machen sich zu viele Gedanken über Gedanken, das lenkt ab vom Patriotismus, und ich sage Ihnen, Gott wird Ihnen den Rücken kehren, so daß Sie niemand mehr haben werden zum Streiten. Die Geliebten werden Sie verlassen, Sie werden erkennen, die Liebe ist keine dauerhafte Ordnung, selbst die Gedanken werden Sie allein lassen. Sie werden sehr einsam sein. Ich sag ja nichts gegen eine Prise Einsamkeit, man fühlt sich unverstanden, ungerecht behandelt, man hadert, die Unzufriedenheit wächst in der Einsamkeit, das Gefühl der Gerechtigkeit kommt abhanden, und das ist gut so. Die Einsamkeit ist eine wirksame Therapie, aber nur, wenn sie die Augen für den Patriotismus öffnet. Und während der Jemand andauernd vom neuen Menschen sprach, in dessen Reihen die Jemande nun auch Bernd Burger aufzunehmen gedachten, erinnerte sich Bernd Burger an eine Begegnung mit dem Diktator. Es war ein Treffen mit den Minderheiten, zu denen Bernd Burger zweifellos gehörte, doch nicht im Sinn dieses Treffens, aber Bernd Burger fuhr hin, um sich im nachhinein keine Vorwürfe machen zu müssen. Der Diktator sah alt aus. Je länger er sprach, um so mehr bröckelte von seiner dick aufgetragenen Schminke ab, weil er schwitzte und große Mühe hatte, die Sätze, die auf dem Papier standen, zu lesen, doch die Claqueure überbrückten die Verlegenheit des Diktators, indem sie aufstanden in den Verlegenheitspausen des Diktators und Losungen riefen und Beifall klatschten, bis der Diktator zu sich kam und weitersprach. Die Claqueure beruhigten sich, und als der Diktator sein Eigenlob beendet hatte, meldete sich ein ungarischer Schriftsteller zu Wort, der ein Rumänisch sprach mit starkem ungarischem Akzent. Es war ein unfreiwilliges, aber das beste Kabarett, das ich, dachte Bernd Burger, jemals erlebt habe. Der Schriftsteller hatte den Diktator mit allen Attributen gesalbt, die es im Register der positiven Attribute gab, und er war schon auf Seite sechs mit seinen Attributen, als er die schwedische Akademie zu beschimpfen begann, weil sie dem Diktator noch nicht den Nobelpreis für Frieden verliehen hatte, und dann ging es weiter, in einem so komischen Rumänisch, daß selbst die Claqueure sich enorm anstrengen mußten, nicht laut loszulachen, und Bernd Burger begann sich zu wundern. Er hatte nicht geglaubt, daß es ein so großes Repertoire an positiven Attributen geben kann, und ein Claqueur, der neben Bernd Burger saß, sagte, der muß wohl dem Narrenhaus entlaufen sein. Dabei dachte Bernd Burger, der ist nicht entlaufen, wir alle sitzen ja in einem Narrenhaus, doch er wollte das dem Claqueur nicht sagen, weil er Angst hatte. Bernd Burger hatte gemerkt, als er den Saal betreten hatte, daß fast alle Stühle besetzt waren. Es lagen Zeitungen auf den Stühlen, Jacken, Notizbücher, Mappen, Westen, also besetzt, also ein Treffen mit den Minderheiten, die wieder einmal demonstrativ in der Minderheit waren. Bernd Burger hatte Angst, der Diktator würde vor Einsamkeit zusammenbrechen zwischen so vielen Attributen, und er hoffte, er würde den Schriftsteller unterbrechen, das konnte ja nicht so ewig weitergehen in dieser Einsamkeit, doch der Diktator drehte Däumchen, und er war sichtlich fasziniert, daß es jemanden gab, der noch schlechter rumänisch sprach als er selbst. Nach etlichen Tagen wurden jede Nacht auf die Villa des Schriftstellers Plastikbeutel geworfen, in denen Scheiße verpackt war, so daß er nie fertig wurde, die Scheiße abzuwaschen. Irgendwann hatten die Scheißewerfer die Villa verwechselt und die Scheiße auf die Villa gegenüber geworfen, wo ein bildender Künstler wohnte, der dann ein großes Schild aushängte, das erklärte, der Schriftsteller wohnt nicht hier, sondern genau mir gegenüber. Und nun mußte Bernd Burger sich anhören, wie der Vertreter der Moral sprach, der sich ja ausweisen wollte und dem Bernd Burger erklärt hatte, er müsse sich nicht ausweisen, er glaube ihm. Da Bernd Burger sich langweilte, beobachtete er eine Fliege, die auf seinem linken Arm auf und ab spazierte, und vor Langeweile schlug Bernd Burger die Fliege tot, was der Vertreter sensibel registrierte. Genau das ist es, sagte er, wir wollen die Gegner vernichten, also, Bernd Burger, Sie müssen nur, außerdem sehen Sie aus wie ein berühmter Schauspieler, Sie werden sicher eine glanzvolle Beerdigung haben, aber das wollen wir auch nicht verhindern, also Sie müssen bloß übermorgen, und da sehen Sie, was für ein Vertrauen wir in Sie haben, wir wollen Sie einer höheren Bestimmung zuführen, die auf Gegenseitigkeit beruhen sollte, wir wollen alle gemeinsam am neuen Menschen arbeiten, und was nützt es, wenn der Rektor des Konservatoriums, während wir über den neuen Menschen sprechen, einschläft und im Schlaf sagt, seit vierzig Jahren arbeiten wir am neuen Menschen, wann ist er endlich fertig, dann war die Arbeit vergeblich, war es die verlorene Zeit, die nie wiederkommt, ich war gegen seine Verhaftung, vor allem, da er sich zum neuen Menschen bekannte, aber auf eine höchst unglückliche Art, doch mein Chef war für Verhaftung, sowohl der alten als auch der neuen Menschen, dagegen konnte ich nichts tun, also Sie müssen bloß übermorgen nachmittag gegen siebzehn Uhr zufällig am Melodyrestaurant vorbeigehen und zufällig einen enormen Durst auf Bier verspüren. Der Oberkellner wird Bescheid wissen, das Restaurant wird, wie immer, voll besetzt sein, aber, wie gesagt, der Oberkellner weiß Bescheid, ein Tisch wird für Sie reserviert sein. Während der Vertreter Bernd Burger zu überzeugen versuchte, daß er übermorgen gegen siebzehn Uhr zufällig am Melodyrestaurant vorbeigehen und zufällig einen enormen Durst auf Bier verspüren solle, fiel Bernd Burger ein Priester ein, mit dem er gut befreundet war und der immer wieder sagte, Bernd, da du so viel gesündigt hast und weiter frischfröhlich sündigst, erlaube mir, daß ich deine Grabrede halte. Ich werde dir im Namen Gottes vergeben, du bist ein schwacher Mensch, aber Gott vergibt allen, auch den Schwachen. Nein, Toni, antwortete Bernd Burger jedesmal, mir soll niemand vergeben, du sollst auch keine Grabrede halten, aber wenn du unbedingt bei meiner Beerdigung dabeisein willst, dann erzähl mir den ordinärsten Witz, den es auf der Welt gibt, während mein Sarg ins Grab hinabgelassen wird. Der Vertreter sagte, ich faß mich kurz. Nachdem Sie also übermorgen gegen siebzehn Uhr zufällig am Melodyrestaurant vorbeigehen und zufällig einen enormen Durst auf Bier verspüren, müssen Sie nur hineingehen. Der Oberkellner weiß

Bescheid, ein Tisch für Sie ist reserviert, Sie können essen und trinken, die Vertretung wird alles bezahlen. An drei zusammengerückten Tischen, die gleich neben Ihrem reservierten Tisch stehen, wird eine Delegation von Amnesty International sitzen. Sie müssen nur einsam, verzweifelt und gut wirken. Die Delegation, soweit unsere Informationen reichen, ist sehr spendabel, sie wird Sie an ihren Tisch bitten, nur müssen Sie sehr einsam und verzweifelt wirken. Diese Delegation interessiert sich für unsere Breitengrade, und uns, die Vertretung, interessiert natürlich, weshalb sie sich für unsere Breitengrade interessiert. Alle Delegierten sprechen gut Deutsch, also gibt es keine Verständigungsschwierigkeiten, sprachlich zumindest nicht. Sie müssen nur unsere bessere Freiheit verteidigen und zuhören, aber gut, weshalb sie sie abschaffen wollen. Sie werden natürlich keine Argumente haben, sie werden einfach so vor sich hinschwatzen, und was sie so schwatzen, interessiert uns. Während der Vertreter Bernd Burger erzählte, was die Vertretung alles interessiert, war Bernd Burger eingeschlafen, und als der Vertreter Bernd Burger weckte, sagte Bernd Burger nur, nein, das geht übermorgen nicht, weil ich mich für übermorgen krankgeschrieben habe. Es besucht mich eine Geliebte. Ja, aber, sagte der Vertreter, wir haben einen patriotischen Auftrag für Sie, wir wollen Sie fördern, einer großen Bestimmung zuführen. Ja, das geht leider nicht, weil ich für übermorgen mich krankgeschrieben habe. Als Bernd Burger am dritten Tag nach diesem Besuch in den Verlag ging, begegnete er Gernhart Vogel, dessen Augen so rot waren wie Jonathanäpfel und so schief lagen wie Zwergbirnen und so groß waren wie taube Nüsse. Nu, was ist los, Gernhart? fragte Bernd Burger. Du, sagte Gernhart Vogel, gestern nachmittag gegen siebzehn Uhr bin ich zufällig am Melodyrestaurant vorbeigegangen, und ich spürte zufällig einen enormen Durst auf Bier. Ein Tisch war noch zufällig frei, und an drei zusammengerückten Tischen saß eine Delegation von Amnesty International. Ich war ziemlich einsam, verzweifelt und deprimiert und brabbelte irgend etwas auf deutsch vor mich hin, und da alle Mitglieder der Delegation deutsch sprachen, baten Sie mich an ihren Tisch, und dann haben wir geredet und gesoffen und gegessen, und nachher nahmen sie mich mit ins Hotel, wo es weiterging mit Essen, Saufen und Reden, und gerade von dort komme ich jetzt, ohne eine Sekunde geschlafen zu haben. Ach Gott, dachte Bernd Burger, wie einsam muß dieser Gernhart Vogel sein, wie einsam muß die Vertretung sein, weil sie Gernhart Vogel nicht gewarnt hatte, das Szenario nicht zu verraten, es könnten ja auch andere, wie zum Beispiel Bernd Burger, dieses Szenario kennen, o Gott, dachte Bernd Burger, diese Welt wird irgendwann an so viel Einsamkeit kaputtgehen.

Als sie wieder auf der Autobahn waren und Bernd Burgers Tochter hinten im Auto eingeschlafen war, erklärte Bernd Burger seiner Frau, es ist aber ein Syndrom der Heimatlosen, der Wettlauf mit dem Wahnsinn in die Vergangenheit. Sie durchlaufen mal Hals über Kopf, mal besinnlich eine Reihe von Lebensstationen, andere überspringen sie, Unglück kann keine Heimat sein, reden sie sich ein. Doch weshalb nicht? frage ich. Und irgendwann kommen sie in der Kindheit an. Es ist eine Art Endstation auf der langen, langen Suche nach Heimat. Heimat war der Birnbaum und der Tisch darunter, auf den die Birnen im Herbst klatschten, Heimat war der Hund, mit dem man kaum Lust hatte zu spielen, Heimat war der Fluß, auf dem Kähne fuhren, niemand wußte, wohin, Heimat waren die Gerüchte, Heimat waren die Gedichte, die man auswendig lernen mußte, Heimat war der örtliche Dialekt, die Großmutter, die stets Brot backte, die vielen Toten, die zu Grabe getragen wurden, Heimat war die Latrine, auf der im Winter die Hoden vom Schnee eingeweht wurden, während geschossen wurde oder Bomben fielen, Heimat war die Sehnsucht nach einem Fahrrad, Heimat war die erste Zigarette, die man rauchte, aus Maishaar gedreht, Heimat waren im Schilf die blutigen Wattebausche, bei deren Anblick man errötete, Heimat waren die Gebete zu Gott, daß der Vater, den man nicht kannte, nicht verhaftet wird, Heimat waren die Murmeln, aus denen man Murmelkuchen backte, den man nicht essen konnte, obwohl man hungrig war, Heimat war der Pfarrer, der den halben Vorort schwängerte, Heimat war der Bahnübergang ohne Schranke in einer Wegbiegung, wo immer wieder Züge Pferdewagen mit sich rissen, Heimat war der wundersame Anblick, der sich auftat, wenn ein Mädchen sich vor Freude drehte und seine Arschbacken sichtbar wurden, Heimat waren die Gewitter, die einem eine höllische Angst einjagten, Heimat war die Neugier, die so groß war, daß sie weh tat, Heimat war des Nachbars Garten, wo man Tomaten stahl, Heimat war ein Keller, in den man sich heimlich durch ein zerbrochenes Fenster zwängte und in dem man alte, wundersame Flaschen entdeckte, die in großen Mengen da herumstanden, so sinnlos, daß es einen einfach faszinierte, Heimat war der Wunsch, daß, wenn das Leben ausreicht, man alle Flaschen vollpissen kann, Heimat waren die Züge, die nicht anhielten, sondern nur pfiffen, Heimat war die Orgel, die, obwohl sie ständig repariert wurde, nie funktionierte, Heimat war das Butterbrot, das man stets an Kubschi im

Klosett der Schule abgeben mußte, damit er mit den Gegnern verhandelte und man nur hin und wieder verprügelt wurde.

Bernd, sagte Bernd Burgers Frau, die ihm aufmerksam zugehört, sich jedoch gelangweilt hatte, ich glaube, wir sind kurz vor Basel, und wir wollten doch nach München.

Melitta, sagte Bernd Burger, bist du dir sicher, daß wir nicht kurz vor Danzig sind.

Entschuldigung, Bernd, nicht vor Basel, sondern vor Bern.

Na wunderbar.

Und was mach ich jetzt?

Nur weiterfahren.

Aber wohin?

Ist mir egal.

Soll ich jetzt rechts abbiegen oder links?

Du kannst ja nicht links abbiegen, sondern nur rechts, wir sind auf einer Autobahn.

Ja, das stimmt.

Also.

Aber wohin soll ich nun fahren?

Fahr nach Venedig oder Marseille, nur, sag mir, Melitta, wie sind wir in die Schweiz hineingeraten, mit unseren staatenlosen Pässen?

Wir haben uns einfach verfahren, Bernd.

Das ist mir schon klar, doch das meine ich nicht. Wieso haben sie uns an der Schweizer Grenze nicht festgenommen oder zurückgeschickt, obwohl, Melitta, du hast recht, wohin hätten sie uns zurückschicken sollen mit unseren staatenlosen Pässen, aber sie hätten uns zumindest in die Schweiz nicht hereinlassen müssen.

Du hast vergessen, Bernd, daß wir ein deutsches Auto haben mit deutscher Nummer, das hast du doch einundneunzig in Mannheim gekauft.

Ach so, das hab ich tatsächlich vergessen.

Nun, laß das, Bernd, die Grenzbeamten und Zöllner waren so lustlos und gelangweilt, als wären sie Angestellte bei der rumänischen Post, aber sag mir, wohin fahren wir jetzt?

Weshalb soll ich das entscheiden, Melitta, sagte Bernd Burger. Die Erinnerungen, fuhr er fort, sind keine Beweise, die Kindheit, im besten Fall, ist ein Glück, das man sowieso nicht begreift, und deshalb kann Kindheit keine Heimat sein. Glück hat immer etwas mit Naivität zu tun, mit einer Naivität, die nichts begreifen kann, am allerwenigsten sich selbst. Also ist die Heimat der Kindheit eine Heimat der Unwissenheit.

Bernd, wir müssen nach München, und dann müssen wir uns im Aussiedlerheim in Hamm melden.

Und weshalb müssen wir das?

Wir können doch nicht ewig mit unseren staatenlosen Pässen durch die Gegend fahren.

Und weshalb nicht?

Wir brauchen doch irgendwann eine Identität.

Daß das Kind, sagte Bernd Burger, nicht begreift, ist klar, und in jedem Erwachsenen lebt ein Kind, das immer älter wird, doch bei den Emigranten ist es genau umgekehrt, das Kind in ihnen wird immer jünger, das Kind spinnt Legenden, noch und noch, die der Erwachsene zu Mythen ausbaut, an die er sich zu klammern versucht. Vermutlich geht es doch nicht ohne Mythen. Und jeder Mythos, im Grunde, entsteht aus dem Bedürfnis, der Realität eine Vorstellung von der Realität entgegenzuhalten, Mythen entstehen dann, wenn man vor Abgründen steht, in die man nicht stürzen will, und das beginnt mit der Kindheit.

Tata, sagte Bernd Burgers Tochter, die eben aufgewacht war, du bist immer noch bei der Kindheit, aber ich bin hungrig und schläfrig, schau, das ist eine Ausfahrt, die führt nach Interlaken.

Interlaken, meinetwegen.

Aber wir kennen ja Interlaken nicht, und in Interlaken gibt es niemanden, der uns kennt, sagte Bernd Burgers Frau.

Um so besser, sagte Bernd Burger.

Bernd Burger ging in ein Restaurant und sang, o mica paserea cinta, ce pula mea, ce pula mea, er verdeutschte dieses Lied natürlich ein bißchen, selbstverständlich mit schweizerischem Akzent, was ihm sofort allgemeine Sympathie einbrachte.

Das Restaurant hatte im ersten Stock eine geschmackvoll ausgestattete Terrasse. Sie strahlte eine intime, aber nicht kitschige Atmosphäre aus, und diese Terrasse gab einen großzügigen Ausblick frei auf die Weite und Enge der Landschaft. Bernd Burger betrachtete eine Weile fasziniert das bunte Treiben unten in der Stadt, doch plötzlich nahm alles die Gewohnheit an, gewöhnlich zu sein, die Tür, die klemmt, die Dusche, die nicht ganz dicht ist, die Moral der Trauer und der Freude, die Müllabfuhr, der Hustenreiz, der Blick auf bekannte Gegenstände und Zeichen, auf die Straße, ins vertraute Chaos, das nur noch den Ehrgeiz hatte, sich selbst zu reproduzieren und zu potenzieren, und im Licht blinkte ein Rot auf, die Farbe des Weins, der Gardinen, des Sozialismus, der Blätter im Herbst, der Holzscheite im Kamin, der alles verschlingt, was nennenswert oder nicht nennenswert ist, und es wurde Abend, weil das Licht sich nackt ausgezogen hatte, und Bernd Burger dachte, schon die kleinste Überraschung würde eine Katastrophe bewirken wie Allwissenheit.

Bernd Burgers Frau und Tochter bestellten Meeresfrüchte, und da sie nun einmal Lust hatten auf Meeresfrüchte, verging Bernd Burger der Appetit.

Tata, und du ißt nichts, fragte Bernd Burgers Tochter.

Nein.

Weshalb nicht?

Weil mir der Appetit vergangen ist.

Wieso?

Meeresfrüchte, genauso wie Gebäck, erinnern mich an einen bei lebendigem Leib sezierten Frosch.

Tata, übertreib jetzt nicht wieder, wo gibt es da einen Zusammenhang?

Astrid, weißt du, es gibt Augenblicke, in denen man Dinge in einen Zusammenhang stellt, in den sie tatsächlich nicht hineingehören. Deshalb kann ich auch Kerzenständer mit vier oder fünf oder sechs brennenden Kerzen nicht leiden, weil mich das an Zäune erinnert, und die Zäune erinnern mich an alles, was verboten war, also es gibt schon Zusammenhänge, nur kann ich sie nicht erklären, weil sie so skurril sind und sich einfach breitmachen, ohne sich um mich zu kümmern.

Bernd Burger erinnerte sich an die dumme Ilse, die einmal in einer Zoologiestunde einen Frosch bei lebendigem Leib seziert hatte, um ihren Schülern zu zeigen, wie ein Herz schlägt. Etliche Schüler wollten da nicht mitmachen, doch die dumme Ilse drohte ihnen, die Note in Betragen zu senken und sie in Zoologie durchfallen zu lassen. Bernd

Burger wurde es bei dieser Demonstration schlecht, und er übergab sich. Die dumme Ilse lächelte verächtlich und sagte nur, Bernd, was bist du für ein Mann. Nach der Revolution, bei einem Klassentreffen, sprach Bernd Burger die dumme Ilse darauf an, und die dumme Ilse entschuldigte sich öffentlich vor allen Anwesenden. Sie meinte, es täte ihr leid, und heute würde sie so etwas nie wieder machen. Doch Bernd Burger war von dieser Ehrlichkeit überhaupt nicht überzeugt, und schon gar nicht von ihrer Reue, er wußte, daß sie dieses Experiment jetzt ja gar nicht mehr durchführen konnte, weil die Diktatur vorbei war und sie nicht mehr die Macht hatte, die Schüler zu zwingen, ihr bei einer Demonstration zuzusehen, bei der sie vor Zynismus aufblühte.

3

Am Morgen, auf dem Balkon, hatte Bernd Burger den Eindruck, daß alles, was er tat, von dem maßlosen Zorn auf seine rechte Hand geleitet wurde, die so zitterte vor Zuversicht, daß sie einfach wehrlos war, vor allem an diesem Tag, da die rechte Hand an der linken vorbeihantierte, weil es ein Tag der offenen Tür war, an dem die Ränder zum Mittelpunkt drängten, als gäbe es dort mehr zu erkennen als an den Rändern. Bernd Burger wollte eine Orange schälen, doch die Orange fiel ihm aus den Händen, und seine Hände dachten, Gott sei Dank, daß die Orange niemanden erschlagen hat.

Da Bernd Burger sich von seinen Händen trennen wollte, blickte er auf die Berge. Berge liebte er über alles. Ein Freund, Ion Ioan hieß er, erklärte ihm einmal, er hasse die Berge, weil sie den Blick verstellen, er liebe das Meer, da kann man weit hinausblicken. Bernd Burger sagte, wie weit, weit bis ins Nichts, aber, Ioane, wenn du auf einem Berggipfel stehst, siehst du noch viel weiter, bis über das Nichts hinaus.

Wieso, dachte Bernd Burger, bewirkt der Pollenflug etwas wie Torschlußpanik, obwohl die Zusammenhänge nicht im krankhaften Wunsch liegen, abzureisen, und auch nicht in der Besessenheit, anzukommen, was du anschaust, verändert sich, verwandelt durch das, was du erblickst, wenn du auf es zugehst, und wieder durch das, was du siehst, wenn du gehst und dich umdrehst, und das geschieht so lautlos, so unabsichtlich, so jenseits jeder Moral, und weshalb, wenn der Pollenflug einsetzt, dieser krankhafte Wunsch, abzureisen, und diese Besessenheit, anzukommen?

Glocken läuteten, die den Höhen die Tiefen nahmen, als würden sie verkünden, blau ist die Farbe der Sucht und des Entzugs der Sucht, vor dir liegt der Ausblick vom Balkon, gebaut auf der Seite ostwestlicher Mischkulanz, ein Wort, umschreibbar bloß mit der Vorstellung, daß du dein eigener Doppelgänger bist, der sich an der Zeit berauscht, als er noch das Original war, es war eine Leichtigkeit in der Tragik dieser Glocken, die den Sinn relativierten, an den man glauben mußte, und ihn deshalb lebbarer machten.

Windstöße kamen auf, Wetterleuchten, und Bernd Burger legte Rachmaninow auf, und er schwitzte und ertappte sich, wie er mit der Hand durch die Luft fuhr, als wollte er sinnlose Entscheidungen abwehren, und den Anschein, daß ich hier, auf dem Balkon, säße, dachte Bernd Burger, erweckt die Gelassenheit, mit der das eine Bein in die eine, das andere in die entgegengesetzte Richtung unterwegs ist, aus Gründen, die nicht nach mir fragen.

Bernd Burger ging durch die Stadt. Kaufen Sie Dessous, kaufen Sie Dessous, brüllte ein Mann, der aussah, als hätte er schon alle Bäume ausgerissen, die es auf der Welt gab, und dem vor Enttäuschung nichts mehr anderes übrigblieb, als Dessous anzubieten. Kaufen Sie Dessous, schrie er, und Bernd Burger schien es, daß er nicht aus Überzeugung schrie, sondern aus Verzweiflung, und er zerrte Bernd Burger in einen Laden. Nun stand Bernd Burger da, und plötzlich schmerzte sein linkes, operiertes Bein, und er erschrak bei dem Gedanken, die Securitate hätte während der Operation ihm für immer und ewig ein Mikrofon ins Bein installieren lassen, doch Bernd Burger beruhigte sich, als er eine große Menge von Plakaten sah, die für Dessous warben. Auf den Plakaten stand immer der gleiche kauzige Text: Hart ist die Eberswalder Knüppelwurst, hart sind die Schweizer Alpen, hart sind die amerikanischen Drinks, hart ist die deutsche Lebenslust, doch kein Schwanz ist so hart wie das Leben, hol es dir, verschönere es immer wieder mit Dessous, hart ist der Rock 'n' Roll, deshalb harte Dessous.

Eine Verkäuferin nahm Bernd Burger höflich, ja herzlich, sogar zärtlich in Empfang, indem sie den Reißverschluß ihres kurzen Kleides, kurz unten, kurz oben, öffnete und Dessous zeigte, die tatsächlich alles übertrafen, und die Dame fragte Bernd Burger, ob sie ihn beraten könnte, doch Bernd Burger antwortete, ich steh hier im Raum, der etwas gekrümmt ist, seitdem Einstein ihn relativiert hat.

Die Verkäuferin lachte, Sie sind unwahrscheinlich sympathisch, solche gestylt perversen Kunden haben wir nur selten, und was würde so Ihrem Geschmack entsprechen?

Ein Siebenbürgenhöschen, für meine Frau.

Ein was?

Ein Siebenbürgenhöschen.

Ein Siebenbürgenhöschen?

Ja.

So etwas kenne ich nicht, und wie soll das aussehen?

Es besteht bloß aus sieben Schnüren, die so hauchdünn sind wie Spinnweben, an denen einst sieben Burgen hingen, die verschwunden sind, weil alle darauf vertrauten, eine feste Burg ist unser Gott.

Sie meinen ein Riohöschen?

Nein, das meine ich nicht.

Warten Sie, bitte, einen Augenblick, ich hole den Chef, vielleicht weiß er, was Sie meinen.

Bernd Burger ging zurück ins Hotel, und da seine Frau und seine Tochter noch schliefen, setzte er sich auf den Balkon, und er dachte: Nicht daß Max Frischs Frage, ob Bertolt Brecht seine leblose Hülle in einen Stahlsarg einschweißen ließ, um nicht auferstehen zu müssen, nicht berechtigt gewesen wäre. Vielleicht aber hätte noch eine zweite, präzisere Frage in dieser Richtung folgen müssen, etwa, weshalb wollte Brecht nicht auferstehen? Daraus allerdings hätten sich eine Reihe von Vermutungen ergeben, wie etwa, glaubte er, es sei besser im Jenseits? Haben wir ihm unrecht getan, und wenn ja, womit? Liebte er, der immer unruhig war, am Ende doch heimlich die Ruhe? Wollte er unsere komplizierte Logik nicht auf den Kopf stellen mit seiner einfachen Vernunft? Oder fürchtete er nachzusehen, ob wir schließlich seine Vorschläge angenommen haben? Wollte er vermeiden zu erfahren, was aus seinem Werk werden würde? Wollte er nicht auch vor den wenig getreuen Kopien seiner selbst Kränze niederlegen müssen? Hatte er Angst, wir schaffen das Rauchen ab? War es ein Verzweiflungsakt, ein Akt der Versöhnung oder der höchsten Zufriedenheit und endgültigen Erfüllung? Urteilte er nach dem Prinzip, was zu sagen war, habe ich getan, der Rest ist Geduld? Wußte er etwas, das wir nie erfahren werden? So viele Fragen, so wenig Antworten.

Bernd Burgers Tochter kam auf den Balkon gesprungen, sie jauchzte vor Glück. Tata, sagte sie, es ist ein wunderschöner, blauer Himmel, weshalb bist du so traurig?

Eben weil der Himmel so blau ist.

Tata, du bist immer traurig.

Bernd Burgers Tochter weckte Bernd Burgers Frau. Sie gingen duschen, machten sich frisch, und gemeinsam gingen sie in den Frühstücksraum, wo auf etlichen Tischen kleine Nationalfahnen standen. Als Bernd Burger die Fähnchen sah, sagte er, hier können wir nicht frühstükken.

Weshalb nicht, fragte Bernd Burgers Frau.

Es werden hier immer wieder Nationalhymnen erklingen, und jedesmal werden wir aufstehen müssen, und wie können wir dann frühstücken, wenn wir immer wieder aufstehen müssen. Also ich möchte schon, wenn ich esse, in Ruhe essen, und mir keine Nationalhymnen anhören und dabei immer wieder aufstehen müssen.

Wir müssen ja nicht aufstehen.

Oh, dann verprügeln sie uns.

Na gut, wir können ja hin und wieder bei der einen oder anderen Nationalhymne aufstehen.

Wenn wir schon bei einer Nationalhymne aufstehen, müssen wir bei allen Nationalhymnen aufstehen, sonst lösen wir einen Krieg aus.

Und was machen wir jetzt?

Wir kaufen ein und fahren auf einen Parkplatz, wo wir auf stinknormalen Betontischen in Ruhe frühstücken können, weil auf diesen stinknormalen Betontischen keine Nationalfähnchen stehen, und während wir frühstücken auch keine Nationalhymnen erklingen werden, bei denen wir immer wieder aufstehen müssen.

Und wohin fahren wir dann?

Zum Lago Maggiore. Bernd Burger war selbst überrascht, wieso er das gesagt hatte, aber da er nun einmal dieses Ziel angegeben hatte, bestand er darauf, zum Lago Maggiore zu fahren.

Aber wir müssen doch in Hamm ankommen, sagte Bernd Burgers Frau besorgt.

Genieß es doch, staatenlos zu sein, es dauert noch zehn

Tage, höchstens zwei Wochen an, dieses Glück, bis mir dann irgendwann das Geld ausgeht.

Dieses Glück, von dem du redest, macht mir angst, ich möchte endlich wissen, wo es langgeht.

Also jetzt zum Lago Maggiore. Dein Wissensdurst macht mir Sorgen. Es kann doch kein Glück sein, wenn man weiß, etwas ist endgültig, das ist doch, meine Güte, deprimierend. Melitta, schau dir den Tessin an, diese wunderbare Landschaft, die heute anders ist als gestern. Sie hat sich von gestern auf heute total verändert, weil unsere Gedanken und Erfahrungen und Erinnerungen sie verändern, dies ist ein Glück, das nur wir der Landschaft geben können. Weißt du, Zorn hat etwas mit der Überheblichkeit zu tun, alles besser wissen zu wollen, mit der Enttäuschung, daß es noch etwas im Bewußtsein gibt, wogegen sich die Dinge wehren, und dann kommt Wut auf und zerstört die Dinge. Der Zorn gebiert nur Größenwahn. Mit der Enttäuschung sollten wir lernen, zivilisiert umzugehen, dann würden wir die Dinge nicht verunstalten aus lauter Haß, etwas mehr Toleranz täte uns gut. Wir würden die Dinge nicht so sehr verzerren, weil sie sich uns anders darstellen, als wir es von ihnen erwartet haben. Wir sollten die Dinge so akzeptieren, wie sie sind, und mehr nachdenken über Dinge, die es nicht gibt, die wir aber brauchen. Vielleicht könnten wir sie ja erfinden, und dann würden wir das, was es gibt, nicht so sehr verzerren und zerstören, aber vielleicht mangelt es uns an Phantasie, und deshalb wollen wir verändern, was unveränderbar ist. Es ist immer wieder das alte Elend unserer Phantasielosigkeit, das Rachegefühle in uns aufkommen läßt, weil die Dinge so sind, wie sie sind, und wir nichts anderes aufbauen können.

Du hast recht, sagte Bernd Burgers Frau, aber hör bitte auf, ich muß mich auf die Autobahn konzentrieren. Und weshalb fahren wir jetzt zum Lago Maggiore?

Vielleicht habe ich dort eine Erleuchtung, sagte Bernd Burger mit abweisender, bös triumphierender Stimme, und dann tat es ihm leid, und wieder küßte er die Hand seiner Frau am Steuer. Solange, sagte Bernd Burger, das Geld noch reicht, fahren wir in die entgegengesetzte Richtung von Hamm, dort werden wir sowieso zu früh ankommen, ganz gleich, wann wir ankommen.

Und nun war Bernd Burger auf dem Weg zum Lago Maggiore, und er dachte nach, ob Lenins Büste in Zürich aus Stein ist oder nicht. Am besten, dachte Bernd Burger weiter, sollte man den Stein in Ruhe lassen. Denn schlägt unser Kopf gegen einen Stein, ist der Stein verletzt, wir haben ihn gestört beim Denken. Er gibt den Rohstoff ab für Denkmäler, Bordüren, Briefbeschwerer, Straßenschlachten, archäologische Funde und zuweilen für Metaphern und Mythen und Redewendungen. Mit Hammer, Meißel, Säge verleihen wir ihm eine humane Gestalt. Wir haben nie genug von ihm, selbst vom Mond holen wir ihn herunter. Manchmal ist er das Produkt unserer Nieren, der Galle, der Blase. Er gleicht uns, wir können ihn formen, aber nicht erweichen. Bei Revolutionen ließ er sich von uns durch die Luft wirbeln, dabei wünschte sich der Stein, er wäre weniger belastet von uns, doch wir brauchen ihn selbst über den Tod hinaus als sichtbares Mal unserer zweifelhaften Anwesenheit unter Steinen.

Bernd Burgers Tochter, hinten im Auto, wo sie wieder geschlafen hatte, weil sie immer, wenn sie im Auto fuhr, schlief, egal zu welcher Zeit, wurde wach, und sie wurde nur wach, wenn sie hungrig war oder auf die Toilette mußte. Und dieses Mal mußte sie auf die Toilette.

Macht nichts, sagte Bernd Burgers Frau, wir müssen sowieso tanken. Wenn Bernd Burgers Frau sagte, wir müssen tanken, war es klar, daß sie essen wollte.

Wunderbar, sagte Bernd Burger, ich habe jetzt Lust, einen Schnaps zu trinken.

Bernd Burger wollte einen Schnaps trinken auf das allgemeine Wohl Europas, und es fiel ihm schwer, diesmal zu trinken, weil er wußte, daß dieses Trinken nichts mit Befreiung zu tun hatte, sondern mit dem Größenwahn, seine Identitätslosigkeit nicht verlieren zu wollen, und er sah, wie die Geister im Schnaps feixten, und er hatte Angst vor ihrer Botschaft. Bernd Burger traute dieser Botschaft nicht, und wenn man trinkt, kann man sie auch nicht begreifen, und weshalb trinkt man dann? Ein Trinker, dachte Bernd Burger, ist genauso krank wie ein Diktator, der sich weigert, in eine psychiatrische Klinik eingeliefert zu werden. Bernd Burger fühlte sich in einen historischen Prozeß hineingezogen, der ihn in eine Walze drängte, ziemlich brutal und endgültig, aus der er sich rettete, indem er als Folie herauskam, Gott sei Dank, als Stanniolfolie, glücklich und geläutert, und als Stanniolfolie kann ich nicht mehr trinken, sagte sich Bernd Burger, das überlasse ich nun anderen.

Bernd, sagte Bernd Burgers Frau, wir fahren schon über zwanzig Minuten durch diesen Tunnel, ich habe Angst.

Was soll ich sagen?

Tu was.

Ja, meine Güte, was soll ich tun?

Willst du nicht wenigstens meine Hand küssen, um mir die Angst zu nehmen?

Diesmal nicht.

Dann beschimpf mich.

Dafür gibt es keinen Grund.

Aber dieser Tunnel nimmt kein Ende.

Melitta, dies ist gar kein Tunnel, das bildest du dir nur ein. Es ist eine lange, lange Röhre der Erinnerung, durch die wir jetzt fahren, und ich wünschte mir, diese Röhre hätte so viele Verzweigungen, daß wir uns darin verirren, und irgendwann, nach etlichen Wochen der Irrfahrten, kämen wir wieder, geläutert, in London ans Tageslicht, doch du hast recht Melitta, wir fahren durch einen banalen Tunnel, aber erst seit drei Minuten, nur deine Angst dehnt die Zeit, die in dir tickt, und wenn wir durch sind, sind wir wieder um eine Enttäuschung reicher, so ist das eben.

Als sie aus dem Tunnel heraus waren, hielt Bernd Burgers Frau bei der nächsten Gaststätte an und küßte ihn. Die Tochter schlief noch im Auto. Bernd, sagte Bernd Burgers Frau, komm, gehen wir ins Restaurant, ich möchte dir beichten.

Wieso mir, Melitta, du hast doch einen Gott, an den du glaubst.

Das stimmt, Gott hat mich verstanden.

Melitta, ich bin ein Nichts im Vergleich zu deinem Gott, ich kann vieles nicht verstehen, bloß akzeptieren.

Bernd, ich habe dich betrogen.

Ich weiß es.

Und was sagst du?

Nichts.

Genau das ist es, du bist ein Nichts, und da alle bestätigten, daß du ein Nichts bist, habe ich eine Stütze gesucht und auch gefunden, bei einem Arzt, der mir versprach, sich von seiner Frau scheiden zu lassen und mich zu heiraten. Wir haben wunderbare Pläne geschmiedet, viel zu groß waren sie für unser Leben, aber was zählt das schon im Vergleich zum Glück, etwas zu besitzen, an das man glauben kann. Und, Bernd, man kann an alles glauben, wenn man nur stark genug ist, und der Arzt hat diesen wunderbaren Willen in mir wachgerüttelt, glücklich zu sein. Es war eine Euphorie, die du mir nie geben konntest, du warst ja nie fähig zu großen Versprechen, nicht einmal zu kleinen, du warst nie imstande, überhaupt etwas zu versprechen, und woran sollte ich glauben? Weißt du, je größer die Versprechen sind, um so mehr wächst auch die Euphorie und um so intensiver werden die Gefühle, aber du kennst ja solche Gefühle nicht. Bernd, sag jetzt nicht, es waren Illusionen, sonst verachte ich dich noch mehr, als ich dich sowieso schon verachte. Es waren keine Illusionen, es war das wahre Glück, also red nicht von Illusionen, und je größer das Glück ist, um so höher ist auch der Preis, den man dafür bezahlt, doch kein Preis war mir zu hoch für diese Euphorie, die mir Flügel verlieh. Ich war einfach glücklich, überglücklich, und das allein zählte. Du aber machst jedes Glück kaputt, indem du es hinterfragst, du willst einfach nicht akzeptieren, daß man auch auf schönen, wunderbaren Lügen das Glück aufbauen kann. Ich gehe da großzügiger um mit dem Glück, sonst hätte ich es ja auch nie erreichen können. Mich interessiert das nicht, worauf das Glück basiert, denn würde mich das interessieren, würde ich es gleich kaputtmachen. Hauptsache, ich bin glücklich, und ich konnte nicht genug an Vorrat von diesem Glück haben, den mir der Arzt anbot, und ich habe das ausgekostet bis zum letzten Tropfen, der Rest war mir egal. Es waren die schönsten Jahre in meinem Leben. Nie zuvor hatte ich so intensiv gelebt und auch nachher nie wieder, dieser Arzt hat mir auch die Augen geöffnet, wie schäbig du bist, und je euphorischer ich wurde, um so größer war auch die Genugtuung, daß ich dich betrog, und diese Genugtuung war auch ein Teil meines Glücks, nein, ich bereue nichts, und außerdem kann man nur etwas bereuen, das man getan hat, ohne dabei glücklich gewesen zu sein.

Im Restaurant saßen irgendwelche Leute, die in einem siebenbürgischen Dialekt sprachen, während eine CD lief, auf der mal die Glocken von Hermannstadt erklangen, mal die Glocken von Bistritz, mal die Glocken von Schäßburg, mal die Glocken von Kronstadt, mal die Glocken von Mediasch, mal irgendwelche Glocken, die Bernd Burger nicht identifizieren konnte, und Bernd Burger erinnerte sich, daß das erste Wort, das solche Typen sprechen gelernt hatten, nicht das Wort Mutter oder das Wort Vater war, sondern das Wort Deutschland, und erst nachher lernten sie die Wörter Vater und Mutter, und jetzt sitzen diese Leute da, dachte Bernd Burger, und sprechen nur über Siebenbürgen, selbst im Urlaub in der Schweiz.

Melitta, sagte Bernd Burger, laß uns gehen, die Lage ist mir zu schizophren.

Wohin sollen wir gehen?

Weg von diesem Glockengebimmel, zur nächsten Raststätte.

Bei der nächsten Raststätte sagte Bernd Burgers Frau, Bernd, ich hab dich betrogen.

Ja, das hast du schon gesagt, bitte wiederhol dich nicht immer.

Bernd, weißt du, daß ich betrog, gab mir ein wunderbares Gefühl, das Gefühl, ich bin absolut frei, ich kann über meinen Körper verfügen, wie ich will, und ich hatte plötzlich die Sicherheit, daß mein Körper mir gehört und nicht dir, und ich erlangte die Gewißheit, daß mein Körper nur glücklich sein kann, wenn er einen anderen Körper glücklich macht. Ich hatte bisher die Freiheit immer dort gesucht, wo sie nicht ist, genauer gesagt, ich hatte die Freiheit stets dort gesucht, wo sie endet, und nie dort, wo sie beginnt, Bernd, kannst du das verstehen?

Ich wäre das letzte Arschloch dieses Jahrtausends, wenn ich das nicht verstehen könnte.

Und sag mir, Bernd, warst du nie eifersüchtig?

Nein, weshalb auch?

Bernd, das hat mich doch irgendwie gestört, daß du nie eifersüchtig warst. Es war der einzige bittere Tropfen, der meine Euphorie ein wenig getrübt hat, und ich wollte mit meiner Genugtuung, daß ich dich betrüge, diese Euphorie steigern.

Ach, sei jetzt nicht so tragisch, es ist ja alles in Ordnung, Euphorie hin, Euphorie her, ich möchte endlich am Lago Maggiore ankommen.

Aber, sagte Melitta, du hast mich unzählige Male mehr betrogen als ich dich.

Melitta, der Betrug ist die einzige Zahl, die es nicht verträgt, daß vor oder hinter ihr eine andere Zahl Platz hat, weder eine Null noch sonst was.

Aber du hast mich auch mit der Frau eines Pfarrers betrogen.

Und was war falsch daran?

Nichts, aber gerade mit der Frau eines Pfarrers?

Ja, weshalb nicht?

Du bist ein Scheusal.

Nein, Melitta, ich habe dich nur mit der Frau eines Pfarrers betrogen, weil der Pfarrer seine Frau mit einer anderen Frau betrogen hatte.

Bernd, so wie ich dich kenne, wolltest du nur näher an Gott sein, an den du nicht glaubst, du wolltest so nah wie nur möglich an Gott sein, damit du ihn erniedrigen und beleidigen kannst.

Nein, Melitta, das stimmt nicht, ich war verliebt in diese Frau, und auf keinen Fall deshalb, weil der Pfarrer seine Frau mit einer anderen Frau betrogen hatte, und als sie sagte, Gott hätte uns zusammengeführt, hab ich nur schallend gelacht, und sie war entsetzt, du bist der Teufel, sagte sie und ist weggelaufen, doch dann kam sie zurück und sagte, Bernd, du hast recht, Gott kann nicht lachen.

Bernd, warst du wirklich verliebt in diese Frau?

Ja.

Das glaube ich nicht.

Melitta, warst du verliebt in diesen Arzt?

Bernd, bis über beide Ohren.

Und weshalb willst du nicht glauben, daß ich in die Frau des Pfarrers verliebt war?

Weil du einfach Gott auslachen wolltest.

Siehst du, Melitta, das ist der Unterschied. Ich glaube dir, daß du verliebst warst, aber du glaubst mir nicht, daß ich auch verliebt war. Weshalb bist du so eifersüchtig auf die Liebe, von der du glaubst, daß sie nur dir gehört?

4

Bernd Burgers Tochter war aufgewacht. Sie schrie, Tata, da war ein kleines Schild mit einem Wappen, auf dem Liechtenstein stand. Das Schild, sagte sie, stand ziemlich schief, es war auch etwas verblichen und verwaschen, aber es stand Liechtenstein darauf.

Astrid, sagte Bernd Burgers Frau, das kann nicht stimmen, bald sind wir am Lago Maggiore.

Nein, wir sind in Liechtenstein.

Bernd, fragte Bernd Burgers Frau, was glaubst du, wo sind wir nun, in Liechtenstein oder bald am Lago Maggiore?

Ich weiß es nicht, doch so, wie du fährst, würde es mich nicht wundern, wenn wir gleich in Prag sind oder sogar in Sankt Petersburg, aber das macht ja nichts, dann sind wir eben in Prag oder in Sankt Petersburg.

Und was soll ich jetzt machen?

Einfach ein paar Meter im Rückwärtsgang zurückfahren, damit wir wissen, wohin es vorwärts geht, nach Prag oder zum Lago Maggiore oder nach Liechtenstein oder nach Sankt Petersburg.

Es stimmte, es war tatsächlich ein bescheidenes Schild, das auf dezente Weise anzeigte, hier beginnt Liechtenstein, also mußten sie bloß über eine unscheinbare Brücke eines Flüßchens fahren, und schon waren sie in Liechtenstein.

Und was soll ich jetzt machen, fragte Bernd Burgers Frau.

Nicht weiterfahren.

Wieso nicht?

Bernd Burger war enttäuscht. Er stieg aus dem Auto und sagte, was zum Teufel, wieso gibt es da keinen Zoll und keine Grenzbeamten, ich werde fast verrückt. Haben alle Beamten hier an der Grenze von Liechtenstein gestern Selbstmord begangen und vorher noch schnell das Zollhaus abgetragen und verkauft? Bernd Burger versuchte, enttäuscht wie er war, das Grenzschild aus der Erde zu ziehen, und er wunderte sich, wie leicht er das schaffte. Er trampelte auf diesem Schild herum, und es ärgerte ihn, daß niemand da war, den das gestört hätte. Na gut, sagte Bernd Burger, nun sind wir eben in Liechtenstein, und er setzte sich wieder ins Auto.

Wohin fahren wir jetzt, fragte Bernd Burgers Frau.

Wir fahren mit Dampf und Gloria nach Vaduz.

Ich bin zu müde, ich kann nicht mehr.

Ach, komm, Melitta, bis Vaduz sind es noch etliche Kilometer, das schaffst du noch.

Etliche hundert Kilometer.

Nein.

Schau, Bernd, wir sind tatsächlich in Vaduz.

Na also.

Bernd, weißt du, was mich an dir stört?

Ja, mein Bauch.

Nein.

Du meine Güte, was dann?

Bernd, du gehst so locker um mit den Tatsachen. Ich habe immer den Eindruck, es ist dir egal, ob die Tatsachen angenehm sind oder unangenehm.

Ja, Melitta, was soll ich tun? Könnte ich die unangenehmen Tatsachen, wenn sie mir nicht egal wären, in angenehme Tatsachen verwandeln?

Ich kann das, was du denkst oder tust, bloß vergleichen mit einer eiskalten Hand, die eine Kerze nach Belieben löscht und anzündet, anzündet und löscht, und mir kommt vor, du hast sogar Spaß an dieser Beliebigkeit, und Lustgefühle kommen dabei in dir auf.

Melitta, um im Bild zu bleiben, ich zünde keine Kerzen nach Belieben an, noch lösche ich irgendwelche Kerzen nach Belieben. Alles, was ich tue, geschieht unter Zwang, den ich keinesfalls als bösen Druck empfinde, dem ich bloß hilflos ausgeliefert bin, und nur wenn ich diese Hilflosigkeit wirklich in der Tiefe ihrer Dimensionen begreife, kann die Hilflosigkeit faszinierend sein. Sie löst Vorstellungen in mir aus, die recht seltsam sind und mich enorm bereichern, die ich jedoch nicht haben könnte, gäbe es den Zwang nicht. Die Hilflosigkeit ist das einzige Prinzip, das einem Flügel verleihen kann, mit denen man nicht abstürzt, also ist sie ertragbarer als die Hoffnung.

Aber wer oder was zwingt dich zu etwas?

Im Grunde alles. Mal ist der Zwang offensichtlich, mal verdeckt, mal unscheinbar, mal brutal, mal pervers, mal schmeichelhaft. Er äußert sich sogar in Bitten oder Gegenleistungen, im Glauben und in der Überzeugung, weg zu müssen von Abgründen, im Wahn, man übersteht es, egal was, denn man muß vieles überstehen. Ich habe sehr früh, viel zu früh lernen müssen, damit umzugehen, mit der Absurdität des Zwangs, und seither habe ich stets das Gefühl, in die entgegengesetzte Richtung gehen zu müssen, doch niemals weiß ich, welche die ist, und ich kann nie die Richtung einschlagen, in die ich eigentlich gern gehen möchte. Das begann schon beim Militär. Ich war gerade mal achtzehn, da wurde es mir zum ersten Mal bewußt. Es war einmal, nun, es hat den Anschein, als begänne das alles wie ein Märchen, nur, das ist es nicht, also, es war einmal ein Tag, kurz nachdem ich zum Militär eingezogen worden war, ein Tag, an dem die Quecksilbersäule minus 29 Grad anzeigte. Der Boden war zu Stein gefroren, und darüber lag eine dicke Eisschicht, und wir erhielten den Befehl, einen Schützengraben auszuheben, doch dafür hatten wir bloß kleine Infanterieschaufeln zur Verfügung, die ebenso stumpf waren wie der erteilte Befehl. Der Widersinn war so offensichtlich, daß ich mich gar nicht anstellte, den Befehl auszuführen. Der Kommandant, Filz hieß er, führte mich ab in den Arrest. Er erklärte mir, er hätte natürlich gewußt, daß er das Unmögliche, den Wahnsinn, von uns verlangt hatte, aber darauf käme es nicht an, darauf käme es gar nicht an. Entscheidend sei, guten Willen zu zeigen, die ständige Bereitschaft, einen Befehl auszuführen, auch wenn er sinnlos ist. Der Hauptmann Filz versicherte mir, vergebens hätte ich das Gymnasium absolviert, der Soldat Emil Bugan, mit nur vier Schulklassen, würde es unvergleichlich weiterbringen im Leben als ich, weil der Soldat Emil Bugan sich fast zu Tode geschwitzt hatte, den Befehl auszuführen. Er stocherte wie besinnungslos vor Begeisterung an der dicken Eisschicht herum, ohne daß es ihm gelang, auch nur einen einzigen beachtlichen Splitter herauszuschlagen, und das nannte er respektvoll die Schule des Lebens, der Soldat Emil Bugan.

Melitta, manchmal habe ich den Eindruck, die Psychiatrie kümmert sich zu wenig, ja, gar nicht um das Glück. Sie ist zu sehr damit beschäftigt, das größte Elend abzuwenden. Sie bemüht sich bloß, dem Weg zum Ende hin eine andere Richtung zu geben, eine glücklichere, wie sie meint. Im Grunde aber hat sie das Glück allein gelassen, und manchmal steht es da, vor mir, und ich kann damit nichts anfangen, weil ich nur gelernt habe, Katastrophen abzuwenden, und es blickt mich an, verwundert, enttäuscht, mit großen Augen, vor denen ich mich fürchte, und ich kann diesem Blick nicht standhalten. Ich weiß, Melitta, das Glück ist kein stillgelegter Bahnhof, wo Nostalgien aufkommen. Nein, das Glück ist ein großer Bahnhof, ein Tummelplatz, ein Umschlagplatz, und wenn es hochkommt, eine vielbefahrene Strecke, auf der Züge zusammenstoßen. Es gibt Hunderte von Toten, und man ist froh, daß man selbst nicht zu ihnen gehört, und man sagt, ich hatte Glück.

Bernd, ich bin müde.

Gut, suchen wir ein Hotel, aber das Zimmer muß einen Balkon haben, und der Balkon darf nicht auf der Südseite sein, nichts ist nämlich banaler als ein Balkon, der auf der Südseite liegt. Weshalb, das wußte Bernd Burger so genau nicht, er wollte ja auch nicht klüger sein durch ein Wissen, das ihm die letzte Hoffnung nehmen würde.

Bernd Burger setzte sich auf den Balkon, und er spürte den Wind, der von den Alpen herüberwehte. Er genoß ihn. Es war ein leichter, angenehmer Wind, der einen kühlen Duft von Kräutern mit sich führte und die Hitze und den Gestank der Gedanken vergessen ließ. Die laute Musik, die aus den Restaurants, Bars und Diskotheken drang, störte ihn nicht. Er hatte es schon früh gelernt, eine Schallmauer um sich aufzubauen, sonst wäre er an dem aggressiven Unsinn erkrankt, der an Lautstärke alles überbot, und nun begann Bernd Burger auf dem Balkon zu trinken.

Du bist ein unheilbarer Trinker, Bernd.

Melitta, weshalb siehst du nur das Elend in mir?

Ja, gibt es sonst überhaupt noch etwas an dir zu sehen?

Meine Stärken.

Bernd Burgers Frau lachte so schrill auf, daß Bernd Burger zusammenfuhr. Mit einer so schrillen Stimme hatte er sie noch nie lachen gehört.

Du hast recht, Melitta, ich habe enorm übertrieben, aber ich habe mich gegen den Verrat gewehrt, obwohl der Druck so groß war, daß ich oft glaubte, vor Verzweiflung könnte ich ihm nicht standhalten oder verrückt werden.

Bernd, erzähl mir nichts, du bist ein Versager, der selbst zu feig war zu verraten.

Ich bin auch kein Spieler.

Wieso, du spielst ständig ein Spiel, bei dem alle, die mitmachen, Verlierer sind.

Also, ich sehe das anders. Um mich herum sehe ich nur Sieger. Bernd Burger fühlte sich wohl. Er brannte sich eine Zigarre an, und er spürte, wie eine zufriedene Müdigkeit ihn erfüllte, die er mochte, weil sie ihm die Kraft nahm, ungerecht zu sein, vor Enttäuschung, Überraschung oder auch Staunen. Melitta, sagte er, du hast mich betrogen, damit kann ich leben, doch sag mir, hättest du mich auch verraten können?

Aber natürlich, wenn der Preis hoch genug gewesen wäre. Doch mir hat niemand einen ordentlichen Preis angeboten, damit ich dich verrate, weil du ein Nichts bist, das keinen Menschen interessiert, und aus Rache habe ich dich betrogen.

Gut, damit werde ich auch leben können.

Bernd, du bist abscheulich. Hast du nie irgendwelche Lustgefühle empfunden, mich umzubringen?

Nein.

Du bist ein Monster, und ich verspüre eine große Lust, dich zu erwürgen, was sagst du dazu?

Nichts.

So wie ich dich kenne, wärst du mir sogar dankbar, wenn ich dich von deiner Blödheit befreien würde und dafür in den Knast müßte, um deine Blödheit abzubüßen.

Melitta, leg dich schlafen, du bist müde.

Bernd Burger machte es sich gemütlich auf dem Balkon, er zog genußvoll an seiner Zigarre. Dabei wollte er an etwas Angenehmes denken, an Anne zum Beispiel, die Frau des Pfarrers, und an die Zeit, die er mit ihr verbracht hatte. Oft trafen sie sich bei einem Priester, der ihrer Liebe ein Versteck bot, doch die Gedanken wurden streng und böse. Sie erlaubten es Bernd Burger nicht, an etwas Angenehmes zu denken. Also nippte er langsam an seinem Glas Wodka, den er mit Mineralwasser verdünnt hatte, was er immer tat, um die Magenschleimhaut zu schonen und den Geist zu schützen. Diese Methode hatte sein Direktor ihm empfohlen, da er, als er noch Wodka pur trank, einmal nach Hause kam und der Damengesellschaft in die Kaffeetassen pißte. Das hat man davon, Bernd, hatte der Direktor gesagt, wenn man Wodka pur trinkt.

Bernd Burger erinnerte sich. Es war knapp ein halbes Jahr vergangen, seitdem er die Hochschule beendet hatte, als ihn die Sekretärin des Rektors anrief und ihn bat, um dreizehn Uhr ins Sekretariat des Rektors zu kommen, da ein Studienkollege und Freund aus dem Ministerium mit einer Delegation in Klausenburg zu Besuch sei, und der Freund wolle ihn treffen, was Bernd Burger aufs äußerste verblüffte, da es doch nicht sein konnte, daß nach so kurzer Zeit ein Studienkollege von ihm in irgendeinem Ministerium sitzen würde, was er außerdem gewußt hätte, weil sich so etwas schnell herumspricht. Und von seinen Freunden wußte er, daß es keinen unter ihnen gab, den es drängte, in einem Ministerium zu sitzen, so daß Bernd Burger fest überzeugt war, es handle sich um einen Irrtum, um eine Verwechslung, was er der Sekretärin auch sagte. Doch die Sekretärin des Rektors versicherte ihm, daß es kein Irrtum sei, er hätte Bernd Burgers Namen unmißverständlich genannt, lobend natürlich, betonte die Sekretärin, also könne es sich nicht um eine Verwechslung handeln. Bernd Burger fragte sie, in welchem Ministerium dieser Studienkollege und Freund denn arbeite. Das, antwortete sie, wisse sie nicht, da die Delegation sich aus Vertretern verschiedener Ministerien zusammensetze. Auf die Frage, wie er denn heiße, antwortete sie, sie würde es bedauern, aber sie habe den Namen nicht notiert, also schon vergessen, weil es ja nicht um ein offizielles, sondern um ein persönliches Treffen gehe. Bernd Burger brannte vor Neugier, und er versprach der Sekretärin des Rektors, sich pünktlich um dreizehn Uhr im Sekretariat einzustellen. Die Sekretärin dankte im Namen dessen, den sie vorgab, nicht zu kennen, und damit war das Gespräch beendet.

Die Arbeitskollegin, auf deren Tisch das Telefon stand, war ziemlich beunruhigt, und sie blickte Bernd Burger an mit Augen, in denen etwas lag, das Bernd Burger nicht verstand. Sie hatte ja das Gespräch mitbekommen, zumindest den Part, den Bernd Burger gesprochen hatte. Bernd, sagte sie, gehen wir spazieren, was stets der Code war, daß man etwas zu bereden hatte, außerhalb des Raums der Mikrofone. Als sie im Park angelangt waren und auf einsamen Wegen gingen, sagte Eva, die Arbeitskollegin, Bernd, dieser Kollege, der dich sprechen will, ist gar kein Studienkollege oder Freund, der ist ein Vertreter der Securitate.

Da Bernd Burger alles andere erwartet hatte, nur das nicht, war ihm die Neugier vergangen. Er wußte zwar, daß es diese Securitate gab, im Volksmund Secu genannt, doch sie war so weit weg von ihm wie der Tod, der sich bisher auch noch nicht bei ihm gemeldet hatte, nicht einmal durch Kuriere oder andeutungsweise. Bernd Burger sagte, unmöglich, Eva, doch er sagte es mehr fassungslos als überzeugt.

Doch, sagte Eva.

Komm, Bernd, sagte Eva, ich weiß, wovon ich spreche. Bernd Burger wußte, daß Evas Mann drei Jahre im Gefängnis saß, unter Haftbedingungen, die sich kein Mensch vorstellen konnte, der draußen lebte, selbst unter ständigen Bedrohungen. Er wurde eingeliefert wegen angeblich subversiven Denkens, weil er ein Jugendfreund von Lukács war, der inzwischen in Ungnade gefallen war oder doch zumindest argwöhnisch beäugt wurde. Als sich nach drei Jahren herausgestellt hatte, daß sein Denken gar nicht so subversiv war, wurde er entlassen, worauf Eva und ihr Mann sofort den Entschluß faßten, nur weg von hier. Und sie taten nichts anderes mehr, als zu überlegen, wie das zu bewerkstelligen wäre. Doch es war keine andere Möglichkeit in Sicht, als daß sie sich scheiden ließen, was natürlich mehr als eineinhalb Jahre dauern würde, und er nachher eine Frau aus Budapest heiratete, formal natürlich, gegen Geld, doch bis die Bewilligungen zu dieser Heirat von beiden Staaten eintreffen würde, würden noch zwei bis drei Jahre vergehen, und nachher ließe er sich von dieser Frau scheiden, was nur ein Jahr dauern würde, weil die Scheidungen in Ungarn nicht so lange dauern wie in Rumänien, und nachher würde er Eva wieder heiraten, damit auch sie nach Budapest käme, doch bis die Heirat von den beiden Staaten bewilligt werden würde, würden wieder zwei bis drei Jahre vergehen. Doch sie waren entschlossen, diesen

Weg zu gehen, weil es keinen anderen gab, und nach vier Jahren bekam ihre gemeinsame Tochter die Ausreisegenehmigung zu ihrem Vater nach Budapest. Nach dem siebenten Jahr erhängte sich Evas Mann, und so bekam auch Eva die Ausreisegenehmigung nach Budapest zu ihrer Tochter.

Wieso sollten die gerade auf mich verfallen sein, fragte Bernd Burger, ich habe weder Dreck am Stecken, noch bin ich geeignet, arme Seelen zu verkaufen, egal wie hoch der Preis ist, der angeboten wird, das müßten die doch wissen, wenn sie alles wissen, was sie wissen wollen. Ich habe doch nie den geringsten Anlaß dazu gegeben, daß sie annehmen könnten, ich wäre der geeignete Mann für sie. Ich bin ein normaler Mensch, und wenn sie Schwachstellen in meinem Mut finden wollen, werden sie sie nicht finden, weil ich nicht mutig bin, und meine Feigheit wird stärker sein, als ihre Verlockungen oder Drohungen es sind, in meiner Feigheit gibt es keine Schwachstellen.

Bernd, red nicht so, was hast du eine Ahnung? Ich gebe ja zu, die meisten sind Idioten, aber es gibt auch Kluge unter ihnen, Intellektuelle, Psychologen, das macht sie so gefährlich, nicht unbedingt die Brutalität. Das ist alles nicht so einfach, und diese Paarung von Klugheit und Zynismus ist der Stoff, aus dem Brutalität gemacht ist. Und es gibt keinen Menschen, Bernd, der nicht Schwachstellen hat, die können in der Liebe liegen, in der Hoffnung, in der Zuversicht, im Glauben, in der Überzeugung, selbst in Visionen, es gibt überall Unsicherheiten, die uns umlauern, und von der Front dieser Unsicherheiten werden sie dich angehen.

Sollen sie, Eva, liebe, sagte Bernd Burger. Doch wieso verfallen sie gerade auf mich, sollte es denn so sein, wie du vermutest?

Oder was glaubst du, Bernd, weshalb solltest gerade du eine Ausnahme machen? Lassen wir diese Fragerei, wir haben nicht mehr viel Zeit. Die Fragen werden sehr unverfänglich klingen, laß dir Zeit mit den Antworten, überstürze nichts, versuche, bevor du antwortest, die Falle zu wittern, sag ja kein falsches Wort, denn jedes Wort wird registriert, und ein falsches Wort kannst du nie wieder rückgängig machen.

Bernd Burger war während dieses Gesprächs im Park auf abgelegenen, einsamen Wegen um etwa zehn Jahre gealtert, doch er dankte Eva, daß sie ihn vorgewarnt hatte. Sollte der Fall, von dem sie sicher war, daß er eintreten werde, tatsächlich eintreten, konnte er nicht überrumpelt werden.

Eva wünschte Bernd Burger viel Glück.

Bernd Burger trat in den Senatssaal. Vor ihm stand ein riesenlanger Konferenztisch, und am Ende des Tisches, wo der Rektor seinen Platz hatte, saß ein Mann, den Bernd Burger noch nie gesehen hatte. Der Mann trug einen schwarzen Ledermantel und eine dunkle Brille. Na servus, dachte Bernd Burger, also stimmt das Klischee doch, über das ich einmal einen Text geschrieben hatte: Ein Mann mit dunkler Brille und Ledermantel, der, wenn er die Tauben füttern würde, keine dunkle Brille trüge und keinen Ledermantel, streut Futter für die Tauben, die von den Körnern picken würden, hätte der Mann keine dunkle Brille und keinen Ledermantel. Seltsamerweise wurde der Text auch veröffentlicht, allerdings nicht ohne unzählige Nachfragen der Zensur, was er denn mit den Tauben meine, doch Bernd Burger wußte die Bedenken auszuräumen, indem er behauptete, überall gebe es Tauben, und nun saß das Klischee vor ihm, am Ende des Konferenztisches, wo sonst nur der Rektor saß. Da der Cognac, den er kurz zuvor getrunken hatte, seine Wirkung zu zeigen begann, sagte Bernd Burger, entschuldigung, Herr Rektor, ich habe Sie nicht erkannt, aber darf ich mich jetzt setzen. Ja, das dürfen Sie, doch am anderen Ende des Tisches. Das lag genau hinter der Tür, durch die Bernd Burger eingetreten war. Ich bin nicht der Rektor, sagte das Gegenüber, das etwa zwanzig Meter vor ihm saß, wonach Bernd Burger erleichtert aufatmete. Er konnte sich vorstellen, daß der Rektor im Rigolettokostüm durch die Straßen ging oder gleich vor der Universität ein Lied von Schubert sang, nur das konnte Bernd Burger sich nicht vorstellen, daß er an seinem Platz sitzt im Konferenzsaal des Senats, verkleidet mit einer dunklen Brille und einem schwarzen Ledermantel. Der fremde Mann, den Bernd Burger noch nie gesehen hatte und der nun den Platz des Rektors eingenommen hatte, zumindest für die Dauer des Gesprächs, das, wie Bernd Burger vermutete, er mit ihm führen wollte, nahm plötzlich die dunkle Brille ab. Wie ein Blitz durchfuhr es Bernd Burger. Marian, du bist es, ach, du bist aber alt geworden, doch gleich nachdem er diese Worte ausgesprochen hatte, tat es ihm leid, weil er sich erinnerte, daß er nach dem Gespräch mit Eva auch um etwa zehn Jahre gealtert war. Lieber Marian, wiederholte er immer wieder, dabei fiel ihm nichts anderes ein, als die düsteren Voraussagen Evas wegzupusten. Es war tatsächlich ein Studienkollege, der ihn sehen und sprechen wollte. Marian, Marian, rief Bernd Burger, was für eine Überraschung, dich so seltsam kostümiert zu sehen, und er ging auf ihn zu, um ihn zu umarmen. Weißt du noch, jauchzte Bernd Burger, als wir uns in Bukarest im Restaurant Berlin besoffen hatten und die Volksmiliz uns verfolgte, ohne jedoch einzugreifen, was dich zu Tode langweilte. Deshalb hast du eine Dachrinne von einem Haus heruntergerissen und damit der Volksmiliz gedroht, doch ich, friedlich und versöhnend, ging auf den Hauptmann zu, drückte ihm die Mütze über beide Ohren und Augen und lallte nur, Sie haben hier nichts zu suchen, worauf die Volksmiliz sich zurückzog. Doch du bist den Milizionären nachgelaufen mit der Dachrinne in der Hand, und sie suchten Deckung hinter Straßenecken, und jedesmal, wenn sie sich getrauten, um die Ecke zu gucken, drohtest du ihnen mit der Dachrinne, worauf sie sofort ihre Köpfe zurückzogen. Das dauerte eine Weile, dann ist die Volksmiliz abgezogen. Da wir keinen Spielpartner mehr hatten, stellten wir uns in eine Schlange. Das war morgens gegen fünf Uhr. Wir dachten, wir stehen um Schnaps an, doch als wir erfuhren, daß es nur Milch geben werde, hast du erbost gerufen, steht nur Schlange um Milch, an der Milch wird die neue Ordnung zugrunde gehen. Damit hattest du ja nicht unrecht, aber diese Erkenntnis half uns nicht weiter aus der katastrophalen Lage, in der wir uns befanden, doch da sich auch schon etliche Taxis in die Schlange eingereiht hatten, um Milch zu ergattern, tat es mir leid, daß die Literarhistoriker überall kotzten und schliefen und die Ration Milch verpaßten. Irgendwann gelang es mir, eine Taxichauffeurin zu überzeugen, indem ich ihr die Nahrungsmittelmarken meiner ganzen Familie für einen Monat schenkte, sie solle mit ihrem Taxi aus der Milchschlange austreten und lieber mit uns durch die Stadt fahren, damit wir die Literarhistoriker einsammeln können. Doch jemand mußte uns zuvorgekommen sein, weil nirgends ein Literarhistoriker zu sehen war. Als wir schließlich am Zentralfriedhof angekommen waren, saßen sie alle da vor dem geschlossenen Friedhofstor und weinten, weinten bitterlich um die toten Dichter. Dabei hast du ständig die Hand der Taxichauffeurin geküßt, die total begeistert war und endlos versicherte, solch sympathische Fahrgäste hätte sie noch nie gehabt. Sie gab uns sogar ihre Telefonnummer. Sie sei zwar verheiratet, sagte sie, aber das sei unwichtig, ihr Mann stehe sowieso nur wie eine verbeulte Milchkanne herum, wenn er zu Hause sei. Deshalb habe sie auch keine Kinder, und die Fahrgäste seien so anständig und langweilig, nein, sie habe sich das Taxifahren aufregender vorgestellt, doch nun, da sie Taxi fahre, müsse sie eben Taxi fahren. Das sei kein Leben, in der Nacht Taxi zu fahren und am Tag in endlosen Schlangen zu stehen, für wen denn, für eine verbeulte Milchkanne? Aber sag, Marian, du hast diese Taxichauffeurin sicher angerufen, und daraus hat sich, wie ich vermute, eine Geschichte ergeben, aus der wiederum andere Geschichten entstanden sind. Das ist doch schön so, von einer Geschichte in die andere zu schliddern, egal wie sie ausgehen, so bleiben wir wenigstens nicht geschichtslos, denn die Zukunft ist etwas so Unsicheres, das wir meist nicht erleben. Erinnerst du dich, Marian, es gab ja noch andere, viel tollere Geschichten.

Die, sagte Marian, habe ich alle zu Protokoll gegeben, und das war gut so, jetzt liegen sie in irgendwelchen Aktenmappen und sind nicht mehr meine Geschichten. Ich habe sie abgegeben, sie befinden sich nun in einem Archiv, wo sie registriert, sortiert, eingeordnet, bewertet, gestempelt und unterschrieben worden sind, damit habe ich nichts mehr zu tun. Ich habe mich von der Vergangenheit der Geschichten getrennt, mich von ihnen befreit, indem ich sie in kompetente Hände gelegt habe, was nichts anderes heißt, als daß meine Geschichten mich nicht mehr belasten. Mein Gedächtnis ist wieder so rein wie zur Zeit, als ich geboren wurde, ich bin wieder absolut frei und kann mich voll auf die Zukunft konzentrieren, ohne einen Ballast in meinem Bewußtsein herumzuschleppen, der mir den richtigen Blick auf die Zukunft verstellen könnte.

Marian, Lieber, wann bist du verrückt geworden? Erinnere dich, ich habe dir im zweiten Studienjahr erklärt, daß die deutsche Sprache drei Geschlechtswörter hat, im Unterschied zur rumänischen, die nur zwei Geschlechtswörter führt. Du warst so trostlos und verbittert und hast immer nur wiederholt, meinetwegen soll eine Sprache auch vier oder fünf Geschlechtswörter haben, aber weshalb ist das männliche Glied im Rumänischen weiblichen Geschlechts, oder will die rumänische Sprache uns die Männlichkeit aberkennen, worauf ich dich stets zu trösten versuchte, daß es im Deutschen noch viel schlimmer sei, da ist das männliche Glied sächlichen Geschlechts. Ich habe dir immer versucht zu erklären, wie ich es mir vorstelle, daß es im Deutschen zu drei Geschlechtern kam. Es liegt eben in der Unnatur der Sprache, daß die Dinge sächlichen und, ich wage es nicht, der Priorität ihrer Grammatik recht zu geben, männlichen und weiblichen Geschlechts sind. Wagte ich das, stünde hier das sächliche Geschlecht, das ich vorangestellt habe, an letzter Stelle. Die Sächlichkeit nun ist weder Feigheit noch Opportunismus, die Sächlichkeit ist schlicht und einfach vorgetäuschte Sachlichkeit. Es ist ja so, daß die sächlichen Dinge an und für sich weder sächlich noch männlich oder weiblich wären, wir haben ihnen die Sachlichkeit gegeben, und beim Verteilen der Artikel an die Dinge muß es in etwa so zugegangen sein: Das Weib erklärte einen Teil der Dinge zu ihrem Bereich gehörend, der Mann einen anderen Teil zu seinem Bereich gehörend, was vermutlich nicht ohne Feilschen, Gezänk, Streit, Morddro-hungen und Kompromisse zuging. Nur so ist es zu erklä-ren, daß Dinge männlicher Verwendbarkeit weiblichen Geschlechts sind, und natürlich umgekehrt. Die Dinge, um die keine Seite kämpfte, blieben sächlich, also sachlich. Die Natur der Sprache ist also auch ihre Unnatur, nur ich glaube nicht, daß die Unnatur der Sprache in ihrer Natur liegt, weil sie die Spaltung zwischen Mann und Frau ist. Marian, das hatte ich ja nur aus Jux gesagt, weil wir Zeit hatten, über die Sprache nachzudenken, nun haben wir an-dere Sorgen, erinnerst du dich noch, Marian?

Nein.

Marian, hast du nicht Angst, daß die Zukunft, an die du glaubst und für die du dich jetzt bedingungslos einsetzt, wie mir scheinen will, von Tag zu Tag hinausgeschoben wird, so lange, bis du sie gar nicht mehr erlebst, und was machst du dann auf dem Totenbett, mit einer Zukunft, die dich beschissen hat, wie einsam mußt du in der letzten Stunde sein, verlassen von der Zukunft, und die Geschich-ten, die du ad acta gelegt hast, werden auch nicht bei dir sein.

Bernd, ich habe dich nicht herbestellt, um mit dir über den Tod zu sprechen.

Du hast mich herbestellt?

Ja.

Ich dachte, du wolltest mich einfach sehen und mit mir sprechen.

Ich habe einen Auftrag.

In wessen Namen, Marian, wenn ich fragen darf?

Marian setzte wieder die dunkle Brille auf, erhob sich vom Platz, auf dem der Rektor saß bei Senatssitzungen. Er ging langsam ans andere Ende des Konferenztisches, an dem Bernd Burger saß, doch bevor er sich neben Bernd Burger setzte, sagte er, ich muß mich wohl ausweisen.

Nein, Marian, wieso mußt du dich vor mir ausweisen, du bist der alte Kumpel, der Marian Marianowitsch.

Bernd, schau dir den Ausweis genau an.

Bernd Burger sah sich den Ausweis an, und er erbleichte.

Marian triumphierte.

Marian, weshalb lacht jetzt dein Verstand so zynisch, und dein Herz ist dabei so traurig?

Bernd, du hast immer nur gelesen, was hat dir das schließlich gebracht? Und du hast mir immer wieder vorgeworfen, daß ich nicht genug lese. Nun, ich war nicht auf das Lesen fixiert, sondern auf Beziehungen, die man schon im Studium aufbauen muß, und deshalb habe ich dich gehaßt, weil du so weltfremd warst, du hast dich in Geschichten hineinziehen lassen, von denen du genau wußtest, daß sie dir im Leben nichts nützen werden.

Marian, ich hatte einfach Spaß am Lesen, das hast du damals nicht begriffen und wirst es wohl auch heute nicht begreifen. Ich hatte auch Spaß an den Geschichten, in die ich mich nicht habe hineinziehen lassen, wie du behauptest. Nein, ich habe die Geschichten gesucht, nicht die Geschichten haben mich gesucht, und ich werde die Umkehrung dieser Gleichung nie akzeptieren und meine Geschichten verleugnen und mich entschuldigen, weil ich, mitunter, in falsche Sätze geraten bin, also, Marian, steck deinen Ausweis ein, ich gehe jetzt.

Bernd Burger fühlte sich irgendwie befreit, weil das Treffen so großartig unsinnig verlaufen war, wie er es sich in den kühnsten Träumen nicht hätte vorstellen können. Zum ersten Mal bemerkte Bernd Burger, wie monumental die Treppen angelegt waren, die er oft hinauf- und hinuntergegangen war. Es waren für ihn bloß Treppen. Nun erst merkte er, daß Treppen nicht gleich Treppen sind. Die Uni, das war eben die Uni, die er liebte, aber nun erschauerte er bei dem Gedanken, daß er die Monumentalität dieser Treppen nie wahrgenommen hatte. Er hatte nur die Putzfrauen wahrgenommen, die die Treppen reinigten, und Maria, die Putzfrau, die er am meisten mochte, sie ihn auch, beide wußten nicht, weshalb, sagte immer wieder, ach Herr Bernd, weshalb bringen Sie mir immer einen Kaffee? O Maria, setzen wir uns jetzt auf die Treppen, wobei Bernd Burger damals gar nicht recht wußte, was Treppen sind, vor allem, wenn sie dreimal täglich geputzt werden mußten. Maria erklärte Bernd Burger, ich muß mit dem Wischlappen die Treppen hochgehen, Margit muß mit dem Wischlappen die Treppen hinuntergehen, viermal am Tag treffen wir uns, zweimal auf der obersten Treppe, zweimal auf der untersten Treppe, und dann muß ich oder sie, das ist nach Tagen eingeteilt, aber wir Putzfrauen sind solidarisch, den Bereich des Rektorats putzen. Wir machen das gemeinsam, und einmal hatte Margit, weil sie schwitzte, ihre dicke Unterhose ausgezogen und auf dem Arbeitstisch des Rektors vergessen. Der Rektor ließ mich rufen, zeigte auf die Unterhose und fragte, was das soll, worauf ich ihn beruhigte, daß die Margit ihren Waschlappen auf seinem Schreibtisch vergessen hatte. Bernd Burger hatte nie Gelegenheit, über Treppen nachzudenken, weil ihm die Putzfrauen wichtiger waren als die Treppen, die sie putzten. Und zum ersten Mal stand er da, vor Treppen, die niemand putzte, weil die Putzfrauen eingespart wurden. Nun hatte Bernd Burger genügend Zeit, über Treppen nachzudenken, und ihm fiel nichts anderes ein, als sich am Treppengeländer festzuhalten, das so stillos war wie nur möglich. Also, dachte er, ich bin endlich bereit, die Treppen zu akzeptieren, doch dann erfuhr er, daß die Treppen, auf die er sich gerade eingelassen hatte, bekämpft wurden, im Namen der Leiterkultur. Nun hatte sich Bernd Burger gerade eingerichtet, bequem über die Treppen nachzudenken, die er vorher nicht wahrgenommen hatte, er hatte eben die Kultur der Treppen verpaßt, und nun wurde an alle Häuser geklopft und für die Leiterkultur geworben. Ich hatte überhaupt nicht richtig Zeit, die Treppenkultur zu begreifen, und nun soll ich mich sofort auf die Leiterkultur umstellen, sagte Bernd Burger, kein Problem, ich gehe morgen eine Leiter kaufen, die ich dann hoch- und niedersteige, ich weiß ja nicht, welche Erleuchtung ich haben werde, aber auf- und abzusteigen ist gut. Nur, ich frage mich, weshalb war das nicht richtig mit den Treppen, weshalb müssen wir nun über eine Leiter steigen, die es ja gibt, ohne Zweifel, und da es diese Leiter gibt, werden die Treppen abgebaut, und jeder kommt mit seiner Leiter an, die verstellbar ist, je nachdem, in welche Etage man gerade gelangen will. Bernd Burger hatte eben nachzudenken begonnen über die Treppenkultur, weil er Treppen vorher nie beachtet hatte, nur die Putzfrauen, die die Treppen schrubbten, und nun mußte er sich umstellen auf die Leiterkultur, was Bernd Burger etliche Schwierigkeiten bereitete, nicht wegen der Leiter, die er sowieso bereit war zu kaufen, kein Problem, nur er, Bernd Burger, war Auslandsdeutscher, also kein echter Deutscher. Ja, was macht, fragte sich Bernd Burger, kein echter Deutscher, wenn er sich zur Leiterkultur bekennt und nun die monumentalen Treppen hinuntersteigt und froh ist, daß er Marian und das unselige, blödsinnige

Gespräch hinter sich hatte. Dabei war Marian kein Aus-
landsrumäne, sondern ein echter Rumäne. Doch ein echter
Rumäne konnte er auch nicht gewesen sein, weil ein echter
Rumäne seine Geschichten nicht abgibt, egal, wie sie verlaufen sind, und vor allem nicht in fremde Hände. Aber
Marian hatte seine Geschichten nicht einmal verkauft, obwohl er einen reißenden Absatzmarkt gehabt hätte. Das tut
kein echter Rumäne. Marian hatte seine Geschichten abgelegt in einem Archiv, zu dem er nie wieder Zugang haben
wird. Nein, überlegte Bernd Burger, kein echter Rumäne
hinterlegt seine Geschichten in einem Archiv, zu dem er nie
wieder Zugang hat. Bernd Burger fragte sich, weshalb muß
man seine Geschichten abliefern an die Zukunft, die man
nie erleben wird, aber Bernd Burger bremste sich in seinem
Gedankengang. Er fragte sich, während er die Treppen der
Uni hinunterging und sich entschloß, morgen eine Leiter zu
kaufen: Ist nun dieser Marian ein Rumäne oder nicht? Vielleicht, dachte Bernd Burger, ist er nur ein Alibirumäne.
Doch Bernd Burger verwarf sofort den Gedanken, weil er
ja auch kein echter Deutscher war, sondern ein Alibideut-
scher. Aber, sagte sich Bernd Burger, wenn man nicht echt
ist, sondern bloß ein Alibi, muß man ja nicht gleich in den
Geheimdienst eintreten, in die Secu, und Bernd Burger genoß es, diese Monumentalität der Treppen zu erleben, die
ab morgen verschwinden wird, weil per Dekret die Leiterkultur eingeführt werden wird. Schon morgen, mit dem
Wechsel der Uhrzeit, weil ab morgen die Sommerzeit eingeführt wird. Eine Diktatur, dachte Bernd Burger, kann
nur durch Dekreterlassungen funktionieren, und er hatte
nachgezählt, im letzten Jahr waren es genau achthundert-
dreiundsechzig Dekrete, also mehr Dekrete, als es Tage
im Jahr gibt. Bernd Burger war froh, im letzten Augen-

blick die Monumentalität der Treppen entdeckt zu haben, denn ab morgen wird es die Treppen vermutlich nicht mehr geben, weil morgen die Sommerzeit beginnt und schon neunhundertdreiundvierzig Dekrete erlassen wurden. Also morgen werden voraussichtlich einundzwanzig Dekrete verabschiedet werden, und eins davon wird die Treppen abschaffen, weil es ja sonst nichts mehr gibt, was abgeschafft werden könnte. Deshalb ist jetzt die Leiterkultur heiß im Gespräch, man muß doch irgendwie in die Etage gelangen, in der man wohnt oder arbeitet. Spätestens übermorgen also wird die Leiterkultur per Dekret eingeführt werden, und dann wird es großen Beifall geben, genauso großen Beifall, wie es ihn gab, als per Dekret die Treppen abgeschafft wurden. Und dann wird der Conducator irgendwann wieder die Treppen erfinden, natürlich unter frenetischem Applaus, weil es zu einem Punkt kommen wird, da die Leiterkultur außer Kontrolle zu geraten droht, und seine Erfindung wird gebührend gewürdigt werden, vor allem in Deutschland. Sein Buch über die Erfindung der Treppen wird ins Deutsche übersetzt werden, er wird, der Conducator, an deutsche Universitäten eingeladen werden, wird jede Menge an honorigen Titeln erhalten, und wenn Bernd Burger befragt werden wird von einem deutschen Journalisten, wird er sagen, ja, der Wahnsinn kann noch überboten werden. Der deutsche Journalist wird sich angewidert von ihm abwenden. Sie sind, wird er sagen, ein deutscher Revanchist, ein Ewiggestriger, ein Unverbesserlicher. Bernd Burger, der keine Presse zur Verfügung hat wie der Journalist, der ihn eben zu einem deutschen Revanchisten erklärt hatte, bloß weil Bernd Burger die Begeisterung des Journalisten nicht teilen wollte, da die Presse hier nur ein Organ war, das einzig dazu geschaffen worden war, um die stets neuen, immer zahlreicher werdenden Dekrete zu veröffentlichen, was der deutsche Journalist ja nicht wissen konnte, aber unbedingt hätte wissen müssen, wird die Treppen der Uni hinuntergehen, gelöst, und er wird auch gelöst sein bei der Abschaffung der Treppen, vermutlich morgen, gegen dreizehn Uhr, wenn im Fernsehn die Verlesung der achtundsiebzig Dekrete erfolgen wird. Aber bis die Behörden die dreiundachtzig Dekrete begreifen werden, kann ein halbes Jahr vergehen, oder sogar ein Jahr, eine Zeit, während der der Conducator fest daran glaubt, er hätte die Treppen längst abgeschafft und die Leiterkultur eingeführt, die die Behörden erst recht nicht begreifen, weil zuerst die Treppen abgeschafft wurden. Und wie das genau zu geschehen hatte, werden die Behörden erst in zwei Jahren begreifen, etwa zu dem Zeitpunkt, da die Leiterkultur abgeschafft werden wird, die sie ja gar nicht Zeit hatten einzuführen, weil sie damit beschäftigt waren, die Dekrete gründlich zu studieren, um keinen Fehler zu machen bei der Abschaffung der Treppen. Und nun werden per Dekret die Treppen eingeführt, und es wird per Dekret die Leiterkultur abgeschafft, und die Behörden sind glücklich, landesweit, daß sie keine Zeit hatten, einen Fehler zu begehen.

Bernd Burger ging gut gelaunt die Treppen der Uni hinunter, wobei er sich wieder an das besagte Treffen des Conducators mit den Minderheiten erinnerte, bei dem die Minderheiten endlich in der Mehrzahl sein sollten, doch das waren sie wieder nicht, weil die Claqueure in der Mehrzahl waren. Als Bernd Burger im Zentralkomitee ankam, sagte die Dame vom Empfangskomitee, die Chauffeure bitte links in den Raum, und Bernd Burger war etwas erbost, wieso sie ihn für einen Chauffeur hielt, der da einen

Boß ins Zentralkomitee gefahren haben konnte. Was soll ich da links im Raum, fragte Bernd Burger. Essen, sagte die Dame vom Empfangskomitee. Also wissen Sie was, sagte Bernd Burger, ich habe ein Auto gewonnen, das ich meiner Frau verkauft habe, zum Nulltarif, und dieser Nulltarif wird mir reichen, Schnäpse zu kaufen, bis ich in Rente gehe, also, wieso, Madame, halten Sie mich für einen Chauffeur, ich kann ja gar kein Chauffeur sein, weil ich zuviel trinke, und außerdem bin ich nicht ins Zentralkomitee gekommen, um zu essen, sondern um mir eine große Rede anzuhören. Bernd Burger wies sich mit seiner offiziellen Einladung aus, worauf die Dame sagte, aber so können Sie nicht in den Saal, kurzärmliges Hemd, Sandalen, na ja, und die Hose ist auch nicht gerade dem Ereignis angemessen, aber wir haben für jede Notsituation eine Lösung. Sie übergab Bernd Burger einer anderen Dame, die ihn treppauf und treppab durch einen Seitenflügel des Zentralkomitees führte, bis sie in einen riesengroßen Garderobenraum gelangten, wo Bernd Burger von Kopf bis Fuß neu eingekleidet wurde. Anzug natürlich, mit Krawatte. Bernd Burger war nun rollengerecht gekleidet, was hieß, er war jetzt Zuschauer und Akteur in einer Person. Bernd Burger wurde in den Saal geschoben, wo gleich die große Rede beginnen sollte, die im Grund aus großen Entwürfen von Dekreten bestand, die in den nächsten Tagen erlassen werden würden. Bernd Burger konnte sich später nicht mehr erinnern, ob es stimmte, daß er tatsächlich umgekleidet worden war, oder ob er wie ein normaler Mensch im Saal saß und sich die Rede angehört hatte, weil er zu betrunken war. Aber es war auch egal, wie er im Saal saß, umgekleidet oder nicht, da konnte es keinen Unterschied mehr geben. Die Wahrheit war eine andere. Es hätte durchaus möglich sein können, daß er umgekleidet wurde, alles war möglich, Bernd Burger befand sich auf einem Territorium der unbegrenzten Unmöglichkeiten.

Bernd Burger wurde von Marian auf der untersten Treppe erwartet, wo sich früher die Putzfrauen getroffen hatten, zweimal am Tag, die nun abgeschafft worden waren, per Dekret, das Sparmaßnahmen anordnete, weshalb nun das Lehrpersonal die Treppen putzte und wischte, was Bernd Burger gar nicht so schlecht fand, da die Lehrer, während sie die Treppen schrubbten, genügend Zeit hatten, über ihre Vorlesungen und Seminare nachzudenken. Nachdem Bernd Burger Marian erblickt hatte, wollte er sich unbemerkt in die Putzkolonne der Professoren, Dozenten und Assistenten einreihen. Es war ihm unvergleichlich angenehmer, mit den Professoren über kaputte Ehen zu sprechen und über die Höhe der Alimente, die sie nun zahlen mußten, als Marian zuzuhören, der seine Geschichten, selbst die intimsten, freiwillig im Staatsarchiv abgegeben hatte, um sich unbelastet und frei bewegen zu können. Er hatte sein Gedächtnis im Staatsarchiv hinterlegt, wo es gut bewacht wurde, weil er der Meinung war, nur wer seine Vergangenheit verleugnet, hat eine Chance auf Zukunft. Marian bat Bernd Burger, sie mögen im Park spazierengehen, auf abgelegenen, einsamen Wegen.

Marian, sagte Bernd Burger, also hast du diesen Code doch nicht vergessen?

Nein.

Bernd Burger drückte Marian einen Waschlappen in die Hand, und während sie gemeinsam mit den Professoren die Treppen putzten, fragte Bernd Burger, Marian, erinnerst du dich, du hattest mich einmal zu einer Alibiparty eingeladen, bei der du eine Studentin, die verheiratet war, bumsen wolltest. Du warst zu der Zeit eben nur auf verheiratete Frauen fixiert, erinnerst du dich noch? Marian, du wohntest zur Miete beim besten Kenner der rumänischen Avantgarde, und du hattest noch eine Studentin eingeladen, die scharf war auf mich, doch weil ständig ihr rechtes Auge zuckte, war ich nicht scharf auf sie, und da, je erregter sie war, immer häufiger und stärker ihre ganze rechte Gesichtshälfte mit dem Auge mitzuckte, bin ich vor Verzweiflung und Schreck umgefallen, auf den Tisch mit den Brötchen, und alle, voran der Spezialist für rumänische Avantgarde, haben die Eier, Butter, Wurst, Gurken, den Schinken, die Pasteten von meinem Hemd und der Hose abgekratzt. Und dann hattest du endlich Erfolg, und die verheiratete Studentin war bereit, mit dir zu bumsen, also hatte mein Auftritt funktioniert. Dann bestellte ich ein Taxi, und die Freundin der verheirateten Studentin wollte auch mitfahren. Sie gab dem Taxichauffeur meine Adresse an, ich ihre, weil ich sie bei ihr zu Hause abladen wollte und auf keinen Fall bei mir, da ich Angst hatte vor ihrer zuckenden rechten Gesichtshälfte. Ansonsten war sie eine schöne Frau und sehr gut gebaut, auch viel Humor hatte sie, und nichts schätze ich mehr als Humor, besonders bei Frauen, doch ich malte mir aus, je erregter sie sein würde, um so mehr würde sie zucken und zuletzt mich auffressen. Ich überlegte, es könnte aber auch sein, wenn sie etwas mehr getrunken haben würde, würde das Zucken verschwinden, doch ich hatte beschlossen, mich auf kein Risiko einzulassen, aus Angst, es könnte das Gegenteil eintreffen. Also wohin jetzt, fragte der Chauffeur, und alles begann von vorn. Schließlich fragte er, wer bezahlt, und als ich antwortete, ich, sagte er, verstanden, Chef, zwinkerte mir zu und nahm den Weg zur Adresse, die ich angegeben hatte, wobei der Taxichauffeur die Lage total verkehrt eingeschätzt hatte. Er zwinkerte mir immer wieder zu, da er froh war, daß die Frau endlich ihren Widerstand aufgegeben hatte, mit zu mir nach Hause zu kommen. Die ganze Fahrt zwinkerte er mir zu, wie das nur Taxichauffeure auf dem Balkan können, die sich sofort am Schicksal ihrer Fahrgäste auf äußerst sentimentale Weise beteiligen. Der Taxichauffeur strahlte vor Begeisterung, daß die Studentin schwach geworden war, nachgegeben und schließlich eingewilligt hatte, mit mir zu schlafen. Also, sagte er, es ist eine Ehre für mich, meine Gäste ins Glück zu fahren, das ist nicht immer so. Ich fahre Kunden auch zu Beerdigungen oder ins Büro oder zum Gottesdienst oder zu Meetings oder zum Gericht oder ins Krankenhaus oder zum Bahnhof oder zur Polizei, wo sie ihre Schreibmaschinen anmelden und registrieren lassen müssen, als wären es Waffen. Die sehn dann nicht gerade glücklich aus, aber sie wissen zumindest, wohin sie fahren müssen. Der Streit im Taxi, das ist eine Philosophie, die mir nicht gefällt. Man kann, bevor man ins Taxi einsteigt, philosophieren, oder nachdem man aus dem Taxi ausgestiegen ist, das geht in Ordnung so, ich hab ja nichts gegen das Philosophieren, aber bitte, nicht im Taxi, das Glück ist einmalig wie ein Urlaub, den man verpaßt vor lauter Taxifahren. Als die Studentin bei der von mir genannten Adresse ausstieg, ziemlich verheult, begriff der Taxichauffeur die Welt nicht mehr, am allerwenigsten mich, und er begann mich zu duzen. Dabei stotterte er aus einem maßlosen Unverständnis über das, was er sah. Wieso, fragte er, steigst du nicht auch aus? Nein, sagte ich, wir fahren jetzt weiter, zu mir nach Hause. Du, sagte er, ich fahre schon über siebzehn Jahre Taxi, aber so etwas habe ich noch nicht erlebt. Weiß du, sagte ich, es gab Linke, die erklärt hatten, mit einer Frau, die nicht links ist, könnten sie nicht ins Bett gehen. Also, sagte der Taxichauffeur, interessieren dich nur die Ideologien an den Frauen? Ich hab dir doch gesagt, laß das Philosophieren, zumindest wenn du Taxi fährst und eine schöne Frau deine Adresse angibt, weil sie mit dir bumsen will. Nein, sagte ich, ich habe Angst vor einer Frau, die ständig mit dem rechten Auge zuckt, und wenn sie erregt ist, mit der ganzen rechten Gesichtshälfte. Gut, sagte der Taxichauffeur, das begreife ich, doch du kannst sie ja im Dunkeln bumsen, dann siehst du nichts, oder du kannst dich auch vollaufen lassen, bis du das Zukken nicht mehr wahrnimmst. Das, sagte ich, ist es ja, ich kann mich nicht betrinken, wenn eine Frau ständig mit dem rechten Auge und der rechten Gesichtshälfte zuckt. Und außerdem kann ich im Dunkeln keinen Geschlechtsverkehr haben, ich bin ja kein Automat. Doch wenn ein Auge, geschlossen oder geöffnet, ständig zuckt und die Gesichtshälfte mitzieht, ja, da werde ich hilflos, und weshalb sollte ich auch in der Liebe hilflos sein? Ein Idiot bist du, sagte der Taxichauffeur. Wir Taxichauffeure sind die modernen Götter der Liebe, obwohl wir meist traurige Fahrten zu erledigen haben. Aber als Gott der Liebe und des Glücks kann ich dir nur raten, schau, gerade hier ist eine Kneipe, also betrink dich da, wenn du dich schon nicht mit ihr betrinken kannst, weil sie ständig mit dem rechten Auge zuckt, das die ganze rechte Gesichtspartie mitzieht. Gehe nachher zu ihr und beglücke sie, du wirst sehen, auch du wirst glücklich sein. Weshalb das Glück zu sehr strapazieren und verkomplizieren, wenn es einfach da ist? Denn meist, wenn man es sucht, findet man es nicht, eben weil man es sucht. Kurz zuvor hatte ich den Oberrichter von

Klausenburg auf den Feleagberg gefahren, wo er jede Woche in eine kleine Kirche geht. Was er dort macht, weiß ich nicht. Doch heute hat er mich gefragt, Vasile, was hältst du von Verrätern? Nichts, sagte ich. Weißt du, Vasile, sagte er, wenn ich ein Urteil fällen muß, habe ich immer zwei verschiedene Aktenmappen vor mir, die eine, die die Straftat betrifft, und die andere, die ich von der Securitate bekomme. Wenn der Straftäter mit dem Geheimdienst mitgearbeitet hat, muß ich ihn laufen lassen, und wenn er nicht bereit war mitzuarbeiten, muß ich ihm die maximale Strafe aufbrummen. Ich sagte, Herr Oberrichter, weshalb belasten Sie mich mit Ihren Problemen, ich bin ein einfacher Taxichauffeur, der sich vorgenommen hatte, als Taxichauffeur zu arbeiten, nur um das Glück zu befördern. Dabei war mir klar, daß Gott, zu dem er betete und den er nun um Hilfe bat, ihn allein gelassen hatte. Also, du Trottel, sagte der Chauffeur zu mir, es gibt keine Tragik, die nicht ins Groteske reicht, oder sie ist falsch. Es tut mir leid, daß du nicht Chauffeur bist, und ich bin kein Student.

5

Bernd Burger saß auf dem Balkon, der auf der Nordseite lag, wie er es sich immer gewünscht hatte, weil er die Balkone auf der Südseite, die ja die Regel ausmachten, für banal hielt. Weshalb, das wußte er auch nicht so genau, aber es war eben so und nicht anders. Vielleicht, korrigierte Bernd Burger sich sofort, gerade deshalb, weil sie die Regel ausmachten. Dabei zog Bernd Burger an seiner Zigarre, nippte immer wieder von dem mit Mineralwasser verdünnten Wodka, und er fühlte sich irgendwie in einem undefinierbaren Schwebezustand, der ihn leicht machte, aber nicht unbedingt frei. Dieser Schwebezustand markierte eine Ungewißheit, die Bernd Burger bisher noch nicht gekannt hatte. Er kannte nur Gewißheiten, selbst wenn diese bedrohlich waren, und bedrohlich waren sie allemal, damit hatte er sich zurechtzufinden gelernt, in dieser Bedrohlichkeit war er zu Hause, sonst nirgendwo. Er kam sich vor, als spiele er, egal was er tat oder unterließ oder dachte oder nicht dachte, mit dem Feuer, das war nicht ohne Faszination, das hatte einen gewissen Kitzel, von dem er schließlich besessen war, wobei Bernd Burger diese bedrohlichen Gewißheiten loswerden wollte, nichts wünschte er sich sehnlicher, doch das war eine Utopie, eine Illusion. Bernd Burger wußte, er war in die Endgültigkeit dieser bedrohlichen Gewißheiten hineingeboren worden, und er wußte auch, daß er diese Endgültigkeit nicht überleben würde, er würde auch in ihr sterben, und plötzlich war er alles los, was er nie für möglich gehalten, sich jedoch täglich aufs neue gewünscht hatte. Und nun hatte er das ungute Gefühl, nie wieder über die Freiheit richtig nachdenken zu können, denn man kann nie profund über etwas nachdenken, das man besitzt, nur über etwas, das einem fehlt, das man nicht hat, nach dem man Sehnsucht hat, und ist man frei, ist auch die Sehnsucht nach Freiheit weg, und es wird schwer, über diese Sehnsucht nachzudenken, die ja weiterbesteht, weil sich die Freiheit in jedem Augenblick in Chaos auflösen könnte, nicht morgen, aber es bleibt ungewiß, wann. Und wer in der Freiheit über die Freiheit nachdenkt, kam es Bernd Burger vor, betreibt Onanie und Inzest, beides zugleich. Bernd Burger wollte sich schlafen legen, weil er müde war, doch immer, wenn Bernd Burger müde war, holten ihn die Geschichten ein, und deshalb konnte er nicht schlafen. Also saß er weiter auf dem Balkon und betrachtete die Sterne, die ihm vorkamen wie eigene Fußstapfen, die er auf dem Himmel hinterlassen hatte. Oder waren es nicht die Geschichten, die ihn nicht schlafen ließen, sondern der Vollmond, weil Bernd Burger mondsüchtig war? Das hatte er zufällig erkannt, als er noch Student war und zur Miete wohnte. Da gab es nur eine Latrine, dessen Bretterverschalung Bernd Burger, wenn er nachts pissen mußte, ständig vollpißte, bis der Vermieter ihm eines Tages sagte, Sie können ja auch zwischen den Zaun und die Latrine pissen. Das war ein ganz enger Schacht, und immer, wenn Bernd Burger mitten in der Nacht pissen mußte, grinste ihn der Vollmond an aus dem engen Schacht, woraus Bernd Burger die logische Schlußfolgerung zog, daß er nur dann nicht schlafen konnte, wenn Vollmond war. Und einmal, erzählte man ihm, sei er zu Ostern während der großen Auferstehungsfeier auf einen der Zwiebeltürme der orthodoxen Kirche gestiegen und hätte von dort hinuntergepißt, und die Menge hätte vor Empörung geschrien. Es mußten um die hunderttausend gewesen sein, doch der Archidiakon soll Ruhe und Fassung bewahrt haben. Er soll der Menge zugerufen haben zu schweigen, sonst könnte Bernd Burger aufwachen und vom Zwiebelturm in den Tod stürzen. Nachher sei Bernd Burger wieder vom Zwiebelturm heruntergestiegen und nach Hause gegangen, worauf der Gottesdienst weiter seinen normalen Verlauf genommen hätte. Und nun saß Bernd Burger auf dem Balkon auf der Nordseite eines Hotels in Liechtenstein, und es tat ihm leid, daß der orthodoxe Archidiakon es geschafft hatte, die aufgebrachte Menge zu beruhigen, zum Schweigen zu bringen. Es wäre ein schöner Tod eines Schlafwandlers gewesen, von einem Zwiebelturm hinunterzustürzen, und Bernd Burger hätte nicht hier auf dem Balkon sitzen müssen, um nachzudenken, was Freiheit und Chaos wirklich sind. Aber, sagte er sich, vielleicht war es doch besser so, weil er noch viel Zeit brauchte, um Melitta, seine Frau, zu überzeugen, daß sie keine Blumen auf sein Grab pflanzen oder legen möge und daß er auch kein Kreuz brauche. Bernd Burger wußte, daß das Ende endgültig ist, und darüber hinaus braucht es keine Zeichen, die den Anschein erwecken würden, das Ende sei nur vorläufig, im Grunde aber ein Übergang. Das ganze Leben Bernd Burgers bestand nur aus Übergängen, den letzten wollte er verweigern, denn würde er ihn akzeptieren, müßte er auch im Tod von Übergängen zu Übergängen sich hindurchwursteln, und das wollte Bernd Burger nicht, er wollte zumindest im Tod seine Ruhe haben.

Bernd Burger fiel ein, daß er schließlich doch das Angebot Marians angenommen hatte, im Park auf abgelegenen, einsamen Wegen spazierenzugehen, aber er bat ihn, die Mikrofone beim Pförtner des Rektorats abzugeben, die er ja nachher wieder abholen könnte. Marian schwor, keine Mikrofone bei sich zu haben. Nein, dachte Bernd Burger, dieser Marian kann mich nicht bescheißen, und Bernd Burger schlug Marian vor, sie könnten ja im Schwimmbad im Park miteinander reden, weil er annahm, daß Marian zwar eine wasserdichte Uhr an seinem linken Arm trug, es zu jener Zeit aber keine wasserdichten Mikrofone gab, worauf Marian sich herausreden wollte, daß er keine Badehose bei sich hätte.

Marian, sagte Bernd Burger, ich kann dich trösten, das ist überhaupt kein Problem, bei mir zu Hause im Schrank liegen etwa siebenhundertdreiundachtzig Badehosen. Ich habe mir extra einen Schrank angeschafft, weil ich inzwischen ein leidenschaftlicher Sammler von Badehosen geworden bin. Die älteste soll von Adalbert Stifter stammen, aus dem Jahr achtzehnhundertdreiundvierzig, als er seine Studien zur Literatur schrieb, ich habe sie im Antiquariat für nur dreizehn Lei gekauft. Aber gleich danach kommt die Badehose des Generals Basta, der die Revolution von 1848 in Siebenbürgen angestiftet haben soll, worauf er die Revolution sofort bekämpfte, weil er plötzlich Angst davor bekam, was er angerichtet hatte, nur, das Ganze war nicht so schlimm, es waren bloß einige Intellektuelle, die flammende Reden hielten, und als die Polizei erschien, entschuldigten sie sich und gingen nach Hause. Also, die eine Hälfte der Kollektion von Badehosen stammt von meinem Großvater väterlicherseits, die andere von meiner Großmutter mütterlicherseits, und ich glaube, meine Eltern haben nur geheiratet, weil der eine Großvater und die andere Großmutter Sammler von Badehosen waren, und nun habe ich die Pflicht übernommen, das Erbe zu pflegen, aber nicht nur das, sondern es auch zu verwalten, was ich ja gerne tue. Da gibt es Badehosen aus zwei Jahrhunderten, jeder Stil ist vertreten, alle Moden, Badekostüme von Armen und Reichen, Dogmatikern und Liberalen, Prüden und Perversen, Hofnarren und Hofdamen, von Autoclubs und anderen Vereinen, von Malern und deren Modellen, von Kindern und alten Leuten, von Physikern und ihren Schülern, von Nostalgikern bis hin zu Sportlern, alles ist in der Kollektion vorhanden, und, Marian, ich würde dir vorschlagen, wir sollten beide in ein Damenbadekostüm der Eisenbahnerinnen vom Anfang des Jahrhunderts schlüpfen, doch das wirst du sicher nicht akzeptieren, weil die Zeit für dich vorbei ist, als du begeistert gewesen wärst, wenn ich dir einen solchen Vorschlag gemacht hätte.

Bernd, hast du auch zeitgemäße Badeanzüge?

Jede Menge.

Gut, dann fahren wir mit einem Taxi bei dir vorbei, und ich werde mir eine Badehose aussuchen.

Um Gottes willen, Marian, nur nicht gleich wieder Taxi fahren.

Weshalb nicht, Bernd?

Wenn ich Taxi fahre, werde ich immer wieder in Geschichten verwickelt, das ist mein Schicksal, doch ich mag die Geschichten, in die ich beim Taxifahren verwickelt werde, aber du hast ja deine Geschichten im Staatsarchiv abgeliefert, um rein zu sein, geschichtslos, und wenn wir jetzt mit einem Taxi fahren, werden wir ganz sicher in eine Geschichte hineingeraten, oder, Gott behüte, sogar in mehrere. Das kann nicht in deinem Sinn sein, also komm, laß uns zu Fuß gehen, ich wohne ja nicht weit, gleich im Zigeunerviertel, hinter der alten Stadtmauer.

Als Bernd Burger und Marian ins Schwimmbecken sprangen, tauchte Bernd Burger Marian etliche Male tief unter die Wasseroberfläche und hielt ihn lange unter Wasser, nicht etwa, was ja Marian in seinem Schreck angenommen haben mußte, um ihn zu ertränken, sondern um die Mikrofone, falls welche in den Ohren oder Nasenlöchern steckten, funktionsuntüchtig zu machen.

So, sagte Bernd Burger, nun können wir reden.

Bernd, du mußt mir helfen.

Ich?

Ja.

Das ist aber stark, Marian. Also gehen wir zum Kiosk, du bestellst eine Frucola, ich ein Jäckchen.

Ein Jäckchen?

Ja doch, Marian. Hast du nicht zumindest diese Geschichte zurückbehalten, als du einmal dem Cognac liebevoll den Kosenamen Conjäckchen gabst, und ich habe dann dieses lange Unwort, das kein Mensch mehr aussprechen konnte, wenn er betrunken war, verkürzt, auf Jäckchen?

Nein.

Marian, ich bin ein Atheist, das weißt du. Ich bin aber noch nicht aus der Kirche ausgetreten, weil ich keinen Beifall von der falschen Seite möchte, ich kann niemandem helfen, mit Zigaretten kann ich dir aushelfen, ich kann auch die Rechnung bezahlen, aber das war dann auch alles.

Ich rauche nicht mehr.

Auch das noch.

Bernd, ich bitte dich, hilf mir, und ich werde dir auch helfen.

Marian, du warst doch auch ein Atheist, und nun, wie mir scheinen will, bist du ein Priester des Atheismus geworden, doch jedes Priestertum des Atheismus macht den Atheismus kaputt. Marian, wo sind nur deine Ideale geblieben?

Ich habe sie abgegeben im Staatsarchiv.

Marian, erinnerst du dich, ich hatte einmal eine sehr schöne Freundin, die nur redete und redete, und je mehr sie redete, um so häßlicher wurde sie, doch du warst nicht meiner Meinung und wolltest sie mir ausspannen, so habe ich sie dir überlassen. Und dann hatte ich eine Freundin, die sehr häßlich war, doch je mehr sie redete, um so schöner wurde sie, doch auch die wolltest du schließlich, so habe ich sie dir auch geschenkt, weil mir deine Freundschaft wichtiger war als alle Frauen der Welt, erinnerst du dich, Marian?

Nein.

Marian, weshalb wolltest du mich sehen und sprechen?

Bernd, bist du mein Freund?

Nein.

Wieso?

Ein Freund kann nur ein Freund bleiben, wenn er sich an die Freundschaft und an die Geschichten der Freundschaft erinnert.

Bernd, du bist ein ganz schwieriger Fall, das wußten wir, und deshalb wurde ich beauftragt, mit dir zu sprechen, wir wollen dich schützen.

Marian, seit wann hast du das Ich aufgegeben und sprichst plötzlich in der Mehrzahl zu mir?

Seit ich meine Ideale, die falsch waren, im Staatsarchiv abgegeben habe.

Ja, wiederhol dich nicht immer, das habe ich begriffen.

Bernd, paradoxerweise ist eine Lage entstanden, mit der wir nicht rechnen konnten. Wir haben den Kapitalismus bekämpft und werden ihn auch weiterhin bekämpfen, obwohl er inzwischen uns so freundlich gesonnen ist, wie wir das wirklich nicht erwartet haben. Der Conducator wird überall im Westen königlich empfangen, wir haben das mit dem Klassenfeind falsch eingeschätzt. Der Klassenfeind sitzt nicht im Kapitalismus, sondern im Sozialismus, wir müssen gar nicht nach außen kämpfen, sondern nach innen, und wir wollen nur, daß du uns dabei hilfst.

Marian, ich kann dich leider nicht im Plural ansprechen, obwohl ich das jetzt gerne tun würde, aber ich sehe nur freundliche, hilfsbereite, friedliche, lebenslustige, sympathische Menschen um mich herum. Gut, die wenigsten sind so radikale Atheisten wie ich, aber ich kann mich auch, und ich betone das, daß ich es gerne tue, mit Katholiken umarmen oder mit Orthodoxen oder mit Muslimen oder Evangelischen, wo liegt das Problem?

Bernd, laß dich nicht täuschen.

Wieso, Marian, sollte ich mich täuschen lassen?

Jeder Mensch, der geboren wird, ist ein potentieller Staatsfeind.

Auch du?

Bernd, du kommst überall herum, kennst etliche Sprachen, du bist geachtet, weil du anders bist. Mit dir redet jeder offen, weil sonst niemand mit jemandem sprechen kann, der so ist wie er, da er vor ihm Angst hat, genauso, wie er Angst hat vor sich selbst, wenn er mit jemandem spricht, der genauso ist wie er. Wir verlangen von dir nur, daß du uns hin und wieder einen Fingerzeig gibst.

Ja, was verlangt ihr von mir? Soll ich auf die ganze rumänische Nation zeigen, mit ihren sechzehn Minderheiten, die alle miteinander auskommen, mal schlecht, aber meist recht?

Bernd, wir können dir helfen.

Nein, danke.

Bernd, deine Wohnung ist zu klein, wir können dir eine Villa zuteilen. Deine Frau ist ohne Stelle, die können wir auch sofort beschaffen. Wir können dich auch durch den Schriftstellerverband nach Paris schicken. Bernd, ist dir Paris recht?

Ich habe jede Menge Einladungen, laßt mich einfach reisen, mir muß niemand eine Reise bezahlen, am allerwenigsten nach Paris. Nicht, daß ich nicht gerne nach Paris reisen würde, und wie, aber ich habe zur Zeit keine Einladung nach Paris, und wie würde ich dann in Paris dastehen, als einer, der keine Einladung nach Paris hat?

Möchtest du eine Villa?

Nein.

Bernd, ich habe etliche Formulare in der Umkleidekabine, mit Erklärungen. Du kannst dich entscheiden, welche du unterschreiben möchtest.

Das interessiert mich nicht.

Bernd, würdest du vielleicht zumindest zehn Formulare lesen, die Erklärungen sind kurz gefaßt.

Weshalb sollte ich das, ich unterschreibe sowieso nichts.

Bernd, eine Erklärung mußt du unterschreiben, aus Freundschaftsgründen, weil ich kurz vor der Beförderung stehe. Wenn du keine Erklärung unterschreibst, werde ich nicht befördert, und das kann nicht in deinem Interesse sein, denn je höher ich auf der Leiter der Hierarchie klettere, um so besser kann ich dich schützen.

Die Ideale solltest du schützen, die wir einmal hatten. Nun habe ich keine Ideale mehr, und wer keine Ideale hat, braucht auch keinen Schutz.

Bernd, wir könnten dir Narrenfreiheit gewähren.

Marian, wenn du dich erinnerst, hatten wir immer eine

Narrenfreiheit, die hat uns niemand geschenkt, die haben wir uns genommen, mit Frauen, Schnaps, Büchern und Geschichten, die sich stets multiplizierten, was uns immer das Gefühl gab, wir könnten besser über das nachdenken, was es nicht gibt.

Nein, ich kann mich nicht erinnern.

Marian, die Narrenfreiheit, die mir nie geschenkt wurde, habe ich mir immer selbst beschafft, und das war nicht leicht, aber es machte Spaß. Wenn man schon um die Freiheit nicht kämpfen kann, dann zumindest um die Narrenfreiheit, die keinen so großen Schaden anrichten kann wie die Freiheit. Die Narrenfreiheit ist etwas, das, je nachdem, Grenzen setzt oder nicht, aber die Freiheit ist nur ein abstrakter Begriff, den man zu definieren versucht, und jede Definition macht nichts anderes, als die Freiheit einzuschränken. Gott sei Dank haben noch keine Philosophen über die Narrenfreiheit nachgedacht, sonst hätten wir nicht einmal die.

Bernd Burger ging zu Bett, und er hatte einen sehr kurzen, doch tiefen Schlaf. Gegen Morgen träumte er, daß er, nachdem er den endgültigen Entschluß gefaßt hatte, auszuwandern, nur deshalb auf dem Friedhof war, um von seinem Bruder Seppl Abschied zu nehmen, dabei bekam Bernd Burger einen Erstickungsanfall und erwachte jäh. Er war schließlich froh, noch zur rechten Zeit aus dem Traum erwacht zu sein, bevor er im Traum erstickt wäre. Also stand Bernd Burger auf, rührte sich einen löslichen Kaffee an und setzte sich auf den Balkon. Immer, wenn Bernd Burger an Seppl dachte, kamen Schuldgefühle in ihm hoch. Seppl war viel zu groß für diese kleine Welt, und so ist er bei der Geburt erstickt. Bernd Burgers Eltern wollten nur zwei Kinder, Seppl war das erste Kind, Bernd Burgers Schwester war das zweite, er das dritte Kind, das nicht auf die Welt gekommen wäre, wäre Seppl bei der Geburt nicht erstickt. Also gab Seppl durch seinen Tod Bernd Burger das Leben. So hatte Seppl Bernd Burger gezwungen, in seine Rolle zu schlüpfen, und sein Leben lang kam Bernd Burger sich vor, als befände er sich in einer Rollenprosa. Sein Bruder hatte sich aus der Verantwortung geschlichen und die ganze Last auf Bernd Burgers Schultern abgeladen, das fand Bernd Burger nicht fair, vor allem von einem Bruder. Er muß wohl viel klüger gewesen sein als Bernd Burger, doch Klugheit hin, Klugheit her, weshalb nur war Seppl Bernd Burger gegenüber so rücksichtslos, daß er nun an seiner Stelle leben mußte, obwohl er nicht wußte, wie Seppl gelebt hätte. Also mußte Bernd Burger ein fremdes Leben leben, in dem er sich nicht richtig auskannte. Das Ganze schien ihm wie eine strenge mathematische Gleichung, vor deren einfacher Logik Bernd Burger jedesmal erschrak. Vor der Endgültigkeit dieser Gleichung schien jede weitere Überlegung oder Frage unerträglich kitschig zu sein, diese Gleichung war für immer und ewig erstarrt, unumkehrbar, weil damals die Zeit nicht von eins bis vierundzwanzig verlief, da sie in jenen Jahren auf dem Kopf stand und alle Uhrzeiger durcheinandergeraten waren. Bernd Burger beneidete seine Schwester, weil sie in diesen Konflikt nicht hineingezogen worden war. Ihr konnte es egal sein, ob damals die Zeit von hinten nach vorn oder von vorn nach hinten verlief. Bernd Burger blickte zum Himmel, und es kam ihm vor, als seien die Sterne kleine, blasse, metallene Knöpfe, die der nächtliche Regen blank geputzt hatte, und diese Knöpfe rissen der Reihe nach ab von einer hellblauen Bluse, ohne dabei den Blick freizugeben auf irgend etwas, wie das sonst bei abgerissenen Knöpfen der Fall ist, die unter den Schreibtisch oder das Klavier oder einen Stuhl rollen und die man irgendwann findet und aufbewahrt als Andenken an ein paar Stunden. Es waren eben Knöpfe, die irgendwohin fielen, wo sie unauffindbar waren, und deshalb wertlos blieben. Das fand Bernd Burger an diesem Morgen ziemlich deprimierend, aber der Himmel hatte keine Brüste, keine Schultern, der Himmel war eine unantastbare, kalte Weite, ohne Landschaft, und Bernd Burger erinnerte sich, daß es eine Zeit gab, da seine Achselhöhlen furchtbar stanken, obwohl er nicht schwitzte. Auch die Ärzte wußten keinen Rat. Irgendwann, weil Bernd Burger gerne Knoblauch aß, erkannte er, daß nicht nur sein Mund stank, was er ja in Kauf genommen hatte, sondern noch viel stärker seine Achselhöhlen, worauf Bernd Burger das Knoblauchessen aufgab und sich ans Harmoniumspielen machte. Er brachte es fertig, *Das Wandern ist des Müllers Lust* zu lernen, ein Lied, das er an jedem Weihnachtsabend spielte, und die gesamte Großfamilie sang inbrünstig mit, und alle nannten ihn ein kleines Genie. Doch Bernd Burger gab das Harmoniumspielen auf, als man Kubschi tot im Klosett der Schule auffand. Kubschi war ein Rumäne, aber immer dagegen, wenn wir Krieg spielten, daß wir Deutschen stets die Rolle der Faschisten übernehmen mußten, obwohl wir nie wußten, wie wir uns als Faschisten zu verhalten hätten. Aber es gab noch einen Grund, weshalb Bernd Burger das Knoblauchessen aufgegeben hatte. Sein Vater war, wie er irgendwann erfuhr, Nazi und hielt große Reden auf dem Bahnhof, wenn die Freiwilligen an die Ostfront fuhren. Er hielt überall große Reden, auch zu den Juden, während sie die Heltauergasse kehren mußten, doch Bernd Burgers Vater bekam irgendwann Schwierigkeiten, weil Bernd Burgers Mutter nicht in die Partei eintreten wollte, und Bernd Burgers Vater versuchte Bernd Burgers Mutter zu überzeugen. Er erklärte ihr, unsere Kinder werden eine Zukunft haben, von der wir als Kinder nicht gewagt hätten zu träumen. Jetzt kam es Bernd Burger vor, als hätte Bernd Burgers Vater von Bernd Burgers großem Bruder gesprochen. Bernd Burgers Mutter blieb hart, sie sagte, wenn der Wahnsinn vorbei ist, muß sich jemand um die Kinder kümmern, also trete ich nicht ein in die Partei. Während Bernd Burgers Vater große Reden hielt, kam Bernd Burgers Onkel, der Kommunist war, zu seiner Schwester, um Radio Moskau zu hören, obwohl seine Schwester auch Radio Moskau nicht mochte. Aber da war Bernd Burgers Onkel sicher. Niemand würde vermuten, daß im Haus von Bernd Burgers Vater jemand Radio Moskau hören würde. Einmal kam Bernd Burgers Vater zu früh nach Hause, und er erwischte Bernd Burgers Onkel und zeigte ihn sofort an, doch bis die Gestapo kam, hatte Bernd Burgers Onkel sich verdrückt. Als der Wahnsinn vorbei war, kam Bernd Burgers Onkel und sagte, ich weiß, wo dein Vater sich versteckt hat, aber ich will nicht einen Wahnsinn durch einen anderen Wahnsinn ersetzen. Ich habe den Beruf gewechselt. Ich mache jetzt Zahnkronen, aus Metall natürlich, an den Schneidezähnen, und weil die russischen Offiziere scharf darauf sind, daß ihre Vorderzähne metallen glänzen, stehen sie Schlange vor meiner Tür, damit ich ihnen die Zähne abschleife und metallene Kronen draufsetze. Damit verdiene ich gut. Ich habe mir schon zwei Häuser und zwei Frauen gekauft, mit jeder habe ich vier Kinder, was zwar unmoralisch ist, aber die russischen Offiziere sehen großzügig darüber hinweg, weil ich der einzige Spezialist bin, der ihre Zähne durch Metallzähne ersetzen kann.

Bernd Burgers Frau erschien auf dem Balkon, nachdem sie ihn vergeblich in der Toilette gesucht und an seinen Kleidern und Schuhen festgestellt hatte, daß er das Hotelzimmer nicht verlassen hatte. Ach ja, da bist du, sagte sie gut gelaunt. Melitta setzte sich auf seinen Schoß, umarmte und küßte ihn, doch da Bernd Burger sich sanft, rücksichtsvoll, gleichzeitig entschieden aus den Armen seiner Frau löste, sah sie ihn lange und verständnislos an. Bernd, sagte sie schließlich, du bist heute so fremd.

Das bin ich immer.

Hast du schlecht geträumt?

Nein.

Woran denkst du?

An nichts.

Bernd, soll ich dich alleine lassen?

Ja.

Bernd Burger liebte die Einsamkeit über alles, weil er wußte, nur in der Einsamkeit kann man frei sein, und er wußte auch, wer die Einsamkeit nicht ertragen kann, will nicht frei sein, und sofort fiel Bernd Burger ein, weshalb er die Balkone auf der Nordseite so sehr mochte. Sie lagen abgewandt von der Sonne, die stets vor Naivität und Ausdruckslosigkeit strahlte. Sie war für Bernd Burger der Inbegriff der Eitelkeit, die weit über die Grenzen des Erträglichen hinausreichte, und sie bildete sich in ihrer Überheblichkeit ein, niemand und nichts könnte so viel Lebenskraft und Freude spenden wie sie. Und das Traurige daran ist, dachte Bernd Burger, daß die Sonne fest daran glaubte, nur Licht und Wärme könne Glück bringen, die Dunkelheit hatte ja keine Chance gegen die Sonne, höchstens beim Vögeln, was der Dunkelheit zuwenig war. Was Bernd Burger aber noch trauriger stimmte, war, daß die meisten der

Sonne auch diese Unverschämtheit abnahmen. Ihr maßloser Stolz machte die Sonne blind dafür, daß sie das Glück an alle verteilte, in gleichem Maße, an jeden, der es nur wollte. Und wer wollte es nicht? Jeder konnte nach Belieben vor oder nach seinen dunklen Geschäften Lebensmut und Kraft von ihrer Wärme und von ihrem Licht tanken, ihre undifferenzierte Spendenfreude war eine Frechheit. Es war der verselbständigte Zynismus, der sie zur Besessenheit trieb, so viele Menschen wie nur möglich mit Lebenskraft und Freude zu erfüllen, egal ob Verräter oder Verratene, egal ob Betrüger oder Betrogene, egal ob Verfolger oder Verfolgte, egal ob Täter oder Opfer, und nun lagen sie alle an den Stränden der Welt, und die Höhe des Zynismus war, daß unzählige Hymnen und Oden an sie verfaßt worden waren. Bernd Burger kannte kein verwerflicheres Laster als diesen Hochmut, einmalig sein zu wollen, es war eine unverfrorene Anmaßung zu glauben, sie allein sei im Besitz des Schlüssels zur privaten Seligkeit, den alle suchten. Sie war von einer unheilbaren Sucht befallen, schlimmer als Drogenabhängigkeit oder Alkoholismus. Die Wärme entsprang ihrer Selbstgefälligkeit, und ihr Licht war bloß Selbstverliebtheit, der Rest war Gleichgültigkeit, war Langeweile, war eine Unbeteiligtheit an allem, wenn sich Wolken vor sie schoben. Sie konnte die Dunkelheit nicht akzeptieren, wo sie war, mußte Licht sein, obwohl die Dunkelheit sie respektierte, und vor dieser Ignoranz empfand Bernd Burger bloß einen unbeschreiblichen Ekel.

Bernd, sagte Melitta, ich habe die Taschen und Koffer gepackt, wohin fahren wir heute.

Nirgendwohin.

Wieso, bleiben wir hier?

Ja.

Bernd, du tust so, als wärst du Zeitmillionär. Wir müssen doch irgendwann ankommen.

Wer weiß, Melitta, ob wir so bald wieder ein Hotelzimmer finden mit dem Balkon auf der Nordseite.

Was hast du, Bernd, mit diesem Balkon auf der Nordseite, ist dir das so wichtig?

Ja.

Was kann dir so wichtig an einem Balkon sein?

Laß das, ich weiß es nicht.

Soll ich dann wieder auspacken?

Ja.

Aber komm mir dann nicht nach zehn Minuten oder einer halben Stunde und sag, ich soll wieder einpacken, weil dich plötzlich die Lust befallen hat, zum Comer See zu fahren.

Nicht zum Comer See, zum Lago Maggiore.

Ist ja egal.

Nein, das ist es nicht.

Du willst immer nur streiten.

Melitta, ich kann ja selbst die Koffer und Taschen auspacken, und wenn mich die Lust überkommt abzureisen, kann ich ja auch wieder einpacken, während du durch die Gegend bummelst.

Bernd, weshalb fängst du wieder an zu streiten?

Ich streite ja nicht.

O doch.

Darf ich nichts mehr sagen?

Nein, weil alles, was du sagst, nach Streit klingt.

Bernd Burger schwieg.

Das ist es ja, entweder du schweigst oder du streitest.

Komm, gehen wir frühstücken.

Nach dem Frühstück wollten sie die Altstadt von Vaduz besichtigen, doch es gab keine Altstadt. Statt dessen gab es Touristen, die massenweise angereist waren, um einzukaufen, vor allem Souvenirs, die sie zu Hause vorzeigen konnten als Beweise, daß sie in Vaduz waren. Natürlich waren auch die Fotos wichtig, falls die Souvenirs als Beweise nicht ausreichen würden, daß sie in Vaduz waren. Doch die Fotos waren ja auch kein stichhaltiger Beweis. Das brachte sie fast zur Verzweiflung, weil die Fotos auch in Friedberg aufgenommen hätten sein können, egal in welchem, weil jedes Land, ja, jeder Kreis in Deutschland ein Friedberg hatte, und mehr schämen konnte sich ein Deutscher nicht als in Friedberg, egal in welchem, seinen Urlaub zu verbringen. Deshalb drängten die Leute ungeduldig und aufgeregt durch die Läden, Boutiquen, Geschäfte, als gäbe es dort etwas zu sehen, das sie, da sie nun einmal in Vaduz waren, nicht verpassen durften. Dabei trat jeder jedem auf den Fuß, aber das merkte keiner im Fieber der Neugier, alle suchten sie nach Beweisen dafür, daß sie tatsächlich in Vaduz waren. Jeder brauchte andere Beweise, um sich und andere zu überzeugen, daß er in Vaduz war. Doch da die Beweise auch aus Mauritius oder der Dominikanischen Republik oder Menorca oder Sizilien stammen konnten, suchten sie krankhaft nach Beweisen, die eindeutig erkennbar machen sollten, daß sie aus Vaduz stammten, trampelten sie sich gegenseitig auf den Füßen herum und bewahrten die Kassenzettel sorgfältig auf wie ein Heiligtum, das den unumstrittenen Beweis liefern sollte, daß sie wirklich in Vaduz waren. Doch wenn der eine oder andere die Kassenzettel mit anderen Quittungen vermischt hatte, die er nachher nicht mehr auseinanderhalten konnte, weil es ein großes Durcheinander gab, in dem die Kassenzettel mit den Einkäufen aus Vaduz nicht mehr zu finden waren, glaubte ihm kein Mensch mehr, daß er in Vaduz war, schließlich auch er nicht, weil die letzten, stichhaltigen Beweise nicht auszumachen waren. Womöglich hatte er sie weggeworfen mit der Bildzeitung, mit Reiseprospekten, Spendenaufforderungen, Werbematerial von Rechtsanwälten, Großmärkten, Tankstellen, Sekten, Restaurants, Zahnärzten, Versicherungen, Stromlieferern, Telefongesellschaften, Privatdetektiven. Oder man hat sogar, zerstreut, wie man eben ist, die Kassenzettel mit seinen Bewerbungsunterlagen an etliche Filialen der Firma Bosch verschickt, oder man hat, wenn man zu betrunken war, diese Kassenzettel mit den Einkäufen aus Vaduz mit irgendeinem Geld verwechselt, womöglich mit isländischem oder tschechischem. Bernd Burger machte diese Menschenmenge müde, obwohl er einige Stunden in der Nacht geschlafen hatte. Er hatte große Mühe, überhaupt atmen zu können. Fahren wir hinauf auf den Berg, um die Burg oder das Schloß, was es auch immer sein mag, zu besichtigen, sagte Bernd Burger schließlich.

Die Burg war für Besucher nicht zugänglich, hier spielte sich nur Innenwelt ab, die Außenwelt war Vaduz. Außer filmenden und knipsenden Japanern war hier oben wenig zu sehen. Die Mauern der Burg waren kalt, schmucklos, abweisend. Dafür hatte Bernd Burger volles Verständnis. Die Mauern waren das geblieben, was sie sein sollten, Schutzvorrichtungen. Nur Neugier, Sensationslust und Gier, etwas vom Intimbereich des Fürstenpaares zu erhaschen, würden die Touristen zur Besichtigung der Burg locken, falls sie überhaupt wüßten, daß Vaduz die Hauptstadt von Liechtenstein ist, wo sie gerade einkauften. Und sicher würden auch Filmemacher kommen, um die Innenräume für ihre traurigen Filme als Kulisse zu benutzen. Etliche Ansichtskarten mit Fürst Adam II. und seiner Gattin, das war alles. Hier war die Innenwelt noch Innenwelt und nicht etwas, das vorspiegelte, Innenwelt zu sein, nicht ein Etwas, das mit der Öffentlichkeit kokettierte und bloß auf Schlagzeilen und Titelbilder bedacht war, weil diese vorgespiegelte Innenwelt nichts mit sich selbst anfangen konnte. Es gibt Skandale, war die Überlegung, also gibt es mich, das war die einzige Erkenntnis, die Sinn und Halt gab. Bernd Burger hätte gerne einen kurzen Blick in diese Innenwelt geworfen, aber er respektierte, ja, achtete diese Diskretion eines Innenbereichs, der nichts anderes bleiben wollte als das, was er war, und Bernd Burger erschauerte bei dem Gedanken, seine Brust hätte ein Tor, durch das man für zehn oder fünfzehn Mark treten könnte, und jeder, der Lust hätte, könnte sein Innenleben betrachten, und der eine oder andere würde auch ein Stück klauen, das nicht gerade registriert, beschriftet ist, sondern einfach so herumliegt, oder manche würden sich vor seinem Innenleben ekeln und sofort durch das Tor seiner Brust davonlaufen, oder andere, die durch das Tor seiner Brust einträten, würden sich gerne in seinem Innenleben einrichten, doch da ist kein Platz mehr, weil Bernd Burger alle hinausgeschmissen hatte, die in seinem Innenleben wohnten, weil er mehr Raum brauchte.

Bernd Burgers Frau und seine Tochter wollten bummeln gehen und einkaufen. Bernd, kommst du mit, fragte Melitta.

Nein, sagte Bernd Burger.

6

Bernd Burger assoziierte Menschenmassen immer mit Diktatur. Der Conducator hatte in den letzten Jahren angeordnet, daß bei seinen sogenannten Arbeitsbesuchen stets über eine viertel Million Menschen anwesend sein mußten, um seinen historischen Reden zuzuhören, die an epochaler Bedeutung gewannen, je öfter er sich wiederholte und je lauter er schrie. Und je älter er wurde, um so einsamer wurde er, und je einsamer er wurde, um so häufiger wurden seine Arbeitsbesuche, bis er schließlich nur noch epochale Reden hielt, jeden Tag woanders, und um das Plansoll von über einer viertel Million Menschen erfüllen zu können, wurden die Zuhörer und Zuschauer mit Bussen, Zügen, Lkws, Pferdewagen, Traktoren aus den benachbarten Ortschaften, Städten, selbst Kreisen auf den Platz gebracht, wo die Tribüne stand, denn jede Geste, jeder Blick, jeder Schritt, jedes Augenzucken, jedes Däumchendrehen, jedes Wort des Conducators waren von großer historischer Bedeutung. Geschweige denn eine Rede, die stundenlang dauerte, und je länger eine Rede dauerte, um so größer war ihre epochale Bedeutung, und große historische Ereignisse bekamen nur dann die erwünschte Tragweite, wenn ihnen so viele Zeugen wie nur möglich beiwohnten, und um die Wirksamkeit zu steigern, wurden aus dem ganzen Land zahlreiche Einheiten von Securisten zusammengezogen und unter das Volk gemischt, drei Geheimdienstler etwa zwischen fünf Menschen, und bald wurden diese Securisten zu Dauerreisenden, zu deren vielfältigen Aufgaben es auch gehörte, die Rolle von Claqueuren zu übernehmen, die genau wußten, wann geklatscht und wann welche Losung in Sprechchören gerufen werden mußte. Und je älter und einsamer der Conducator wurde, um so öfter wurde Beifall gespendet, bis schließlich nach jedem dritten Satz der historischen Rede Jubelschreie und Losungen in Sprechchören ertönten. Doch ein Jahr vor seinem Ende wollte der Conducator bei einem Arbeitsbesuch nicht mehr im Auto vom Flugplatz zur Tribüne fahren, wo er seine große historische Rede halten sollte, sondern direkt mit dem Hubschrauber hinter der Tribüne landen. Aber der Platz, auf dem die Tribüne errichtet worden war, war der dichteste Verkehrsknotenpunkt der Stadt, den alle Trolleybusse und Straßenbahnlinien kreuzten, so daß sich da ein Netz von Leitungen und Drähten gebildet hatte, das so dicht war, daß selbst ein Vogel nicht hindurchfliegen konnte. Aber das war kein Problem. Über Nacht wurden alle Leitungen und Drähte abmontiert, wie es auch kein Problem war, in der Nacht mit endlosen Autokolonnen die Lebensmittelläden mit Waren vollzustopfen, die nach dem Arbeitsbesuch wieder eingesammelt und abtransportiert wurden, kein Mensch wußte, wohin, wie auch kein Mensch wußte, woher sie gebracht wurden, aber man vermutete, daß die Lebensmittel das gleiche Schicksal hatten wie die Securisten, die von Arbeitsbesuch zu Arbeitsbesuch transportiert wurden.

Bei solchen Arbeitsbesuchen wurden die Trinker am härtesten bestraft, da die Kneipen und Restaurants keinen Alkohol ausschenken und die Läden keinen Alkohol verkaufen durften. Die Trinker fühlten sich zu Unrecht mißhandelt, weil sie die einzige Bevölkerungsschicht bildeten, die in keiner Weise mit irgend etwas unzufrieden war.

Auch die historischen und epochalen Reden des Conducators störten sie nicht, und sie schimpften auch nicht, wenn jeden Abend für Stunden der Strom ausfiel. Sie konnten auch im Dunkeln trinken, es war ihnen auch egal, ob im Winter geheizt wurde oder nicht, sie konnten auch bei eisiger Kälte trinken. Und wenn tagelang kein Wasser floß, kam eben kein Wasser aus der Dusche, dachten sie mit ihrem gesunden Menschenverstand, sie konnten auch ungewaschen trinken. Sie regten sich auch nicht auf, wenn der gesamte öffentliche Verkehr wegen Sparmaßnahmen stillgelegt wurde, sie mußten ja nicht unbedingt in einer Straßenbahn trinken oder in einem Trolleybus, bloß es schmerzte sie, daß solche historische Ereignisse und Festlichkeiten gerade sie am härtesten trafen, indem sie zur Abstinenz gezwungen wurden, sie, mit denen weder Revolutionen noch Konterrevolutionen gemacht werden konnten, sie, die die einzigen waren, die sich loyal verhielten. Niemand liebte den sozialen Frieden so sehr wie sie, also hätte der Conducator sie fest ins Herz schließen und ihnen Schnäpse ausgeben müssen. Er hätte es nicht zulassen dürfen, daß sie an solchen Tagen am härtesten bestraft wurden. Sie, die Trinker, waren diejenigen, die bis zuletzt davon fest überzeugt waren, daß der Conducator ein gutgesinnter und wohlwollender Mensch war. Die Bösen waren die anderen, die unfähig waren und ihn schlecht berieten, zum Beispiel während seiner historischen Reden das Trinken von Alkohol zu verbieten. Einmal wollten die Trinker einen gemeinsamen Brief in diesem Sinn an den Conducator schreiben, doch dann verwarfen sie dieses Vorhaben, weil sie sich sagten, bis du zum lieben Gott gelangst, fressen dich die Heiligen auf.

Das gedünstete Sauerkraut war der erste Diktator, dem Bernd Burger in seinem Leben begegnet war, das war beim Militär, wo die Sauerkrautfässer mit längst überschrittenem Verfallsdatum gelagert wurden. Die Fässer waren meist beschädigt, die Reifen, mit denen die Dalben zusammengehalten wurden, waren von Rost zerfressen und oft geplatzt, so daß die gegorene Krautsuppe und das in dünne Scheiben geschnittne Kraut aus dem Faß quollen. Die ganze Einheit war von diesem Gestank von verdorbenem Kraut erfüllt, der gemütlich die Treppen hochstieg, Tag und Nacht. Und dieses Sauerkraut wurde in Kesseln gedünstet und jeden Tag serviert, abwechselnd mal zu Mittag, mal am Abend. Im Kraut befanden sich nur Sand und kleine Steine, die zwischen den Zähnen knirschten, ein unheimliches Hintergrundgeräusch im lauten Eßsaal, das eine Trauer markierte, die unbeschreiblich war, weil das Fleisch, das in den Kesseln mitkochen sollte, vorher von den Offizieren und Unteroffizieren unter sich aufgeteilt worden war, natürlich gerecht, der General bekam drei Lendenstücke, die höheren Offiziere konnten sich etwas von den Lendenstücken abschneiden, wenn der General betrunken war. Die Unteroffiziere gingen mit den Knochen nach Hause, aus denen sie eine gute Suppe kochten, also nicht sie, sondern ihre Frauen, die ständig mit dem Geld zwischen den Schenkeln schliefen, damit der Mann es nicht finden konnte. Also blieb dieser Gestank, den man hinunterschlucken und an den man sich gewöhnen mußte, und oft war man froh, wenn man eine zweite Portion von diesem Gestank bekam. Der Gestank von verdorbenem Sauerkraut war allgegenwärtig, er drang in die Schlafsäle, ins Bad, auf den Exerzierplatz, der Schnee roch nach verdorbenem Sauerkraut, der Sand, die Wasserpfützen, die Blätter, die Herbstfeuer, die Astern, die langen Briefe, die man schrieb. Der Gestank nistete sich in den Kleidern ein, in den Schuhen, in den Gasmasken, in den Tornistern, Gewehren, Infanterieschaufeln, in den Zigaretten. Der Gestank drang auch tief in die Poren der Haut ein, und man konnte die Haut schrubben, so lange man wollte, der Gestank blieb, und wenn man sich im Kino auf einen Stuhl setzte, standen alle ringsum auf und begaben sich auf andere Plätze, wo es nicht nach verdorbenem Sauerkraut roch. So hatte auch das Brom, das man jeden Morgen in den Tee geschüttet bekam, einen praktischen Sinn, den man nur begrüßen konnte, da das Brom jede Lust und Sehnsucht nach Liebe absterben ließ, und das war gut so, denn jede Frau machte sowieso einen großen Bogen, weil man so penetrant nach verdorbenem Sauerkraut stank.

Niemand, dachte Bernd Burger auf dem Weg zum Hotel, konnte diese Diktatur des Gestanks von verdorbenem Sauerkraut ertragen außer eben uns, den Soldaten, und schon nach wenigen Monaten glichen unsere Gesichter einem Schöpflöffel voll verdorbenem Sauerkraut auf einem verbeulten Blechteller. Dieses Gefühl der Peinlichkeit, das uns packte, wenn wir uns außerhalb der Kaserne bewegten und uns unter Leute begaben, bewirkte, daß sich auf unseren fatalen Sauerkrautvisagen stets Schweiß bildete, der natürlich genauso nach verdorbenem Sauerkraut roch wie unser Blut auf dem Verbandzeug nach einer Verletzung.

Bernd Burger bestellte im Hotel einen Kaffee, und er setzte sich im Foyer auf eine weiche, lederne Couch, vor der ein Tischchen stand. Dabei genoß er die angenehme Kühle des Raums, und er war gerade im Begriff, sich eine Zigarre anzuzünden, als ihn eine weibliche Stimme ansprach.

Gehören Sie auch zu unserer Gruppe, fragte ihn eine junge Dame, die, während sie sprach, ihren Körper in leichten, kaum sichtbaren, kreisförmigen Schwingungen wiegte. Es hatte den Anschein, als seien diese Bewegungen eine Art Ritual, dazu angetan, ihr die richtigen Worte zu entlocken und ihnen zugleich eine geheimnisvolle Bedeutung zu verleihen, eine Art zu sprechen, die Bernd Burger albern fand und die ihn an manche Vögel erinnerte, die nur singen können, wenn sie mit den Flügeln schlagen. Doch sofort verwarf er den Vergleich, und er wunderte sich, wie er nur auf den Gedanken kommen konnte, diese Vögel zu verletzen.

Nein, sagte Bernd Burger, ich gehöre zu keiner Gruppe, ich hasse Mitgliedschaften, und ich habe es nie einsehen können, weshalb ich in einen Verein eintreten sollte, um danach gleich wieder auszutreten.

Das meinte ich nicht. Ich meinte unsere Reisegruppe, sagte die junge Dame, wobei sie ihren schlanken Körper etwas betonter in kreisförmigen Bewegungen wiegte, aus Verlegenheit vielleicht, weil ihr nur das Wort Reisegruppe eingefallen war.

Das ist ein und dasselbe, sagte Bernd Burger, und er hatte plötzlich den Eindruck, die junge Dame sei so beschaffen, daß man stets geneigt war, sie mit einer anderen jungen Dame zu verwechseln.

Sie sind Ungar, nicht?

Nein, wieso?

Ich dachte, nach Ihrem Akzent seien Sie Ungar. Dann sind Sie sicher Holländer. Aber darf ich mich zu Ihnen setzen? Ich mag es nicht sehr, allein herumzustehen, weil mich das so hilflos macht.

Ja doch, vorausgesetzt, Sie verhalten sich nicht so, daß

sich mir sofort der Eindruck aufdrängt, wir gehörten zu einer Gruppe, und außerdem bin ich auch nicht Holländer.

Russe sind Sie nicht, sagte die junge Dame, während sie sich setzte, vielleicht Isländer?

Nein.

Was sind Sie dann?

Ich bin Einzelgänger.

Ja, ja, aber Sie müssen doch eine Zugehörigkeit haben.

Ich bin staatenlos.

Ja, gibt es denn so etwas überhaupt?

Natürlich.

Und wie sieht so ein staatenloser Mensch aus?

Sehen Sie mich genauer an, dann wissen Sie es.

Und wie fühlt man sich, wenn man staatenlos ist, ist das sehr traurig und deprimierend?

Nein, das ist faszinierend.

Aber von irgendwoher müssen Sie ja stammen.

Aus Siebenbürgen.

Ach, wie interessant, aus dem Land Draculas, das ist sicher eine Gegend, die sehr aufregend ist, da lauert bestimmt hinter jedem Baum ein aufregendes, unvergeßliches Abenteuer. Sie sind ein glücklicher Mensch, und ich kann Ihnen versichern, hier passiert so gut wie nichts, man muß sich hier schon tüchtig einen antrinken, wenn man das Gefühl haben will, ein ordentliches Abenteuer zu erleben.

Ich fürchte, Ihre Erwartungen würden enttäuscht werden.

Also dann muß ich Sie enttäuschen, wenn Sie glauben, hier die ersehnten Abenteuer zu erleben.

Ich suche keine Abenteuer, ich wandere einfach nach Deutschland ein.

Und was suchen Sie dann in Vaduz?

Ich bin zufällig hier. Wir wollten nach München, doch meine Frau verfährt sich ständig. Gott sei Dank, sage ich immer wieder, und so sind wir vorläufig in Vaduz, und ich hoffe, sie wird sich auch weiterhin ständig verfahren, damit wir nie dort ankommen, wo wir hinmüssen. Ich liebe nämlich Zufälle, nichts liebe ich mehr als die Zufälle, sie bringen etwas Ordnung in den Alltag, der ja ansonsten so verläuft, als produziere er nur Unordnung. Diese täglichen Gewißheiten sind Zwänge, und Zwänge können nur Unordnung stiften und keine Ordnung, in der man sich gut fühlen kann, oder man verwechselt die Ordnung mit der Unordnung, was ja schon jeder zweite tut, nur, weil er aus seinen Gewohnheiten nicht aussteigen will, aus Trägheit sicher, aber auch aus Angst, sich ändern zu müssen, und das will niemand, da jeder glaubt, das Anderssein sei die größte Gefahr, sich nicht mehr zurechtfinden zu können. Mit der alten Erfahrung, sich nicht zurechtfinden zu können, hat man ja zu leben gelernt, und wenn jemand einmal gewillt ist, aus seinen Gewohnheiten auszusteigen, nur für einen Tag, gerät er gleich zutiefst in Panik vor diesem Versuch, und er kehrt sofort wieder zurück in seine alten Gewohnheiten, in denen er sich geborgen fühlt, obwohl er sich darin nicht zurechtfinden kann. Und er wird wieder der, der er schon immer war, er wird nie wieder auszubrechen versuchen aus seinen Gewohnheiten, und das bis zu seinem Tod, und auf seinem Grabstein wird die Inschrift stehen, er ist sich stets treu geblieben. Aber ich mag Zufälle, ich hasse die Gewohnheiten. Mein Leben war bisher von Zwängen bestimmt, und ich fürchte, daß es wieder in geordnete Bahnen gelenkt werden wird, und so möchte ich zwischen den Zwängen dieses kurze Interregnum der Zufälle voll genießen, weil ich Zufälle über alles liebe, aber nicht ewig in ihnen leben kann, und dazu will ich nur sagen, leider.

Wenn ich Sie richtig verstanden habe, sind Sie froh darüber, daß Sie zwei Heimaten haben.

Wieso?

Aus dem, was Sie gesagt haben, geht doch eindeutig hervor, daß Sie zwei Heimaten haben.

Und die wären?

Na, Siebenbürgen, und jetzt Deutschland. Zwei Heimaten zu besitzen, erklärte die junge Dame, ist sicher spannender als eine Heimat zu haben, alles andere ist langweilig.

Bernd Burger hörte das Wort Heimat zum ersten Mal im Plural. Das sagte er auch, und er fügte hinzu, daß er nicht nur keine zwei Heimaten besäße, sondern überhaupt keine, er habe eher zwei Heimatlosigkeiten.

Heimatlosigkeiten, sagte die junge Dame, gibt es gar nicht. Ich bin Reiseleiterin, und ich kenne mich in Wörterbüchern aus, selbst im Mannheimer Duden gibt es das Wort Heimatlosigkeit nicht in der Mehrzahl.

Ich habe volles Verständnis dafür, sagte Bernd Burger, daß der Mannheimer Duden mich ignoriert, aus Gründen, die ihm wohl bekannt sein werden, die er mich aber nicht wissen lassen will. Auch das kann ich verstehen, und ich würde mich hüten zu fordern, daß die Wörterbücher, und vor allem der Mannheimer Duden, mich verstehen, mir ist nichts ferner als Arroganz.

Und was haben Sie dort unten so gemacht?

Im Sommer habe ich meist Fliegen gejagt, und im Winter habe ich gefroren.

Ich meine, beruflich.

Ich habe das gelesen, was andere geschrieben haben, und hin und wieder habe ich auch selbst geschrieben.

Was, Romane?

Nein, das war so gut wie unmöglich.

Wieso war das unmöglich?

Glauben Sie etwa, der Conducator hätte es geduldet, daß ihm der Spiegel seines durchorganisierten globalen Chaos entgegengehalten wird?

Kann man nur über das Chaos schreiben?

Wenn man nichts anderes kennt, ja. Also gab es nur zwei Möglichkeiten, entweder man schrieb keinen Roman, oder man schrieb einen, der nur verlogen sein konnte, und aus dieser Verlogenheit haben alle, die Romane schrieben, versucht, sich herauszulügen, mit Romanen, die mythische oder historische Stoffe verarbeiteten, mit so verstrickten Maschen von Anspielungen auf die Gegenwart, daß sie sowieso niemand begriff. Es war eine Art Leerlauf, und dabei glaubten die Autoren, sie seien besonders mutig, aber diese Romane waren ja noch akzeptabel.

Wieso nennen Sie das akzeptabel, wenn niemand etwas begreift?

Es konnte ja noch schlimmer kommen. Es gab auch eine Art von Romanen, die sich an erprobte Rezepte hielt, wie etwa: Ein Parteisekretär, am besten auf dem Lande, mißbraucht seine Macht. Zum Beispiel ein Bürgermeister, der auch Parteisekretär im Ort war, anders lief es ja gar nicht, ertränkte bei einem Dorffest die Postbotin in einem Glühweinkessel, einfach weil er dazu Lust hatte oder weil sie keine Lust hatte, mit ihm zu bumsen. Das wußte keiner mehr am nächsten Tag. Bei einigen konnte das sogar gestimmt haben, weil sie stockbesoffen waren, bei anderen wieder nicht, aber auch sie erklärten, sie hätten nichts mitbekommen, weil sie zu betrunken waren. Auf jeden Fall hatte niemand mitbekommen, was sich ereignet hatte. An solchen Bürgermeistern konnte dann Kritik geübt werden, doch wie ein kathartisches Prinzip mußte schließlich die Parteilinie siegen, die keine Ungerechtigkeiten duldete, und so wurde ein neuer Parteisekretär eingesetzt, klug, tüchtig, vor allem selbstlos, nur auf das Wohl der Gemeinschaft bedacht, obwohl, es lag auf der Hand, daß auch das gesamte Dorf hätte ersetzt werden müssen, weil alle Dorfbewohner, die ja dabeigewesen waren, geschwiegen hatten. Also selbst ein so harmloses kleines Kapitel wäre für sie undenkbar gewesen. Autoren solcherart Romane hielten sich für besonders couragiert, indem sie Kritik an solch einem kleinen Würstchen übten. Soviel zur Realität des Romans. Doch die Wahrheit der Realität war eine andere. Der beschriebene Bürgermeister wurde versetzt und in die Uniform eines hohen Offiziers der Securitate gesteckt, in der er noch heute herumläuft, wenn er inzwischen nicht schon eine fette Rente bezieht. Und das wußten die Autoren damals, aber sie hielten sich für mutig, glaubten, indem sie den Mord an der Postbotin geschildert hatten, auch einen Seitenblick auf die Parteilinie geworfen zu haben. Dabei versuchten sie, aus ihrem und des Lesers Bewußtsein zu verdrängen, daß der Schluß eine rosagoldene Perspektive auf die Zukunft öffnete, und ich glaube, sagte Bernd Burger, das war die seltsamste Blüte der Schizophrenie, die das Absurde gezeigt hat.

Gut, aber Liebesromane hätten Sie doch schreiben können?

Ich will Ihnen etwas sagen. Ein Autor hatte einmal beschrieben, wie eine seiner Gestalten den Hosenlatz öffnete, den Schwanz herauszog und zu pissen begann, doch die

Zensur hatte den Schwanz und das Pissen gestrichen. Sie meinte, es genüge ja, wenn die Gestalt den Hosenlatz öffne, den Rest könne der Leser sich ja wohl denken, weshalb sollte man dann noch den Rest beschreiben. Dabei hielt sich die Zensur für besonders wohlwollend und mutig, weil sie es durchgelassen hatte, daß die Gestalt ihren Hosenlatz öffnete.

Und weshalb sind Sie kein Dissident geworden?

Weil ich Angst hatte.

Also ehrlich gesagt, ich hätte mir so etwas nicht bieten lassen, ich wäre sofort in die Dissidenz gegangen.

Bernd Burger ging hoch in sein Hotelzimmer, da er keine Lust hatte, über seine Angst zu sprechen, vor allem nicht mit einer Person, die aus Ahnungslosigkeit, wenn nicht gar aus Dummheit etwas behauptet hatte, das Bernd Burger so nicht stehenlassen konnte, aber ihr die letzten Illusionen nehmen, das wollte er auch nicht. Also ging er hoch. Er wollte nicht über seine Angst sprechen, nicht etwa, weil er sich ihrer geschämt hätte, sondern weil er sich nicht mehr so sicher war, ob es tatsächlich die große Angst war und nicht bloß eine gewisse Bequemlichkeit, die ihn davon abhielt, sein Leben auf Teufel komm raus ändern zu müssen, was ja die Folge und die letzte Konsequenz einer harten, endgültigen, öffentlichen Konfrontation gewesen wäre, die sein nacktes Leben nicht ausgelöscht hätte, da war er sich ziemlich sicher, obwohl nicht ganz, aber alles andere, was es außer der Nacktheit seines Lebens in seinem Umfeld gab. Er hätte aus allen seinen Gewohnheiten aussteigen und in anderen Gewohnheiten umsteigen müssen. Vielleicht schien ihm das zu kompliziert. Er hatte Angst, er wäre nicht stark genug, und wer davor Angst hat, muß nicht unbedingt ein Feigling sein. Freiheit hätte der Wechsel der Gewohnheiten nicht bedeutet. Es waren bloß Gewohnheiten, ob nun diese oder andere, und es waren keine privaten, sondern politische, das machte den großen Unterschied aus, denn Zufälle, die Bernd Burger über alles liebte, waren ausgeschlossen, egal mit welchen Gewohnheiten. Überraschungen gab es ja noch hin und wieder, aber das waren meist Überraschungen der unangenehmsten Sorte, die mitunter so unglaublich absurd waren, daß man sich kaputtlachen konnte. Das war vielleicht die einzige Freiheit, dieses wirklich befreiende Lachen, auch wenn es aus der Verzweiflung kam und recht heiser klang.

Bernd Burger betrachtete die Visitenkarte der jungen Dame, die sie ihm in die Hand gedrückt hatte mit der Aufforderung, er möge sie anrufen, vielleicht verspüre er doch irgendwann Lust, eine Reise unter ihrer Leitung zu unternehmen, und wenn nicht, könne er sie auch anrufen, wenn er sich einfach einmal in der Nähe befände, sie würde sich freuen. Bernd Burger hatte keinen Grund, ihr nicht zu glauben, sie zu verdächtigen, wie es ihm die Vorsicht nach solch einer Begegnung noch vor einem Jahr geboten hätte, selbst wenn er hätte reisen können und die Begegnung wie eben jetzt in Vaduz stattgefunden hätte, weit weg vom Schuß, doch er hätte mißtrauisch werden müssen, da die junge Dame den Eindruck erweckt hatte, sie sei mit jeder anderen jungen Dame austauschbar.

Es war eine sehr dünne Schicht, diese Angst, so daß das Eis krachte, splitterte, brach, Tiefen sich auftaten, auch wenn sie nur drei Meter betrugen. Das genügte, um unter der Eisschicht zu ertrinken oder im kalten Wasser einen Herzinfarkt zu bekommen. Wohin die Angst sich auch bewegte, um von sich wegzukommen, sie war von Fallen umstellt, von denen Bernd Burger nie geglaubt hätte, daß sie ihn so sehr faszinieren würden. Er suchte sie buchstäblich in einer schmerzhaften Besessenheit, es wurde für Bernd Burger eine Notwendigkeit, sich ständig prüfen zu lassen, wie weit die Kraft reichen würde, in einer Welt zu widerstehen, in der Bernd Burger nur das Recht auf Angst hatte. Er verteidigte dieses letzte Recht, stur, unglaublich stur, und wenn es sein mußte, rettete er sich in Geschichten, die er vom Ende zum Anfang hin zu erzählen begann in der Hoffnung, zumindest so ergäben sie einen Sinn. Dabei mußte er sich durch einen Wust von Stacheldraht und Minenfeldern hindurchzählen, wohin, das wußte er selbst nicht, das war auch bedeutungslos. Es war einfach eine ganz private Angelegenheit, und bei diesem Gedanken lächelte Bernd Burger säuerlich, dieses Adjektiv vor der Angelegenheit kam ihm vor wie eine Hoffnung, gegen die er sich wehren wollte, um sich selbst zu begreifen und niemanden sonst, am allerwenigstens die Freunde, die ihm mitunter vorwarfen, er sei ein Individualist. Bernd Burger wollte sich weder verteidigen noch einen Angriff starten, er umschrieb sich einfach und dezent als Individuum. Es war eine Freiheit, die ihm Mut gab, über diese dünne Eisschicht zu gehen, und es war die Freiheit, in die Tiefe blicken zu können, die ihn von Mal zu Mal mehr lockte, und es war eine private Notwendigkeit, dieses häßliche Gesicht, das er dabei sah und zu dem er betete, daß nichts Schlimmeres geschehe. Doch so radikal fromm war Bernd Burger nun auch wieder nicht. Er forderte stets von seinen Geliebten, ihm einen Wunsch zu erfüllen, nämlich ihm, bitte, am Morgen auf dem Frühstückstablett den Mond zu servieren, aber den echten und nicht den falschen, also ein trauriges Frühstücksei. Doch alle Geliebten stolperten über den Rand des Kokosteppichs, und jedesmal zerbrach der Mond, und Bernd Burger wurde nie müde, sie zu trösten. Saulus, Saulus, dachte er, weshalb hast du soviel Wasser getrunken, o hätte ich doch in der Wüste ein Rasthaus, wir müssen hinein in die Städte und untergehen daselbst, geh hinein durch das enge Tor, denn weit ist das Tor, und breit ist der Weg, der uns ins Verderben führt, wie lange hausen noch in deiner Brust sündhafte Pläne, während er Worte dieser Art an mich richtete, senkte ich mein Antlitz zu Boden und verstummte. Bernd Burger konnte den Haß nicht begreifen, der in diesen Sätzen steckte. Die Sätze platzten vor Mord und Totschlag, und die Worte rechtfertigten alles. Während Bernd Burger nachdachte und nicht wußte worüber, buserierte ihn eine Fliege. Dieses Wort buserieren, aus dem er dann das Hauptwort Buseration ableitete, ließ er sich genüßlich auf der Zunge zergehen, weil es in keinem Wörterbuch verzeichnet war, und vor Freude, daß es in keinem Wörterbuch verzeichnet war, erfand Bernd Burger Worte wie Tschutschu oder Gurkulu oder Pupunusch oder einfach Pu, und dann wischte er die Worte wieder aus seinem Gehirn, weil sie nur dunkle Vokale hatten. Worte mit hellen Vokalen waren gefragt, wenn man schon Worte erfindet, dann sollen sie optimistisch klingen, und aus Versehen schlug Bernd Burger die Fliege tot. Nachher weinte er, wie es klischeehafter nicht ging, und er wollte der Fliege ein ehrenhaftes Begräbnis verschaffen, doch er wußte, daß kein Pfarrer dies akzeptieren würde, nicht, weil er keine Verwandten oder Bekannten auftreiben konnte, die ihm für die Rede etwas über das Leben der Fliege hätten sagen können, zumindest wann sie geboren wurde und wo, so etliche Daten, sondern weil er prinzipiell keine Fliege begraben hätte, obwohl er jeden Sonntag in der Kirche ständig von den Geschöpfen Gottes predigte. So trug Bernd Burger die Fliege in die Toilette und legte sie sanft in die Klosettmuschel, worauf er die Wasserspülung zog. Dabei sagte er, so, dies ist dein letzter Weg, und während Bernd Burger diese Worte sprach, erinnerte er sich, wie ein deutscher Schriftsteller zu Besuch nach Klausenburg kam, der begeistert war vom Sozialismus und deshalb gekommen war, um ihn besser kennenzulernen. Gleich bei der Begrüßung beschimpfte er Bernd Burger, daß er nicht rumänisch schreibe, sondern deutsch oder zumindest ungarisch. Am zweiten Tag, als sie sich wieder trafen, erzählte ihm der deutsche Schriftsteller, die rumänische Delegation hätte ihn am Abend in die Melody Bar geführt, ins Kellergewölbe, wo mit harten Devisen bezahlt werden mußte, also keine Einheimischen dabei waren, und es wurde nur Striptease gezeigt, wobei ein Gigolo den nackten Frauen Straußenfedern und Pfauenfedern in den Arsch steckte. Der deutsche Schriftsteller war enttäuscht, weil er das alles schon kannte, er war ja gekommen, um zu sehen, wie der Sozialismus aufgebaut wird, von dem er begeistert war, doch die Vertreter der Delegation blickten ihn entsetzt an und flüsterten ihm hinter vorgehaltener Hand zu, wir wollen gar nichts aufbauen, wir sind gerade beim Abbauen, wir wollen den Sozialismus loswerden, und der deutsche Schriftsteller, bevor er von Bernd Burger Abschied nahm, beschimpfte ihn wieder, weil er deutsch schreibe, obwohl er in Rumänien lebte.

Bernd Burgers Frau, wenn es ihr gutging, sang immer laut Opernarien, doch an Tagen, an denen sie schlecht gelaunt war, summte sie leise Sonaten vor sich hin, und plötzlich hörte Bernd Burger die Stimme Melittas, die auf dem Korridor des Hotels eine Partie aus dem Chor der Gefangenen aus Nabucco sang, weder zu laut noch zu leise, was Bernd Burger verunsicherte, da er nicht wußte, was er von ihrer Stimme halten sollte, weil sie bisher noch nie Chorpartien gesungen hatte, weder laut noch leise, und als Melitta das Hotelzimmer betrat, strahlte sie, wie es Bernd Burger noch nie erlebt hatte. Sie fiel ihm um den Hals, dann packte sie die Sachen aus, die sie eingekauft hatte, vor allem Dessous, jede Menge, alle möglichen Modelle, in verschiedensten Ausführungen und Farben, wogegen Bernd Burger nichts einzuwenden hatte, weil er ja auch nicht mehr Snagov rauchte, deren Tabak voller Sand war, der, wenn man an der Zigarette zog, durch den viel zu lockeren Filter in den Mund geriet, so daß man den Mund beim Rauchen voll Sand hatte. Jetzt probierte er auch alle Zigarettensorten aus, um sich schließlich entscheiden zu können, bei welcher Marke er bleiben wird.

Wo ist Astrid, fragte Bernd Burger.

In ihrem Hotelzimmer.

Was heißt das, in ihrem Hotelzimmer?

Ja, ich habe für sie ein Zimmer gebucht, damit wir allein sein können, ungestört.

Du hättest sie ja auch ins Kino schicken können.

Ich weiß überhaupt nicht, ob es in Vaduz ein Kino gibt, zumindest hab ich keins gesehen, und außerdem sind mir zwei Stunden viel zuwenig, heute haben wir viel Zeit.

Du hättest sie ja auch in einen Film schicken können, der vier Stunden dauert.

Auch das ist mir nicht genug.

Ach, Melitta, ich hatte dir doch versprochen, sobald wir im Auffanglager in Hamm ankommen, schicke ich die

Tochter zu meiner Schwester nach München, und dann haben wir genug Zeit, soviel Zeit, daß wir gar nicht wissen werden, was wir mit ihr anfangen sollen.

Aber, Bernd, im Auffanglager werden wir mit hundertzwanzig Leuten in einem Zimmer wohnen, mit aufgestockten Betten.

Na und?

Ja, vielleicht bekommen wir gar keine Betten nebeneinander zugeteilt, sondern du oben und ich unten, oder umgekehrt.

Na gut, dann krieche eben hinunter, oder ich steige hoch, wo liegt das Problem?

Aber es könnte auch sein, daß du ein Bett an einem Ende des Saals zugeteilt bekommst, ich am anderen.

Dann durchquere ich eben den Saal.

Dort werden sicher auch Kleinkinder sein, die ständig schreien und gewickelt und gestillt werden müssen, auch alte Leute, die gestützt werden müssen, weil sie allein nicht mehr gehen können, und viele Kinder werden dort sein, verschiedenen Alters, und Moralisten, eingeschüchterte und laute, Unbeholfene und Optimisten, Angeber und Pessimisten, Witzbolde und Leute, die ihre Orden verbrannt haben, Bürokraten und Witwen, Trinker und Lehrer, Freizeitangler und Chauffeure, Taufpatinnen und Berufsfischer, Vorzugsschüler und Bartträger, Frühaufsteher und Nostalgiker, Fußballfans und Nachkommen von enteigneten Fabrikanten, Schachspieler und Kleptomanen, Elektriker und Nichtraucher, Brillenträger und Naturliebhaber, Gottgläubige und Trinker, Musiker und Kartenlegerinnen, Behinderte und Zeitungsleser, Uhrensammler und Lebenskünstler, ja Bernd, was glaubst du, stell dir vor, jeder läßt seine Biene los, was gibt das für einen Bienenschwarm, und dazu spricht jeder Aussiedler in der Sprache seines Herkunftslands, also russisch, polnisch, rumänisch, tschechisch, ungarisch, litauisch, was weiß ich noch was, das wird ein Stimmengewirr geben, da wird mir jede Lust auf Sex vergehen, und dann noch mit hundertzwanzig Leuten in einem Raum.

Melitta, nimm das nicht so tragisch.

Du bist gemein.

Wieso?

Weil du mir das zumutest.

Zumindest verstehen wir drei Sprachen, die dort gesprochen werden, in diesem großen Raum, reizt dich das nicht zum Sex?

Ich sagte schon, du bist gemein.

Was glaubst du, was es dort an Sex geben wird, zumindest aus Langeweile, während der Wartezeit, bis man von den Behörden aufgerufen wird. Das wird einen Gemeinschaftssex geben, aber auf höchst internationaler Ebene, und nicht bloß mit sechs oder sechzehn Paaren, wie das Lilo Wanders in ihren Sendungen über Gruppensex zeigt und kommentiert. Leider hat sie keine Ahnung, was Gruppensex in einem Auffanglager von Aussiedlern ist, sonst würde sie gleich drei Sendungen machen, es kommt ein Internationalismus in diesen Auffanglagern auf. Es wäre ein Modell für das vereinte Europa, doch leider besuchen die deutschen Politiker solche Auffanglager für Aussiedler nicht, um überhaupt das dort entstandene Modell wahrzunehmen.

Während Bernd Burger solchen Blödsinn von sich gab, entkleidete sich seine Frau, sie probierte Dessous um Dessous an und fragte immer wieder, was ihm gefalle, und Bernd Burger nickte nur und schenkte sich Wodka ein, den er mit Wasser verdünnte, und da Bernd Burger um so hilfloser wurde, je mehr Dessous sie anzog und je mehr er getrunken hatte, ritt seine Frau plötzlich französisch auf ihm.

Fühlst du dich gut, Istvan?

Und wie, sagte Bernd Burger.

Ja, ja.

Bernd Burger griff zur Flasche.

Ach, wie gut du bist, Istvan.

Bernd Burger machte weiter.

Istvan, liebst du mich?

Aber sicher, sagte Bernd Burger.

Wie gut ich dich fühle, Istvan.

Bernd Burger trank noch einen Schluck aus der Flasche.

Istvan, du bist nicht nur ein guter Arzt, sondern auch ein Zauberkünstler, glaubst du mir das?

Ja, sagte Bernd Burger.

Komm, wir wechseln jetzt die Stellung, Istvan, nimm mich von hinten.

Ja, sagte Bernd Burger.

Ach, Istvan, wie gut ich deinen Schwanz spüre.

Das ging so den ganzen Tag über, bis hinein in die Nacht, und Bernd Burger war stolz darauf, den Arzt namens Istvan so glänzend vertreten zu haben, er fühlte sich geradezu geehrt.

7

Am Morgen, während Bernd Burgers Frau die Koffer und Taschen packte, ging Bernd Burger in Astrids Zimmer, um die Tochter zu wecken, die sehr stolz war, allein in einem Hotelzimmer geschlafen zu haben. Nachdem alles fertig war, die Sachen im Auto verstaut waren, gingen sie frühstücken, doch noch auf dem Weg in den Frühstücksraum fragte Melitta, wohin fahren wir nachher, worauf Bernd Burger antwortete, was weiß ich, weshalb sollte ich jetzt ein Ziel angeben, das wir sowieso nicht erreichen werden, weil du dich ständig verfährst, und wenn ich kein Ziel angebe, kannst du dich auch nicht verfahren. Also fahr nach dem Frühstück nur munter drauflos, und wenn du müde bist und nicht mehr fahren kannst, halten wir in der nächsten Stadt, und dann werden wir ja auch das Ziel kennen, an dem wir angekommen sind.

Bernd, du bist unmöglich, schon so früh am Morgen suchst du Streit.

Wieso?

O doch.

Nein, gar nicht.

Wie, ich soll einfach so losfahren, ohne zu wissen, wohin?

Ja.

Das kann doch nicht dein Ernst sein.

Aber natürlich.

Dann gib mir zumindest die Richtung an, in die wir fahren sollen.

Am besten westwärts, auf keinen Fall nach Norden, sonst gelangen wir an den Bodensee und müssen ihn mit der Fähre überqueren. Doch dort ist die deutsche Grenzkontrolle besonders streng, und ich habe Angst, daß die deutschen Grenzbeamten am Bodensee nicht wissen, was ein staatenloser Paß ist, obwohl er im Amtsdeutsch so heißt. Die in Passau kennen ihn schon, aber nicht unbedingt die am Bodensee. Sie werden uns warten lassen, bis sich das mit den Pässen klärt, und vor allem, daß sie nicht gefälscht sind. Doch das kann Tage dauern, bis die rumänische Botschaft in Bonn bestätigt, daß alles in Ordnung ist, weil die rumänische Botschaft meist geschlossen hat und niemand dort zu erreichen ist. Also fahr lieber westwärts, so bleiben wir noch eine Weile in der Schweiz, und dann werden wir ja sehen, wohin du dich verfährst, nach Italien oder nach Frankreich, oder umgekehrt, mir ist beides recht.

Aber du wolltest doch zum Lago Maggiore.

Ja, weil ich dachte, ich könnte dort eine Erleuchtung haben, aber ich fürchte, daß ich keine haben werde, also erspar mir, bitte, die Enttäuschung, Melitta, fahr lieber nach Frankreich, sonst kommen wir irrtümlicherweise doch noch am Lago Maggiore an.

Während der Autofahrt fiel Bernd Burger der Traum ein, den er in der vergangenen Nacht gehabt hatte, und der Traum, bei Tag betrachtet, war gar nicht so sinnlos, wie er Bernd Burger im Traum vorgekommen war, er erinnerte sich plötzlich an alle Einzelheiten bis in die kleinsten Details, was ihm mit Träumen bisher so noch nicht passiert war.

Seit einiger Zeit beschäftigt dieses seltsame Geräusch immer mehr die Einwohner des Ortes. Wer jemals mit nacktem Fuß im Dunkeln eine Küchenschabe zertreten hat, kann sich eine ungefähre Vorstellung davon machen, welche Empfindung dieses Geräusch bei allen bewirkt, die ihm zum ersten Mal begegnen. Beim zweiten, vierten oder achten Mal bestätigt sich der anfangs vage gewonnene Eindruck, daß es sich um ein Geräusch handelt, das sehr sonderbare Reize auf den Tastsinn ausübt und eigentlich nur von der Haut wahrgenommen wird. Wiederholte Experimente mit tauben Bewohnern des Ortes haben das endgültig bestätigt. Ebenso unvermutet, wie dieses Geräusch auftaucht und wieder verschwindet, wechselt es auch seinen Standort. Wird es irgendwo wahrgenommen, erweckt es sofort den Eindruck, als käme es aus allernächster Nähe. Daß man es bloß einige Schritte von sich entfernt weiß, verleiht einem ein bedrückendes Gefühl von Unsicherheit, Hilflosigkeit, ja sogar Ohnmacht. Einige Bewohner des Ortes unternehmen angestrengte Versuche, die sendende Quelle aufzudecken. Äußerst genaue Beobachtungen werden angestellt, an allen nur denkbaren Stellen. Auch die unscheinbarsten Winkel, Flecken und Stellen werden mit einbezogen. Alle Suchaktionen, selbst die sorgfältigsten und hartnäckigsten, blieben ergebnislos. Dabei wurden in einigen Fällen sogar Öfen und Kellerwände abgebaut, Bäume entwurzelt und zersägt, Gruften und Kanalschächte geöffnet und Autos oder sonstiges Gerät auseinandergenommen. Noch immer wurde nichts gefunden, was unter Umständen irgendwie Aufschluß über den Ursprung oder die Ursache des Geräusches geben könnte. Viele beschäftigt immer eindringlicher die Frage, ob es sich um ein unsichtbares Wesen handelt, das diese Laute sendet, oder ob das Geräusch selbst das Wesen an sich ist. Einige Gelehrte des Ortes stellten die Hypothese auf, man hätte es mit der zeitweiligen Funktion irgendeines unbekannten, vielleicht kosmischen Prinzips zu tun. Völlige Ratlosigkeit. Das Geräusch kann von keinerlei Meßgerät registriert werden. Mit einer Ausnahme. Alle Waagen, die das Gewicht nicht mehr genau anzeigten, funktionieren plötzlich präzis. Einige Ortsbewohner machen eine verblüffende Entdeckung. Sie haben herausgefunden, daß das Geräusch irgendwie mit sich sprechen läßt, in dem Sinn nämlich, daß es auf ganz bestimmte Fragen reagiert. Allerdings sind zur Zeit bloß vier dieser Fragen bekannt, und die lauten: Kennen Sie Frau Ölschlägel? Haben Sie etwas gegen Heuschrecken? Was halten Sie von ausgeplünderten Pharaonengräbern? und: Was nehmen Sie gegen Zahnschmerzen? Die Versuche werden fortgesetzt. Sobald man eine dieser Fragen an das Geräusch stellt, kann man sofort dessen Reaktion spüren, das sich als verstärktes gelatineartiges Gewabbel auf die Haut der Umstehenden bis zu einer Entfernung von hundertfünfzig bis hundertdreiundfünfzig Schritten überträgt. Seit das Geräusch im Ort aufgetaucht ist, kann man immer wieder die verschiedensten Veränderungen feststellen. So erscheinen an frischen Bruchstellen fluoreszierende Spuren, und an allen Baumrinden zeichnen sich irgendwelche Gebilde ab, die stilisierten Aztekenmasken nicht unähnlich sind. Kinder und Greise, wenn sie weinen oder lachen, werden sich dessen immer bewußter, daß sie weinen oder lachen. Stets mehr Einwohner haben wiederholte Male den gleichen Traum, der, wie er selbst ankündigt, aus fünf Teilen besteht. Im ersten Teil wird der Ort wie ein Teppich zusammengerollt und in einer fremden Landschaft wieder ausgerollt, in der nach altehrwürdiger Tradition die Beerdigungen um sechs Uhr vierunddreißig stattfinden und bloß bei strömendem Regen. Im zweiten

Teil kehrt ein Ochsenwagen vor der Kirche um und fährt zurück und kommt wieder, um stets vor der Kirche umzukehren. Im dritten Teil essen sie Geburtstagskerzen. Danach erwachen die Bewohner des Ortes jedesmal, und noch niemand hat die anderen beiden Teile geträumt. Die Einwohner des Ortes beschließen, die Sache mit diesem Traum vor Fremden streng geheimzuhalten. Man geht zu weiteren Beobachtungen über. Die Einwohner versuchen herauszubekommen, ob sich die Taktik oder Beschaffenheit des Geräusches bei irgendwelchen Einflüssen ändern würde. Sie stellen fest, daß es sich immer gleichbleibt. Überlegungen werden laut, ob das Geräusch nicht bloß deshalb gleichbleibt, weil es sich zur Zeit in einer Phase quantitativer Akkumulation befindet. Dann aber müßte sich irgendwann der qualitative Sprung vollziehen. Und wie würden sich dann die neuen Eigenschaften des Geräusches äußern? Mehreren Bewohnern ist aufgefallen, daß die Steinchen, mit denen ihre Kinder am Tag spielen, über Nacht verschwinden. Im Glauben, daß die Steinchen dem seltsamen Geräusch auf irgendeine Weise nützlich sein könnten, haben alle Ortsbewohner den merkwürdigen Brauch angenommen, allabendlich Steinchen vor ihre Türen zu streuen. Spätestens jetzt müßte sich die Frage ergeben, wann und wo das Geräusch zum ersten Mal vernommen wurde. Zuerst verhielt man sich diesem Phänomen gegenüber gleichgültig. Bald jedoch wurden immer öfter Vermutungen laut, daß es eine große Gefahr ankündigen könnte, sogar eine Katastrophe. Alle Bewohner des Ortes versuchen inzwischen, sich ganz auf das Geräusch einzustellen und mit ihm zu leben. Dabei wird strengstens vermieden, das Geräusch auf jede auch nur denkbare Weise zu reizen. Einige im Ort beschließen, einen Verein für behinderte Tiere zu gründen, für die dann an Feiertagen auch Gottesdienste eingerichtet werden sollen. Die gesamte Einwohnerschaft beginnt zu erwägen, wie das Geräusch auf ein solches Unterfangen reagieren könnte, ob es ihm behagen würde oder nicht. Die Initiatoren behaupten, die Eingebung für die Gründung dieses Vereins hätten sie vom Geräusch selbst bekommen, das dadurch Zeichen setzen wolle, weshalb und wozu und warum auf diese Weise, das sei leider keinem klar. Einige geben zu bedenken, daß diese Eingebung auch eine Provokation seitens des Geräusches sein könnte. Die Bewohner des Ortes stellen, bevor sie etwas tun oder lassen wollen, komplizierte gemeinsame Überlegungen an, wie ihr zu fassender Beschluß vom Geräusch aufgenommen werden würde. Immer mehr Ortsbewohner wünschen sich eine Instanz herbei, die Beschlüsse faßt, nach denen sie sich zu richten haben. Im Laufe der Wochen stellt man weitere Veränderungen fest. So beginnt der alte Wasserturm am Bahnhof an jedem Monatsende sich leicht nach Süden zu neigen. Oder Worte wie Flachzange, Transparent, achtzehnhundertelf oder Brackwasser kommen nur noch nach mühevollem Gestotter über die Lippen. Oder unter den Männern macht sich die Gewohnheit breit, daß sie, wenn sie nachts auf die Toilette müssen, einfach in Flaschen pissen, die sie neben ihr Bett stellen. Oder, seit immer häufiger Katzen mit feuerrotem Fell geboren werden, wächst die Ungeduld auf Volksfeste fast ins Unerträgliche. Diese und andere Veränderungen werden nach längeren Debatten für unerheblich erklärt. Einige Ortsbewohner machen den Vorschlag, man solle dem Geräusch, um es freundlich zu stimmen, ein Denkmal setzen. Fragen werden laut, wie man ein Geräusch zum Beispiel in Stein verewigen könne. Das sei nicht das Problem des Ortes, sondern das des

Künstlers, waren sich alle einig. Ob es nicht besser sei, gaben einige zu bedenken, dem Geräusch einen Tempel zu bauen oder einen Palast. Weil das in Stein gehauene Geräusch zu Interpretationen Anlaß geben könnte, die dem Geräusch eventuell mißfallen würden. Der Ort beschließt nach längeren Auseinandersetzungen, fürs erste das Geräusch zum Ehrenbürger zu erklären und die Hauptstraße nach dem Geräusch zu benennen, weil damit keine zusätzlichen kommunalen Ausgaben verbunden sind. Aber wie sollen wir die Hauptstraße nach dem Geräusch benennen, wenn wir gar nicht wissen, wie es heißt, gibt jemand zu bedenken. Tagelang wird überlegt, schließlich einigt man sich, die Hauptstraße einfach *Das Geräusch* zu benennen. Einige Jugendliche sind entschieden der Meinung, man solle das Geräusch bekämpfen, und zwar mit seinen eigenen Waffen. Zu diesem Zweck müsse man ein Laboratorium einrichten, in dem spezielle Frequenzen entwickelt werden sollen, die das Geräusch so sehr nerven, bis es die Frequenzen nicht mehr ertragen kann und den Ort eines Tages fluchtartig für immer verläßt. Da in Kürze im Ort Neuwahlen abgehalten werden müssen, wird die Diskussion um das Geräusch von allen Parteien im Wahlkampf zum Thema Nummer eins gemacht. Der Hauptmann der freiwilligen Feuerwehr im Ort macht eine verblüffende Entdeckung, die er auch den anderen Einwohnern des Ortes mitteilt. Er behauptet, er hätte das Geräusch gehört. Als er wieder einmal die Fragen, von denen bekannt war, daß das Geräusch darauf reagiert, an das Geräusch gerichtet hatte, spürte er nicht nur das bekannte gelatineartige Gewabbel auf seiner Haut, sondern vernahm auch Töne, die stereophonartig aus allen Richtungen auf ihn zukamen. In verstärktem Maße, so hatte er wenigstens den Eindruck, kamen die Töne aus der Hauptstraße. Die Töne, erklärt der Hauptmann der freiwilligen Feuerwehr im Ort, hatten buchstäblich ein Loch in ihn gebohrt, durch das er in sich selbst blicken und auf diese Weise sich klarer sehen konnte. Und so begriff er, daß er bald eine wichtige Entscheidung treffen werde. Die Töne aber könne er nicht beschreiben, da er etwas Ähnliches noch nie vernommen hatte und sie mit nichts vergleichbar waren. Er kann nur soviel sagen, daß es Töne waren, sei ihm klar gewesen, das stehe außer Zweifel. Immer mehr Ortsbewohner halten sich in ihrer Freizeit in der Hauptstraße auf, in der Hoffnung, das Geräusch zu hören. Einige entschließen sich, auch die Nächte schlafend in der Hauptstraße zu verbringen. So schlafen bald zahlreiche Einwohner des Ortes in der Hauptstraße. Niemand hört das Geräusch. Einige erklären den Hauptmann der freiwilligen Feuerwehr im Ort für verrückt. Einige geben auf. Einige halten den Hauptmann der freiwilligen Feuerwehr im Ort für einen Begnadeten. Einige meinen, er sei schlicht und einfach ein Hochstapler. Einige machen weiter. Einige halten das Ganze für eine Gemeinheit. Einige wissen nicht, was sie denken sollen. Einige erklärten, sie hätten zwar keine Töne gehört, aber so etwas wie eine Geburt von Tönen. Immer mehr Bewohner des Ortes werden von der panischen Angst ergriffen, sie könnten eines Tages tatsächlich das Geräusch hören. Erleichtert stellt man allgemein fest, daß es zwar weitere Veränderungen im Ort gibt, daß aber das Geräusch von niemandem mehr gehört worden war, außer eben vom Hauptmann der freiwilligen Feuerwehr im Ort. Ein großes Mißtrauen greift um sich. Jeder einzelne ist fest überzeugt, daß alle anderen das Geräusch gehört haben, bloß er nicht, und daß niemand darüber sprechen will, was er durch das Loch gesehen hat, das die Töne in ihn gebohrt haben. Man geht sich allgemein aus dem Weg. Man trifft sich nur dort, wo Veränderungen stattgefunden haben, die sich jeder ansehen möchte. Aber man spricht nicht miteinander. Der Postdirektor im Ort hat einen genialen Einfall. Er gründet eine Schule für das wissenschaftliche Erlernen von Mißtrauen, ins Mißtrauen, erklärt er, muß Methode, sonst funktioniert es anarchisch, was schwere gesundheitliche Schäden zur Folge haben kann. Durch methodisch erlerntes Mißtrauen gesunden Körper, Geist und Seele, lautet seine Devise. Am Anfang hat der Postdirektor und nun auch der Direktor der neugegründeten Schule wenig Besucher, doch als sich die ersten Erfolge einstellen, ist der Zulauf groß. Die Hauptstraße machte in der Nacht vom fünften auf den sechsten August drei gewaltige Krümmungen und verschob die Häuser, um sie der neuen Straßenlage anzupassen, dabei entstand eine Lage, in der jeder in einem anderen Haus aufwachte. Die Bewohner, die in einem neuen Haus aufwachten, wollten in ihr altes Haus zurück, doch die, in ihrem Haus wohnten, konnten nicht ausziehen, zurück in ihre alten Häuser, weil dort andere wohnten, die nicht ausziehen konnten, weil andere in ihrem Haus wohnten. Es kommt zu großen Prozessen. Schließlich prozessiert jeder gegen jeden. Nachdem die Einwohner des Ortes allmählich zur Überzeugung gelangt waren, daß ihre ungewisse Angst vor dem Geräusch unbegründet war, löste das Geräusch am sechsten September plötzlich eine allgemeine Hoffnung auf irgendeine Rettung aus, die sich seither immerzu verstärkt.

Bernd, sagte Bernd Burgers Frau, du bist so schweigsam heute, wir fahren schon fast fünf Stunden durch die Gegend, und du hast noch kein einziges Wort gesagt.

Mir ist der Traum eingefallen, den ich heute nacht hatte.

Also du träumst wieder.

Nein, mir ist nur der Traum eingefallen, den ich heute nacht hatte.

War er angenehm?

Bernd Burger erzählte Melitta den Traum.

So einen Blödsinn kannst nur du träumen.

Vielleicht, lenkte Bernd Burger friedlich ein, um Melitta zu beruhigen, da sie Auto fuhr, war es nur ein Alptraum.

Das macht den Blödsinn nicht attraktiver.

Bernd, um Gottes willen, sagte Bernd Burgers Frau, ich habe mich wieder verfahren.

Nur keine Panik, bitte.

Ich glaube, wir sind am Lago Maggiore angekommen.

Das kann nicht stimmen.

Doch.

In fünf Stunden können wir von Vaduz nicht am Lago Maggiore angekommen sein.

Aber vor uns liegt der Lago Maggiore.

Scheiße, Melitta, wir sind in Romanshorn, am Bodensee, und genau das wollten wir nicht.

Wieso?

Ach, Melitta, ich habe es dir doch beim Frühstück erklärt, daß wir mit dem Auto auf der Fähre nicht nach Deutschland können.

Das hast du mir gar nicht gesagt.

Melitta, erinnere dich, ich habe dir doch erklärt, was uns blühen könnte, wenn die deutschen Grenzbeamten am Bodensee nicht wissen, weshalb so ein staatenloser Paß überhaupt ausgehändigt wird, und vor allem wem.

Davon höre ich jetzt zum ersten Mal, das hast du mir nie gesagt, aber du willst immer nur Streit, du behauptest Dinge, bloß um streiten zu können, und was machen wir jetzt?

Nun, so wir da sind, wohin wir nicht wollten, bleiben wir eine Weile hier, um uns umzusehen. Zeit haben wir ja genug, und die sollten wir genießen. Soviel Zeit hatten wir noch nie, und nie wieder werden wir soviel Zeit haben, um sie wirklich genießen zu können, aber mit dem Auto dürfen wir nicht auf die Fähre.

Und was glaubst du, Bernd, sollen wir zu Fuß über den Bodensee gehen?

Jesses, nein, dann würden wir ja erst recht auffallen.

Du, Bernd, ich habe Angst.

Brauchst du nicht, Melitta, ich erledige das, ich frage mal nach, wo es einen Fahrradvermieter gibt ...

Willst du, daß wir mit dem Fahrrad über den Bodensee fahren?

Melitta, weshalb läßt du mich nie zu Ende sprechen? Kaum habe ich ein Wort ausgesprochen, unterbrichst du mich, weil du glaubst, schon zu wissen, was ich sagen möchte. Weshalb kannst du nicht ein wenig, ein ganz klein wenig Geduld haben und dir anhören, was ich wirklich sagen will? Aber nein, wenn ich einen Satz, zum Beispiel, mit der Tisch ist ... beginne, hast du schon deine Vorstellung, welche Vorstellung ich vom Tisch habe, und dann unterbrichst du mich und sagst, meine Vorstellung vom Tisch sei falsch, weil du Angst hast und glaubst, meine Vorstellung vom Tisch sei anders als deine, womöglich grundverschieden, obwohl du meine Vorstellung vom Tisch noch gar nicht kennst.

Du willst ständig Streit.

Also, hör zu, Melitta, wir leihen uns drei Fahrräder ...

Ich kann ja gar nicht Fahrrad fahren, und du auch nicht. Du hast seit deiner Kindheit nie wieder auf einem Fahrrad gesessen, weshalb sollten wir jetzt Fahrräder leihen?

Wieder unterbrichst du mich.

Nein, du suchst Streit.

Melitta, wir leihen die Fahrräder ja gar nicht, um auf ihnen zu fahren ...

Ja, weshalb brauchen wir dann Fahrräder?

Weil wir die Fahrräder nun brauchen, da wir am Bodensee angekommen sind, wo wir ja gar nicht hinwollten.

Bernd, können wir diese unsinnige Diskussion über Fahrräder nicht endlich beenden?

Nein.

Jetzt hast du Lust, über Fahrräder zu sprechen, entwickelst womöglich eine Theorie über die Fahrräder, die wir nun brauchen, obwohl wir mit den Fahrrädern nichts anfangen können, und nun soll ich dir stundenlang zuhören, was du über Fahrräder denkst?

Ich, wenn du mich fragst, halte gar nichts von Fahrrädern.

Und weshalb brauchen wir dann Fahrräder?

Weil wir die Fahrräder nun einmal brauchen.

Nun wirst du mir sicher erklären wollen, weshalb das Vorderrad wichtiger ist als das Hinterrad, oder weshalb das Wichtigste am Fahrrad das Hinterrad ist, oder warum die Lenkstange im Vergleich zum Fahrradsitz unerheblich ist, oder dergleichen.

Melitta, ich will dir gar nichts über Fahrräder erklären, einfach, weil ich mich mit Fahrrädern nicht auskenne.

Bernd, so wie ich dich kenne, willst du mich jetzt in Gespräche über Fahrräder verwickeln, um mir zu beweisen, daß ich keine Ahnung von Fahrrädern habe.

Melitta, es fällt mir furchtbar schwer, über Sachen zu sprechen, in denen ich mich auskenne. Aber da wir nun in Romanshorn am Bodensee sind, zufällig, überraschend, unerwartet, weil du dich verfahren hast ...

Ja, ich habe mich verfahren, weil du nur deinen blöden Traum im Kopf hattest.

Mir sind eben die Fahrräder eingefallen, und es fällt mir plötzlich leicht, über Dinge zu sprechen, die ich nicht kenne.

Hab ich doch geahnt, Bernd, du willst jetzt den ganzen Tag mit mir darüber sprechen, was dir zu den Fahrrädern alles einfällt, und morgen wirst du neue Einfälle zu den Fahrrädern haben und mir erklären, daß Fahrräder mehr sind als Fahrräder, oder daß Fahrräder weniger sind als Fahrräder.

Nein, Fahrräder sind wirklich nicht das, was sie sein sollten, zumindest in unserem Fall nicht, aber du wirst sehen, Melitta, die Fahrräder bekommen in meiner Vision eine neue Funktion, von der die Hersteller von Fahrrädern keine Ahnung haben, weil sie bloß Fahrräder im Kopf haben. Also, am Lago Maggiore hätte ich diese Erleuchtung nicht gehabt, weil ich sie nicht hätte haben müssen.

Bernd, können wir nicht wenigstens in ein Café gehen, dort kannst du mir dann alles über Fahrräder erklären.

Nein, wir fahren jetzt zu einem Fahrradvermieter.

Schließlich war Melitta müde, über Fahrräder zu sprechen, und Bernd Burger konnte ihr endlich erklären, weshalb sie die Fahrräder wirklich brauchten.

Melitta, wir mieten drei Fahrräder, unbedingt ein Kinderfahrrad für Astrid, die Fahrrad fahren kann. Einer von uns muß ja Fahrrad fahren können, aber die Fahrräder müssen zusammenklappbar sein, damit wir die Fahrräder im Auto unterbringen können. Dann fahren wir mit den Fahrrädern im Auto in den Hafen von Romanshorn auf den Parkplatz, wo wir das Auto für zwei oder drei Tage parken, oder für eine Woche, das spielt im wesentlichen überhaupt keine Rolle, und dann schieben wir die Fahrräder auf die Fähre. Nur Astrid muß auf dem Fahrrad fahren, damit nicht der Eindruck entsteht, wir könnten nicht Fahrrad fahren, so einfach ist das. Astrid muß langsam Fahrrad fahren, im Schrittempo, in dem wir die Fahrräder auf die Fähre schieben. Nachdem wir die Fahrräder gemietet haben, muß ich mir noch eine Lederhose kaufen und einen Tirolerhut, das ist unwahrscheinlich wichtig, weil kein Grenzbeamter in Bayern vermuten wird, daß wir aus Rumänien mit dem Fahrrad angeradelt sind, und schon gar nicht mit Tirolerhut und Lederhosen. Und du, Melitta, da du an Gott glaubst, mußt Grüß Gott sagen, ich werde mit Servus grüßen, und dann schieben wir die Fahrräder bis zum nächsten Autovermieter, wo wir die Fahrräder abstellen, bis wir wiederkommen, und wir werden ein Auto mieten, mit dem wir dann nach Ravensburg fahren, nach Memmingen, vor allem nach Meersburg, wo ich das Droste-Museum besichtigen möchte. Aber ich bin bereit, Meersburg aus der Reiseroute zu streichen, weil es ja sein könnte, daß du von Meersburg in die entgegengesetzte Richtung fährst und wir über Konstanz wieder in die Schweiz gelangen würden, vorausgesetzt, die Schweizer Grenzkontrolle nimmt uns nicht hopp, was ich für sehr unwahrscheinlich halte. Das Problem läge dann darin, daß wir wieder über Romanshorn auf der Fähre über den Bodensee nach Friedrichshafen gelangen müßten, aber dieses

Mal mit Auto, und dann wäre die ganze Erleuchtung mit den Fahrrädern vergeblich gewesen. Das wäre schlimm genug, da es nicht nur Komplikationen mit den deutschen Grenzbeamten geben würde, sondern zusätzlich auch noch mit Autos, und vor allem mit Fahrrädern.

Bernd Burger saß nun im Restaurant auf dem Deck der Fähre, und er fühlte sich leicht, es war ein Wohlbefinden, das an Freiheit grenzte. Bernd Burger hatte den Eindruck, daß er der Freiheit noch nie so nah gewesen war, es war eine Art Leichtigkeit, obwohl Bernd Burger wußte, daß es keine echte Freiheit war, an deren Grenze seine Zufriedenheit reichte, ja sie berührte, physisch fast, was nicht schmerzlos verlaufen konnte. Aber es war doch so etwas wie ein Zustand, in dem man sich freier fühlt, wenn auch nur für Augenblicke, etwas, das Bernd Burger bisher nicht gekannt hatte, auch wenn es bloß eine Täuschung war, was Bernd Burger ja wußte. Doch er fühlte sich wohl in dieser Täuschung, zumindest die war echt, was ihm wieder ein Gefühl der Sicherheit gab, das er bisher auch noch nicht bekannt hatte. Um ihn herum war nur Wasser, das neutral war und kein Versprechen einlösen mußte, weil es nichts versprochen hatte. Es war ein Wasser, das so immens war, da es nirgends einen Winkel gab, von dem Bedrohliches ausgehen konnte. Es war, dieses Wasser, so freundlich, weil es keine Sorgen kannte, ja, es war geradezu gastfreundlich, so daß Bernd Burger am liebsten in dieses Wasser gesprungen wäre, um ans Ufer zu schwimmen, egal an welches. Aber ein Staatenloser darf das nicht, weil er sonst auffällt, obwohl Bernd Burger ja nur ins Wasser springen wollte, um sich gut zu fühlen. Er wollte ja keine Bank ausrauben im Wasser oder jemanden ermorden oder Drogen oder Menschen schmuggeln im Wasser. Er wollte bloß dieses Wasser spüren, das nur in der Gegenwart lebte, kein Gedächtnis hatte und an keine Zukunft glauben mußte, aber das darf ein Staatenloser nicht. Dieses Wasser hatte die gleiche Farbe wie der Rausch und der Entzug des Rausches, es spielte Wasser, weil es Lust hatte an diesem Spiel. Es war, dies Wasser, die Neutralität an sich, nicht die der Schweiz, die nur so tat, als wäre sie neutral. Nein, dieses Wasser mußte nicht verhandeln, keine Kompromisse schließen, weil es von niemandem etwas forderte und niemand etwas von ihm verlangte. Dieses Wasser hätte auch den wahnwitzigen Ideologen untergehen lassen, von dem behauptet wird, er sei barfuß über das Wasser gegangen. Solche Unmöglichkeiten waren mit diesem Wasser nicht auszuhandeln. Es war ein Wasser, das jedes Wunder ausschloß, es war sympathisch, dieses Wasser, es war frei, weil es kein Selbstbewußtsein hatte, da Selbstbewußtsein zu Überheblichkeit führt. Nein, überheblich war dieses Wasser nicht, und auch nicht selbstgerecht, es nahm sich wahr als das, was es war, nämlich Wasser. Es berauschte sich an sich selbst, ohne jeden anderen Rausch zu stören, es spielte bloß mit sich selbst, und bei diesem Spiel gab es keine Verlierer. Einmal, das war schon vor langer Zeit, ritt jemand über den Bodensee, aber der Bodensee war damals zugefroren, so konnte sich das Wasser gegen den Ritt nicht wehren. Es war ein Wasser, das zuhören konnte, aber jede Geschichte ignorierte, die man ihm erzählte, deshalb war dies Wasser so großartig, weil es weder an die Beständigkeit noch an die Vergänglichkeit glaubte, auch an kein Dazwischen, es war erholsam, in dieses Wasser zu blicken, und Bernd Burger erholte sich beim Blick auf dieses Wasser, wie er sich noch nie in einem Urlaub erholt hatte. Es war ein Rausch, aber auch ein Spiel, das vom Rausch dieses Wassers ausging. Bernd Burger war froh, daß es mit den Fahrrädern auf der Schweizer Seite funktioniert hatte. Er bestellte zwei doppelte Wodka mit einem Mineralwasser, Melitta war das gewohnt. Bernd Burger bestellte einen Wodka für sich und einen für seine Frau, die keinen Wodka mochte, und dann trank er zuerst das Glas Melittas aus, nachher seinen Wodka. Während Bernd Burger an seinem Wodka mit Mineralwasser nippte, begann er sich immer freier zu fühlen, je mehr er nippte, doch irgendwann verdunkelte die Erinnerung an den Conducator seine Freiheit. Der Conducator hatte des öfteren behauptet, solche Persönlichkeiten wie er würden bloß alle fünfhundert Jahre geboren werden. Damit hatte er tatsächlich recht, doch auf ganz andere Weise, als er das gemeint hatte. Nämlich wurde etwa fünfhundert Jahre vor ihm Vlad der Pfähler geboren, ein Fürst der Walachei, der ein diabolisches System anwandte, um ihm feindlich gesinnte Bojaren zu bestrafen und solchen, die es wagen würden, auch nur ein Wort gegen ihn zu sagen, ein Beispiel zu geben. Er ließ die abtrünnigen Bojaren auf speziell angefertigte, in die Erde gerammte, zugespitzte Pfähle spießen. Dabei wurden die in Ungnade gefallenen Bojaren längs auf den Pfahl gezogen, vom After bis zum Kopf. Den Anblick der Gepfählten genoß er besonders bei lukullischen Mahlzeiten, es war ein Rausch, den er mit den hohen Würdenträgern und den Gästen auf dem Hof teilte. Doch den freien Kronstädtern war es gelungen, ihn bei einem Besuch gefangenzunehmen und ins Gefängnis zu werfen, weil er viel zu betrunken war, um zu fliehen. Überlieferungen berichten, daß er selbst im Gefängnis seiner krankhaften Sucht zu pfählen nachging. Da es aber dort nichts als Ratten und Mäuse gab, fing er diese und pfählte sie auf Strohhalme. Das klang so, als würde der Conducator ständig besoffen durch die Gegend reisen, aber der Conducator trank nicht. Es reichte ihm ja schon, von seiner Selbstgefälligkeit berauscht zu sein. Hätte er wirklich einmal tüchtig gesoffen, wäre er am nächsten Morgen mit einem Kater aufgewacht, doch der Conducator mochte weder Tiere noch Menschen, so berauscht war er von seiner Nüchternheit.

Bernd Burger blickte auf die Schweizer Alpen, die in bedrohlichem Tempo der Fähre nachzueilen schienen. Aber das merkten die Touristen nicht, sie waren begeistert von dem Anblick der Schweizer Alpen. So filmten und fotografierten sie unaufhörlich, und sie hätten es sicher nicht gemerkt, wenn die Alpen die Fähre eingeholt und ihre Kameras zertrümmert hätten, so hingerissen waren sie vor Faszination, doch nicht so sehr von den Schweizer Alpen selbst, sondern vielmehr davon, daß sie die Schweizer Alpen filmen und fotografieren konnten. Sie fühlten sich mindestens so großartig und erhaben, wie es die Schweizer Alpen waren, weil sie diese einzigartige Gelegenheit hatten, bei schönstem Wetter und aus dem günstigsten Winkel die Erhabenheit und Großartigkeit der Schweizer Alpen fotografieren und filmen zu können. So filmten und fotografierten sie unaufhörlich, weil sie ihr Gedächtnis nicht belasten wollten, auf das ja sowieso kein Verlaß war, da es die Eindrücke und Bilder oft genug durcheinanderbrachte und man schließlich nicht wußte, ob man die Schweizer Alpen in der Mongolei gesehen hatte oder den Mount Everest in der Schweiz, aber auf die Kameras war eindeutig Verlaß.

Du, Bernd, ich habe Angst, sagte Melitta.

Bernd Burger dachte wieder an den Conducator. Er wußte, daß dieser ihn sein Leben lang nicht loslassen wird, selbst im Tod nicht, und bei diesem Gedanken hatte Bernd Burger sich nicht mehr unter Kontrolle, er dachte laut, aber die Touristen waren so sehr damit beschäftigt, zu fotografieren und zu filmen, daß niemand etwas hörte. Bernd Burger sagte, Diktatoren reden nur über die Zukunft, weil sie in der Zukunft erwiesenermaßen noch keine Fehler begangen haben.

Was brabbelst du wieder für einen Unsinn vor dich hin, Bernd, ich habe Angst.

Bernd Burger war in Gedanken für einige Augenblicke weg von der Fähre, nun saß er wieder im Restaurant auf dem Deck. Melitta, fragte er, wovor hast du Angst?

Daß das mit den Fahrrädern nicht gut ausgeht.

Also, beginn jetzt nicht schon wieder mit den Fahrrädern.

Das war eine blöde Idee von dir mit diesen Fahrrädern. Wir hätten von Romanshorn ja nach Frankreich fahren können, weshalb sitzen wir nun mit diesen blöden Fahrrädern auf der Fähre?

Melitta, gegen eine unbegründete Angst hilft nur Alkohol. Wenn deine Angst begründet wäre, würde ich dir das nicht empfehlen, weil sich morgen die Angst verstärkt einstellen würde. Ich kenne mich aus, wann man nicht trinken darf und wann man trinken soll, also, ich bestell dir einen Cognac.

Aber wenn wir jetzt mehrere Tage unterwegs sind, kann es doch passieren, daß rumänische Gangsterbanden unser Auto vom unbewachten Parkplatz stehlen.

Melitta, vergiß nicht, unser Auto steht in der Schweiz und nicht in Deutschland.

Wie, gibt es keine rumänischen Gangsterbanden in der Schweiz?

Ja, doch, aber ihre Zahl ist sehr gering.

Und wenn es gerade uns trifft?

Ach, Melitta, hör jetzt endlich auf mit diesen rumänischen Gangsterbanden, sonst muß ich sie noch verteidigen. Sollten sie tatsächlich unser Auto klauen, dann nur aus Unkenntnis, aus einem Irrtum heraus, weil sie ja nicht wissen können, daß wir aus Rumänien stammen, sonst würden sie nicht unser Auto klauen, sondern das Auto nebenan. Nein, man soll ihnen den Patriotismus nicht absprechen, und sollten sie gefaßt werden und erfahren, daß sie ein Auto geklaut haben, deren Besitzer aus Rumänien stammen, würden sie sich hundertmal entschuldigen, was mich in die peinliche Lage versetzen würde, sie trösten zu müssen.

Bernd, du redest so, als hätte eine rumänische Gangsterbande schon unser Auto gestohlen, gleich nachdem wir die Fahrräder auf die Fähre geschoben haben. Ich sage ja, das war eine unglückselige Erleuchtung von dir, diese Idee mit den Fahrrädern.

Melitta, ich habe nichts gegen die rumänischen Gangsterbanden, selbst dann nicht, wenn sie Banken überfallen, nur was mich stört, ist, daß sie nicht professionell genug arbeiten. Sie sollten endlich lernen, wie man einen Tresor richtig knackt, und nicht ständig die Tresore aus der Wand reißen und mitschleppen. Dadurch entstehen unnötig zusätzliche Schäden, und das finde ich, ehrlich gesagt, geschmacklos und stillos.

Bernd, ich würde jetzt noch einen Cognac trinken.

Sag ich doch, du wirst langsam gemerkt haben, nachdem der Cognac zu wirken begonnen hat, daß deine Angst unbegründet ist.

Aber wenn ich noch einen Cognac trinke, kann ich nicht mehr Auto fahren.

Das mußt du auch nicht.

Ja, ich kann nicht Fahrrad fahren, und wenn ich auch nicht Auto fahren kann, was machen wir dann?

Kein Problem, wir schieben die Fahrräder vor uns her, bis wir in Friedrichshafen ein Hotel finden, wo wir übernachten können.

Kann ich wieder allein in einem Hotelzimmer schlafen, fragte Astrid.

Nein.

Weshalb nicht?

Das wirst du in Frankreich können.

Bernd Burger wollte seiner Tochter nicht erklären, daß er Angst hatte, wieder stolz zu sein, den Arzt Istvan beim Geschlechtsverkehr mit seiner Frau ehrenhaft vertreten zu dürfen.

Bernd, woran denkst du jetzt, fragte Melitta.

Melitta, wenn wir die Fähre verlassen, darfst du nicht mehr ungarisch mit der Tochter sprechen.

Das höre ich jetzt zum ersten Mal, daß du mir verbietest, mit der Tochter ungarisch zu sprechen.

Ich verbiete dir gar nichts.

Doch, du willst unbedingt Streit.

Wenn ihr vor den Grenzbeamten ungarisch miteinander sprecht, fallen wir auf, dann habe ich mir vergebens einen Tirolerhut und eine Lederhose gekauft.

Seit wann darf eine Ungarin mit einer Halbungarin nicht ungarisch sprechen?

Melitta, das kannst du immer, nur vor den Grenzbeamten nicht. Holländisch oder japanisch könntet ihr ja sprechen, dann würden wir nicht auffallen, aber wenn ihr ungarisch sprecht, und davon gehe ich aus, halten die Grenzbeamten die ungarische Sprache für eine arabische, weil sie ja nicht Ungarisch können, und sofort werden wir kontrolliert, und dann stellt sich heraus, daß wir nicht einmal Araber sind, sondern staatenlos. Also am besten, du summst eine Sonate vor dich hin oder singst eine Opernarie, aber auf italienisch.

Bernd, ich finde das sowieso blöd, daß du da in Lederhose und mit Tirolerhut herumsitzt. Nun soll ich auch noch eine Opernarie auf italienisch singen, sag, glaubst du, wir sind im Zirkus?

Melitta, wer im Zirkus geboren wurde und dort aufgewachsen ist, wird nie anders können, als Zirkus zu spielen.

8

Bernd Burger behielt mit seiner Vermutung recht. Die Grenzbeamten kontrollierten nicht nur die Pässe der Autofahrer, sondern auch ihre Autos. Das Fußvolk und die Radfahrer ließen sie ungehindert passieren. Dabei sang Bernd Burgers Frau zwar keine Opernarie, aber sie summte Clair de lune von Claude Debussy vor sich hin, während Bernd Burger seine Tochter immer wieder am Hintern kitzelte, damit sie lachte und Fröhlichkeit ausstrahlte. Dabei hob sie immer wieder die Arme, was ein Grenzbeamter mißverstand und zurückwinkte. Bernd Burger entschloß sich für Grüß Gott, obwohl er alles andere wollte, als durch die Grenzbeamten Gott von ihm, Bernd Burger, grüßen zu lassen, doch das Servus schien ihm zu persönlich. Nein, eine persönliche Beziehung durch den Gruß Servus war ausgeschlossen, also lieber Grüß Gott, das hieß dann, die Grenzbeamten wären nur Vermittler eines Grußes an Gott, an den Bernd Burger schon lange nicht mehr glaubte. Nachher fühlte sich Bernd Burger erst recht einsam, weil die Grenzbeamten den Zirkus ignoriert hatten. Ja, sind denn alle so lustlos, dachte Bernd Burger, nur Pässe kontrollieren, dann Kaffee trinken, bis die nächste Fähre aus Romanshorn in Friedrichshafen ankommt. Dieses ständige Kontrollieren, das muß der Spaß ihres Lebens sein, ihr Lebenssinn. Bernd Burgers Tochter hätte ihren Rucksack voll Kokain haben können, der Grenzbeamte hätte ihr auch zugewunken. Bernd Burger war so deprimiert, daß er Lust hatte, seine Frau zu vögeln, egal an wessen Stelle er sie hätte vögeln müssen, ob anstelle des Prokuristen oder des Arztes oder des Sportlehrers, und am nächsten Zeitungskiosk kaufte er eine Ansichtskarte und schickte sie an seinen Freund Gottfried. Lieber frömmelnder Gottfried von Straßburg, schrieb er, ich mag dich, obwohl du vor dich hin frömmelst und ich vor mich hin atheistel. Es ist trotzdem erstaunlich, daß du, als Gläubiger, einen Atheisten akzeptierst, ich bewundere deine Toleranz. Ich bin ja auch tolerant, und ich sage dir, ich bin froh, daß es nicht nur Atheisten gibt, sonst wäre der Atheismus langweilig, weil er sich nur mit sich selbst beschäftigen könnte, was ein falsches Selbstbewußtsein zur Folge hätte und zum Größenwahn führen würde, da der Atheismus aus Langeweile Götter erfinden würde, seine eigenen natürlich, und dann würde er zu einer Religion werden. So aber bleibt der Atheismus das, was er ist, er braucht keine weltweiten Organisationen, Institutionen, Vertreter, die für den Atheismus werben, deshalb erhebt der Atheismus auch keine Atheistensteuer. Bernd Burger überlegte kurz, ob er die Ansichtskarten, denn nun waren es ja schon zwei geworden, nicht besser an Gottfried von Breslau hätte adressieren sollen, doch da er sie nun, vielleicht irrtümlicherweise, an Gottfried von Straßburg geschrieben hatte, schickte er sie eben an Gottfried von Straßburg ab, und nachdem er die Ansichtskarten frankiert und in einen Briefkasten eingeworfen hatte, fühlte Bernd Burger sich etwas besser, weil neben dem Briefkasten ein Hotel war, mit der Terrasse zur Straße, wo er nachdenken konnte. Bernd Burger konnte nur nachdenken, wenn er Phänomene sah, über die er nachdenken mußte. Jetzt wollte Bernd Burger einsam sein, sehr einsam, er wollte nur beobachten, betrachten, was geschieht, ohne sich zu beteiligen oder sich einzumischen.

Nur so kann man wirklich einsam sein. Die Einsamkeit war die Vorstufe des Ekels, nein, es war umgekehrt, der Ekel war die Vorstufe der Einsamkeit. Bernd Burger wollte eigentlich nicht zusehen, was sich so auf der Straße abspielte, er wollte bloß seiner Einsamkeit zusehen, und nur wer es versteht, mit seiner eigenen Einsamkeit umzugehen, kann frei und tolerant sein, und wer das nicht kann, entwickelt bloß Neid, ja Haß auf den, der mit seiner Einsamkeit gut umgehen kann, eine Konsequenz, die Bernd Burger am meisten störte, doch er hatte lernen müssen, damit umzugehen, und das konnte er nur, indem er sich in Gleichgültigkeit übte, nicht, indem er Ruhe bewahrte, und die Gleichgültigkeit verlangte ihm eine enorme Selbstdisziplin ab wie sonst keine andere Verhaltensweise, weil er ja nicht gleichgültig sein wollte, sondern mußte. Bernd Burger blickte hoch zum Himmel, der leer war, verschlagwortet, weil Gott alle Schutzengel hinausgeschmissen hatte und sie heruntergefallen waren, nirgends mehr Halt findend, und von Autos massenweise überfahren wurden, da sie ja unsichtbar waren. Die Toleranz war endgültig verlorengegangen. Bernd Burger hatte sich vorgenommen, auf dieser Terrasse zu sitzen, zumindest bis Sterne am Himmel erschienen, doch vorher wollte Bernd Burger das mit dem Hotel regeln, und er hatte Glück, es waren genug Zimmer frei, weil die meisten Touristen weiterfuhren nach Lindau. Friedrichshafen war ja nur Anlegeplatz der Fähren, die aus Romanshorn ankamen, und in Friedrichshafen gab es nicht viel zu fotografieren und zu filmen, also hatte Friedrichshafen keinen Platz in ihrem Gedächtnis. Melitta fragte, Bernd, kommst du nicht mit spazieren? Nein, sagte Bernd Burger, weil er wußte, sie wollte bummeln gehen. Bernd Burgers Frau hatte nie gelernt, obwohl er es ihr hundertundetliche Male versucht hatte zu erklären, welches der Unterschied ist zwischen gehen, bummeln, spazierengehen. Beim Gehen ist der Kopf das Ziel, an dem die Füße ankommen müssen, beim Bummeln bestimmen mal die Beine das Ziel, mal der Kopf, beim Spazierengehen gibt es kein Ziel, weder im Kopf noch in den Beinen, und das fand Bernd Burger so faszinierend am Spazierengehen, weil es kein Ankommen geben mußte. Bernd Burger setzte sich auf die Terrasse und wartete, daß die ersten Sterne aufgehen würden. Sie waren die einzigen Erleuchtungen, die sich nicht in seine Geschichten einmischen würden, sie waren das einzige Licht, das wußte, daß die Geschichten von Geschichten verfälscht werden. Die Sterne hatten auch ihre Geschichten, nur sie teilten sie uns Banausen nicht mit, weil sie wußten, daß wir mit Geschichten nicht umgehen können. Wir suchen in allen Geschichten etwas, das uns bestätigt, das unsere Erfahrungen zumindest tangiert, da wir nur neugierig sind auf unsere eigenen Erfahrungen, also muß man sich in den Geschichten anderer wiederfinden, nur dann sind es gute Geschichten. Geschichten, die nichts mit unseren Erfahrungen zu tun haben, sind schlechte Geschichten, sie interessieren uns nicht, so egozentrisch sind wir geworden, so unsensibel gegenüber dem, was anders ist. Die Neugier konzentriert sich nur auf uns selbst, wir mögen nur Bestätigungsgeschichten, von denen wir behaupten können, sie drücken genau das aus, was wir denken. Wenn Geschichten anders denken, sind es eben keine guten Geschichten. Eine Dame stolperte über einen Stuhl und fiel auf Bernd Burgers Tisch. Hilfsbereit und friedlich, wie Bernd Burger nun einmal war, sammelte er die Dame auf und fragte, Madame, kann ich Ihnen helfen? Herr Domuskulos, sagte die Dame, haben Sie überhaupt einen

Schwanz. Ja, sagte Bernd Burger, aber der ist voller Geschichten, die Sie nicht interessieren werden. Wieso, Herr Domuskulos, mich interessieren nur Geschichten über Schwänze. Bernd Burger nahm die Dame in seine Arme und gab sie bei der Rezeption des Hotels ab mit der Bitte, man möge die Dame bei einem gewissen Herrn Domuskulos abliefern, der hier im Hotel logieren müsse. Also hören Sie, sagte die Dame an der Rezeption, wir sind kein Lieferdienst, wir sind eine Hotelrezeption, worauf Bernd Burger wütend wurde, fast schrie er, was ist das überhaupt für ein Hotelservice in Ihrem Laden da, ich stamme aus Lappland, dort hätte jeder sofort seine Rentiere eingespannt und die Dame auf dem Schlitten zu diesem gewissen Herrn Domuskulos gebracht, auch wenn es etliche hundert Kilometer gewesen wären. Und hören Sie gut zu, ich komme gerade aus Rumänien, wo ich gute zwei Wochen auf einer Geschäftsreise war, dort hätte auch jedes Hotel diesen gewissen Herrn Domuskulos ausfindig gemacht, und wenn sie nicht mehr weiter gewußt hätten, hätten sie den Geheimdienst angerufen, der ihn sofort gefunden hätte. Also was ist das hier für ein Hotelservice? Warten Sie, sagte die Dame an der Rezeption, ich schau nach, ob dieser Herr, wie heißt er nur? Domuskulos, sagte Bernd Burger. Ja, ob dieser Herr Domuskulos tatsächlich bei uns wohnt. Es stimmt, er hat eine Suite bezogen. Nun kam Bernd Burger sich vor, als wäre er aus Siebenbürgen ausgewandert, bloß um die Lage dieser Dame und des Herrn Domuskulos zu klären. Also Madame, sagte Bernd Burger, liefern Sie diese Dame bei Herrn Domuskulos ab. Wir können ja, sagte die Dame an der Rezeption, diese Dame im Gepäckraum abstellen, bis Herr Domuskulos sie abholt, oder ich mache Ihnen einen anderen Vorschlag. Sie tragen die Dame zum

Herrn Domuskulos hoch, dafür bekommen Sie vierzig Prozent Rabatt für die Übernachtung. Das klingt nicht schlecht, dachte Bernd Burger, der, als er auf einer Baustelle arbeitete, im Fluß Steine suchen und auf den Laster werfen mußte, die mitunter vierzig, sogar fünfzig Kilo wogen. Die Dame wog vielleicht achtundsechzig Kilo, aber Bernd Burger mußte sie ja nicht zu Herrn Domuskulos hochwerfen, denn das Schwierigste war nicht, die Steine aus dem Fluß zu heben, sondern sie auf den Laster zu werfen. Also machte sich Bernd Burger mit der Dame im Arm auf den Weg zur Suite, wo er dezent bei Herrn Domuskulos anklopfte. Eine Dame, splitternackt, öffnete. Aldois, schrie sie, das ist nicht der Roomservice. Warte, ich komme gleich, schrie Herr Domuskulos zurück. Bald danach erschien er in einem Bademantel und fragte, was los sei, worauf Bernd Burger sagte, ich muß diese Dame bei Ihnen abliefern. Sie sehen doch, sagte Herr Domuskulos, ich habe schon eine Dame. Aber, sagte Bernd Burger, kennen Sie diese Dame? Ja, sagte Herr Domuskulos, mit der habe ich vergangene Nacht geschlafen, aber ich schenk sie Ihnen. Nein, sagte Bernd Burger, ich will sie nicht, worauf Herr Domuskulos sagte, wenn Sie mir die Dame abnehmen, bezahle ich Ihre Suite im Hotel für zwei Wochen, inklusive Essen und Zechen, und morgen oder übermorgen schenke ich Ihnen die Dame noch dazu, die jetzt bei mir ist, und während der zwei Wochen, in denen Sie nun kostenlos in Ihrer Suite wohnen können, schenke ich Ihnen noch etliche Damen mehr. Also, hatten Sie schon jemals in Ihrem Leben ein solch großzügiges Angebot? Nein, sicher nicht, die Banken und Versicherungen reden nur von großzügigen Angeboten, aber das sind alles bloß frustrierte, kleinkarierte Banditen, die nie den Mut aufbringen könnten zur nackten Wahrheit, weil die Nacktheit ja Ehrlichkeit voraussetzt, aber ich bin ein ehrlicher Bandit, nichts schätze ich mehr als die Ehrlichkeit. Deshalb rede ich auch so offen mit Ihnen. Nein, sagte Bernd Burger, ich kann Ihr Angebot nicht annehmen, weil ich weder an Ehrlichkeit glaube noch an die Lügen, noch an andere Ausreden, ich bin nämlich Atheist. So so, sagte Herr Domuskulos, Sie sind Atheist, das ist schlimm genug. Selbst diese kleinkarierten Gauner von den Banken und Versicherungen sind Christen, erst recht ein großer Gauner, wie ich es bin, ist Christ. Sie müssen ein sehr schlechter Mensch sein, und damit knallte Herr Domuskulos die Tür vor Bernd Burgers erstaunter Nase zu, so daß Bernd Burger nichts anderes übrigblieb, als die Dame, die schon schlief, vor Herrn Domuskulos' Tür zu legen. Während die Dame schlief, holte sie aus ihrer Handtasche einen Flachmann hervor, an dem sie immer wieder nuckelte. Dabei kontrollierte Bernd Burger vorsichtig ihre Handtasche, er wollte wissen, ob es genügend Vorrat an Flachmännern gab. Doch es gab keinen. Also ging Bernd Burger zur Hotelrezeption, kaufte vier Flachmänner, die er in die Tasche der Dame legte, weil er ja nicht wollte, daß sie Herrn Domuskulos störte, womöglich noch mit einem höllischen Rambazamba. Danach ging Bernd Burger ins Foyer des Hotels, wo er zwei doppelte Wodka und eine Flasche Mineralwasser bestellte. Dabei fiel ihm ein, weshalb er in Rumänien nicht aus der Kirche ausgetreten war, er wollte keinen Beifall von der falschen Seite, von den Machthabern nämlich, obwohl die Lage noch viel paradoxer war, da sie alle als erklärte Atheisten heimlich in die Kirche gingen. Bernd Burger wollte weder Beifall von der falschen Seite noch etwas mit Atheisten zu tun haben, die heimlich in die Kirche gingen. So ein General. Er überwachte den Atheis-

mus in der Garnison aufs strengste, aber heimlich besuchte
er jeden Sonntag den Gottesdienst in einer kleinen Dorfkir-
che auf einem Berg, was der Ortspope Bernd Burger erzählt
hatte, unter dem Siegel strengster Verschwiegenheit und
weil er betrunken war. Der Pope hatte Bernd Burger eingeladen, die Fußballweltmeisterschaft bei ihm zu sehen, da
er eine Satellitenschüssel hatte und Budapest empfangen
konnte, weil ja das heimatliche, patriotische Fernsehen die
Weltmeisterschaft nicht übertrug, aus ideologischer Rache
vermutlich, da sich die rumänische Nationalmannschaft
nicht qualifiziert hatte. Oder ein Dichter. Er schrieb mitunter gottlose Gedichte, nämlich Lobgesänge auf Partei und
das blühende Vaterland, ging aber jeden Morgen in einen
Blumenladen und kaufte sechs Blumensträuße, die er der
Reihe nach vor die orthodoxe, vor die katholische, vor die
evangelische Kirche legte, vor die Synagoge, vor die unita-
rische, vor die reformierte Kirche, und nach der Revolution
hatte das Oberhaupt der orthodoxen Kirche die Rolle des
Conducators übernommen. Es weihte alle neuen Denkmäler ein, alle neuen Brücken, alle neuen Gebäude, alle neuen
Bahnstrecken, alle neuen Institutionen, alle neuen Privat-
universitäten, alle neuen Busverbindungen, alle neugegründeten Sitze neuer Parteien, alle neuen Kindergärten,
nur bei den Zigeunern verweigerte es jeden Einweihungs-
akt, auch bei den Lesben oder Schwulen, als seien das keine
Geschöpfe Gottes. Plötzlich tauchte dieser Herr Domuskulos mit seiner neuen Dame auf, und als er Bernd Burger sah,
schickte er die Dame vor ins Restaurant, und er fragte
Bernd Burger, ob er sich für einen Augenblick zu ihm setzen
dürfe, worauf Bernd Burger nickte. Junger Mann, es tut
mir leid, sagte Herr Domuskulos, ich war etwas grob zu
Ihnen, aber das mit diesen Damen hält kein ehrlicher Gau-

ner aus, auch so ein hartgesottener wie ich nicht. Doch ich will Ihnen etwas sagen, einen echten Atheisten gibt es nicht, vor dem Tod bescheißen sich alle, und dann kehren sie in die christliche Gemeinschaft zurück, weil sie Angst haben vor dem Nichts. Sie können es einfach nicht akzeptieren, daß nach dem Tod nichts mehr kommt, bloß Verwesung. Deshalb brauchen sie eine Ideologie, wenn auch nur in der letzten Stunde, vor der sie sich maßlos fürchten. Sie brauchen etwas, das Trost spendet, daß nichts aufhört, sondern alles besser wird. Sie hoffen auf Gnade und Vergebung und sehen bei der letzten Beichte vor einem Stellvertreter Gottes ein, daß es ein Irrtum gewesen war, Atheist zu sein. Bernd Burger entschuldigte sich, er sei zu müde, sagte er, und müsse schlafen gehen, doch in Wirklichkeit hatte er Angst, daß dieser gottesfürchtige Gauner ihm stundenlang erklären würde, was ein Atheist sei, während seine Dame sich im Restaurant betrinken und Herr Domuskulos sich schließlich in seine Suite zurückziehen würde, und es war gar nicht ausgeschlossen, daß dann die Dame dieses Herrn Domuskulos ihn, Bernd Burger, belästigen würde.

Da Bernd Burgers Frau und seine Tochter noch bummeln waren, setzte Bernd Burger sich auf den Balkon, der leider diesmal auf der Südseite lag, aber das mußte er in Kauf nehmen, da sie ja die Fahrräder nicht vor sich herschieben konnten von Hotel zu Hotel, bis sie ein Zimmer mit Balkon auf der Nordseite gefunden hätten, und außerdem war das auch gar nicht so schlimm hier, weil in Friedrichshafen sowieso nichts los war, außer dieser Geschichte mit dem Herrn Domuskulos, aber die hätte überall passieren können. Plötzlich klopfte es an der Tür, und als Bernd Burger öffnete, stand Herr Domuskulos mit einer Flasche Feigenschnaps vor der Tür. Er wollte noch etwas klären mit Bernd Burger und nicht zu lange bleiben. Da Bernd Burger einmal Feigenschnaps getrunken und seither stets Sehnsucht nach Feigenschnaps hatte, konnte er nicht widerstehen und bat Herrn Domuskulos auf den Balkon. Mit dieser Dame kann man über nichts Gescheites reden, sagte Herr Domuskulos, sie schwatzt so viel Unsinn zusammen, daß das kein Mensch ertragen kann, auch ich nicht, der ich schon ganz andere Dinge erlebt habe. Aber so was muß ich mir doch nicht antun, deshalb habe ich sie eine Weile in der Hoffnung allein gelassen, daß sie inzwischen den richtigen Partner findet, vielleicht sogar fürs Leben. Aber wie, fragte Bernd Burger, haben sie mich überhaupt gefunden, Sie kennen ja nicht einmal meinen Namen. Sorry, die Dame an der Rezeption, sagte Herr Domuskulos, hat mich doch mit Ihnen im Foyer gesehen, und so gab sie mir Ihre Zimmernummer. Aber wie Sie heißen, spielt ebenso keine Rolle wie die Tatsache, wie ich heiße. Vielleicht reisen Sie ja unter falschem Namen, vielleicht ich auch. Vielleicht haben Sie sogar einen falschen Paß, vielleicht ich auch. Doch nicht deshalb bin ich gekommen, um mit Ihnen über so unerhebliche Dinge zu sprechen, ich wollte Ihnen nur erklären, weshalb sich mir der Magen jedesmal umdreht, wenn ich diese unglückselige Wendung *friedliche Revolution* höre. Friedlich kann ein Machtwechsel verlaufen, auch ein Systemwechsel, ein Putsch, obwohl ein Putsch auch blutig enden kann. Friedlich kann eine politische, selbst radikale Kursänderung verlaufen, eine Umwälzung, aber niemals eine Revolution, selbst wenn Massendemonstrationen die Veränderungen herbeigeführt haben. Aber ihr Deutschen habt eine wundersame Art, leichtfertig und gedankenlos mit Begriffen umzugehen. Eine friedliche Revolution ist ein

Unsinn, ein Nonsens, die Revolution ist per definitionem und ab ovo ein gewaltsamer Umsturz, ich betone das Wort gewaltsam, der sich nicht ohne Blutvergießen abspielen kann. Wenn es friedliche Revolutionen gäbe, komme ich mir vor, als gäbe es auch friedliche Bürgerkriege. Ich habe in Rumänien Bildende Kunst studiert, weil mein Vater im griechischen Bürgerkrieg gekämpft hatte, auf der Seite der Partisanen. Als alles schon längst entschieden war, haben die Amerikaner den Rest der Partisanen, die noch nicht tot oder in Gefängnissen waren und sich in einen dichten Wald zurückgezogen hatten, bombardiert. Dabei sind alle kläglich verbrannt, mein Vater auch. Die Hinterbliebenen, vor allem Kinder, wurden in die Länder Osteuropas gebracht, halb legal, aber mehr geschmuggelt, und so kam ich zuerst in die Tschechoslowakei, wo ich zur Schule ging. Nachher studierte ich in Bukarest, doch als Grieche war ich Ausländer. Die Zeiten hatten sich geändert, und ich wurde Tag und Nacht vom Geheimdienst beäugt, als ginge von mir die Gefahr aus, ich könnte in Rumänien einen Bürgerkrieg anzetteln. Doch die Griechen wollten uns Kinder von Partisanen erst recht nicht, und so wußte ich nicht, wohin, weil niemand mich wollte, der Westen auf keinen Fall, weil ich ja ein Partisanenkind war. Also blieb ich in Rumänien. Ich habe die Diktatur lange miterlebt, aber was erzähl ich Ihnen von einer Diktatur, ihr jungen Deutschen habt so komische Vorstellungen von Diktaturen, wenn ihr überhaupt welche habt. Die Aussöhnung Griechenlands mit uns Kindern von Partisanen kam sehr spät, aber immerhin, und so konnte ich wieder zurück nach Griechenland, das ich als Kleinkind verlassen hatte. Ich kannte ja Griechenland bloß aus Büchern, Bildbänden, Kunstalben, ich kannte die Geschichte Griechenlands, die Mythologie, die Denkfreudigkeit, die Ideale und Werte, doch als ich in Griechenland ankam, war ich furchtbar enttäuscht. Ich hielt es in Griechenland bloß so lange aus, wie ich es mußte, bis ich die griechische Staatsbürgerschaft bekam, die mir als Kleinkind aberkannt worden war. Später wanderte ich nach Kanada aus, was ich nun, als griechischer Staatsbürger, problemlos konnte. Dort habe ich dann gelernt umzudenken, doch die Kontakte zur Tschechoslowakei und zu Rumänien habe ich nie abgebrochen. Ich war immer wieder dort, mal geschäftlich, mal privat, aber wenn du angibst, du fährst privat so viel herum, wittern alle, man würde dunkle Geschäfte abwickeln, und wenn du zu oft geschäftlich unterwegs bist, glaubt man, du reist ständig privat herum auf irgendwelche Kosten, also sage ich immer, halb geschäftlich, halb privat, und damit ist jeder zufrieden. Neunundachtzig war ich gerade wieder mal in Rumänien, als alle Medien der Welt immer wieder der Französischen Revolution gedachten, nur in Rumänien war das verboten. Ceauşescu ging vorsichtiger mit diesem Begriff Revolution um, das Wort war tabu in jenem Jahr, obwohl die rumänische Gesellschaft stets eine revolutionäre war. Alles, was man tat, vor allem, was man unterließ, war eine revolutionäre Leistung, am revolutionärsten war der Diktator. Er ordnete eine Revolution nach der andern an, nur in diesem Jahr war das Wort Revolution verboten. In diesem Jahr durfte die Gesellschaft nicht revolutionär sein, und dann war sie es doch, zum ersten Mal, genau zweihundert Jahre nach der Französischen Revolution. Dabei wurde scharf geschossen, ich habe gesehen, wie Menschen neben mir durch Gewehrkugeln tot umfielen. Dann habe ich mich verkrochen. Ich wollte nicht als Held sterben, mein Vater hat das getan, und was hat es ihm gebracht? So, das wollte ich Ihnen sagen, mehr gibt es über eine Revolution nicht zu sagen. Und nun gehe ich und kann nur hoffen, daß die Dame den Partner ihres Lebens gefunden hat und ich eine andere Dame suchen kann. Als Herr Domuskulos zur Tür hinausging, kamen Melitta und Astrid zur Tür herein. Madame, sagte Herr Domuskulos, ich schenke Ihnen diese Flasche Feigenschnaps, ich hatte vergessen, daß ich ihn hierlassen wollte, fast hätte ich ihn aus Vergeßlichkeit mitgenommen. Sobald Herr Domuskulos verschwunden war, fragte Bernd Burgers Frau, wer war dieser Mann? Ach, sagte Bernd Burger, ein guter Freund aus Rumänien, wir haben uns zufällig getroffen. Doch kaum war Bernd Burger mit seiner Erklärung fertig, läutete das Telefon, und Bernd Burger wußte, daß es nur dieser Herr Domuskulos sein konnte. Trotzdem hob er den Telefonhörer ab. Ich hatte Ihnen, hörte Bernd Burger die Stimme Herrn Domuskulos', vergessen zu sagen, daß ein Freund, den ich hin und wieder treffe, mir jedesmal sagt, meine Augen würden von Mal zu Mal größer. Darauf gebe ich stets die gleiche Antwort, weißt du, je öfter man die Augen nach innen wendet, um so mehr fügen sich die Zusammenhänge neu zusammen, oft bis zur Unkenntlichkeit, und je mehr die Zusammenhänge verrutschen, um so größer wird das Staunen, und je größer das Staunen wird, desto größer werden die Augen. Also essen Sie weiter in Ruhe ihr täglich Brot, mir reicht das nicht, ich brauche entschieden mehr, damit am Ende das Staunen sich gelohnt hat. Und wissen Sie, weshalb man den Toten die Augen zudrückt? Nein, das wissen Sie nicht, doch ich werde es Ihnen sagen, damit niemand Einblick bekommen kann in das, was sich in den letzten Stunden in der Seele des Verstorbenen abgespielt hat. Das finde ich großartig, diesen

Respekt vor den letzten Privatangelegenheiten. Denn als der Verstorbene noch lebte, durfte sich jeder schamlos in seine Privatangelegenheiten einmischen, egal was er gemacht hatte, es war alles falsch. Entweder hatte er zu viel gesoffen oder gar nicht, und dann war er ein trockener Furz. Wenn er Frauen respektiert hatte, dann waren es nicht die richtigen, eben nicht die, die nun an seinem Grab stehen. Hatte er einmal vor die Haustür gekotzt, dann mußten alle neugierig analysieren, was er gegessen hatte, und natürlich hatte er sich nicht richtig ernährt. Ging er in die Oper, war es die falsche, er hätte lieber zum Feuerwehrball gehen sollen. Hatte er mal eine Fete mit Vertretern von Konzernen, dann war es eine Respektlosigkeit vor denen, die ihm nun die letzte Ehre erweisen. Hatte er ein Kind adoptiert, weshalb dann kein einheimisches? Hatte er sich als Pfleger in Altenheimen engagiert, in seiner Freizeit, wollte er nur sterbende Fotzen und Schwänze sehen. War er parteilos, dann hatte er kein reines Gewissen. War er Alleinerbe, hatte er sicher alle Miterben aus dem Weg geräumt. Hatte er eine Katze, war er sicher Egoist, weil er nicht zwei Katzen hatte. Wenn er seinen Urlaub in Deutschland verbracht hatte, was kein normaler Deutscher tut, war er sicher schwul. Gab er dem Postboten am Jahresende ein Trinkgeld, dann tat er es nur, weil der Postbote pünktlich die Briefe der Nachbarn an ihn abgeliefert hatte, deshalb bekamen die Nachbarn keine Briefe. Spielte er gern mit Kindern, dann war er ein Kinderschänder. War er einer, der jeden mied, muß er einmal schlimme Erfahrungen im Gefängnis gemacht haben. War er Trauzeuge, hätte er es lieber nicht sein sollen, vor allem bei so einem Ehepaar. Wenn er zuviel geraucht hatte, wollte er sich einfach nicht integrieren. War er bei der freiwilligen Feuerwehr, so bloß deshalb, weil er Pyromane war. Hatte er eine gut laufende Gastwirtschaft, dann nur, um das Finanzamt zu betrügen, weil er das dicke Trinkgeld, das jeden Monat hereinkam, nicht angeben mußte. War er Lehrer, hatte er schließlich resigniert, weil er bei der Polizei nicht angenommen wurde. Hatte er sich scheiden lassen, war er ein gemeiner Heiratsschwindler. Alle, die den Verstorbenen kannten, hatten natürlich stets über ihn gelästert, und die Tränen bei der Beerdigung des Toten sind sicher immer ehrlich, weil ihnen das Objekt des Lästerns abhanden gekommen war. Sie hatten sich auf einen Kanon von Lästereien eingespielt, mußten nichts dazulernen, nichts weglassen, es lief alles wunderbar, sie waren überglücklich. Aber nun müssen sie sich umsehen nach einem anderen Objekt, was mitunter große Anstrengungen kosten kann, die ja nicht nötig gewesen wären, wäre der nun zu Grabe Getragene nicht viel zu früh gestorben. Nun kostet es Arbeit, womöglich viel Arbeit, ein neues Objekt zu entdecken, und es könnte ja auch sein, daß alle neu anvisierten Objekte ihnen aus dem Weg gehen, und über wen sollen sie dann noch lästern? Das ist eine Horrorvision, die einen unsäglichen Schmerz bereitet, und deshalb weinen alle so bitter bei Beerdigungen, und nachher trösten sie sich gegenseitig, daß es ihnen gelingen wird, ein neues Objekt zu finden, da ja alle auf Lästereien eingeschworen sind, also ein gemeinsames Ziel haben, und Gemeinsamkeit macht stark. Nur, sie müssen zusammenhalten, denn haben sie ein Objekt im Visier, würde immer etwas von ihren Lästereien an ihm haftenbleiben, der Erfolg würde nicht ausbleiben. Und Erfolg macht Mut, und nur Mut macht die Lust und den Spaß am Lästern wirklich zum Genuß. Dann können sie über das neu gefundene Objekt lästern und lästern, und es wird unter ihren Augen verfallen, richtig verfallen, zugrunde gehen. Also gehen alle getröstet von der Beerdigung nach Hause. Aber nun mache ich Schluß, gute Nacht. Herr Domuskulos legte auf, und Bernd Burgers Frau fragte, was wollte er, worauf Bernd Burger antwortete, er hat sich entschuldigt, daß er vergessen hatte, mir seine Visitenkarte zu geben, aber er wird sie bei der Rezeption hinterlegen. Bernd, sagte Melitta, dafür war das Telefonat viel zu lang. Ja, sagte Bernd Burger, er hat mir noch erzählt, so im großen und ganzen, wo er überall war, seitdem wir uns in Rumänien zum letzten Mal gesehen hatten.

Während Bernd Burgers Frau und die Tochter sich einen Film im Fernsehen anschauten, schloß Bernd Burger die Balkontür. Er nippte am Feigenschnaps, ohne ihn zu verdünnen, doch nach jedem Nippen trank er einen Schluck Mineralwasser, und da Bernd Burger sich an nichts erinnern wollte, weil die Erinnerungen so gnadenlos sein würden, nippte er am Feigenschnaps. Bernd Burger wollte nichts verklären, um die Erinnerungen milder und freundlicher zu stimmen, nein, das wollte er nicht, bloß um ruhiger schlafen zu können. Er hatte sich geschworen, noch vor etlichen Tagen beim endgültigen Weggang, nie den Versuch zu unternehmen, etwas loszuwerden, was zu ihm gehörte, möge es ihn auch noch so sehr belasten und vielleicht sogar ihm die Zukunft verbauen. Er war nicht gewillt, diesen Preis zu bezahlen, dann wollte er lieber ohne Zukunft leben. Diesen Abend aber, hatte Bernd Burger sich nun vorgenommen, wollte er ohne Erinnerungen verbringen, und dabei half ihm der Feigenschnaps, denn hätte er Wodka mit Mineralwasser getrunken, hätte er sich der Erinnerungen nicht erwehren können. Deshalb versuchte

Bernd Burger, am Feigenschnaps nippend, sich abzulenken, doch da ihm nichts einfiel, was ihn von den Erinnerungen hätte abbringen können, dachte Bernd Burger über den Balkon nach, und gleich ging es ihm etwas besser. Der Balkon, dachte Bernd Burger, ist ein Umschlagplatz von drei Richtungen, wo eine Art Täuschung, wer weiß, aus Unachtsamkeit oder Absicht oder Übermut oder Nostalgie, dich erfindet. Sie spielt eine Weile mit dir, verwöhnt dich, und irgendwann wird sie gnadenlos, läßt dich fallen und bestellt Hände, aus irgendeinem Katalog, die dich auffangen und weiterreichen wie auf einer Baustelle einen Flußstein, der Sinn stiften soll, aber rasch, als wäre es Schwarzarbeit. Der Balkon ist ein Blinddarm, der schmerzt, also ein Zufall. Der Balkon ist kein Herzinfarkt, also nicht pünktlich. Der Balkon ist eine Art Selbander, also dekadent. Der Balkon ist eine Entwöhnung, also süchtig. Der Balkon ist nicht wortwörtlich, also verdächtig. Da Bernd Burger genußvoll an dem Feigenschnaps nippte, den ihm dieser Herr Domuskulos geschenkt hatte, und ihm nichts mehr zum Balkon einfiel, auf dem er saß, erinnerte er sich an Gottfried von Straßburg, den Oberrichter in Minden, der entsetzt war, als Bernd Burger ihm einmal erklärte, daß er allen Spitzeln verzeihen kann, weil er ja noch am Leben sei. Dabei wußte Bernd Burger zwischen Spitzeln wohl zu unterscheiden. Es gab solche Spitzel, die genau und wortgetreu das an den Geheimdienst weiterleiteten, was Bernd Burger tatsächlich gesagt hatte. Diese Spitzel liebte er, auf sie war Verlaß, ihnen erzählte er, was er tun würde, wenn er zu der Beerdigung seiner Mutter nach München nicht fahren dürfte, nämlich als Rigoletto verkleidet singend durch Klausenburg zu spazieren, und nachher auf Tournee zu gehen, nach Hermannstadt, Kronstadt und Bukarest. Weni-

ger sympathisch waren ihm die Spitzel, die einen besonderen Eifer an Wachsamkeit an den Tag legten und seine
Worte verdrehten, immer drei Schaufeln auf das draufge-
bend, was Bernd Burger wirklich gesagt hatte, dabei unmißverständlich andeutend, daß man Bernd Burger besonders im Auge behalten müsse, da er vermutlich ein Agent
ausländischer Geheimdienste sei, bloß weil er einem Witz
über den Conducator zugehört und gleich darauf einen
Witz über die Frau des Conducators erzählt hatte. Bernd,
sagte Gottfried von Straßburg, der Oberrichter in Minden, ich versteh dich nicht, du kannst verzeihen, und dann
machst du noch den Unterschied zwischen Spitzeln. Für
mich ist ein Spitzel ein Spitzel, ich könnte so nicht leben.
Das, sagte Bernd Burger, mußt du nicht, und du mußtest es
auch nie, und außerdem bin ich kein Oberrichter. Haß
würde mich nur blind machen für den Rest des Lebens, egal
wieviel Zeit mir noch bleiben wird, ich will sie nicht in Haß
verbringen.

9

Wenn man mit dem Wahnsinn nicht tolerant umgehen kann, dachte Bernd Burger, wird man selbst wahnsinnig. Der Wahnsinn ist die absolute Verlockung, das Absolute an sich, das es nur im Wahnsinn gibt. In der Toleranz verwässert sich das Absolute, die Begriffe müssen schwimmen lernen, in einem Wasser, das sich ihrer Begrifflichkeit entzieht, die Idee entfremdet, ein Irgendetwas, das gebären könnte. Nur, das Absolute ist gegen den Konjunktiv, weil er das Absolute relativieren könnte. Genauso ist die Toleranz gegen den Konjunktiv, da sie fürchtet, im Konjunktiv auf Nimmerwiedersehen verschwinden zu können, und insofern ähneln sich der Wahnsinn und die Toleranz. Die Toleranz bewegt sich schließlich wie ein BSE-verseuchter Stier, und der Wahnsinn ballt die Fäuste, wie das Bernd Burger einmal gespürt hatte, als er seinem Cheflektor den Verstand, der einer verbeulten Milchkanne glich, zurechtbiegen wollte, wie auch seine Seele, die ebenfalls einer verbeulten Milchkanne glich, wie auch seine Fresse, die dem stilisierten Ausdruck einer verbeulten Milchkanne aufs Haar ähnelte. Doch Bernd Burger hatte Angst vor dem Wahnsinn, und so entschloß er sich für die Toleranz, vor der er noch mehr Angst hatte. Aber Bernd Burger wußte, mit der größeren Angst könnte er besser umgehen als mit der kleineren Angst, weil die größere Angst näher ans Absolute heranreichte als die kleinere, doch das Absolute an sich gab es nicht, nur im Wahnsinn. Die Toleranz versucht immer wieder zu lernen, wie sie an das Absolute herankommen kann, obwohl sie weiß, daß sie das nie wird lernen können, und für dieses Lernen, dachte Bernd Burger, habe ich mich entschieden. Für Bernd Burger war schließlich die Sehnsucht wichtiger als die Gewißheit, und wie in Trance leerte Bernd Burger einen Koffer, der voller Kleider war, und er ging zum Bodensee mit dem Koffer, wo Bernd Burger den Koffer am Strand mit Sand füllte. Als er mit seinem Koffer zurückkam und ihn auf den Balkon stellte, fragte Bernd Burgers Frau, was da im Koffer drin sei. Melitta, sagte Bernd Burger, Sand, nur Sand, den ich brauche, wenn ich in Ithaka ankomme, wo ich nicht ankommen will, weil die Begriffe, wenn ich in Ithaka ankomme, aus ihrer Begrifflichkeit ausscheren werden, und dann brauche ich viel Sand, der begrifflos ist. Bernd, ich nehme an, sagte Melitta, dieser Herr Domuskulos hat dich verrückt gemacht, was faselst du da von Ithaka, du sollst ja gar nicht in Ithaka ankommen, sondern in Hamm, im Aussiedlerlager. Ach, Melitta, sagte Bernd Burger, ich brauche viel Sand, um mich mit Bedeutungslosigkeit einreiben zu können. Vor allem, da ich eine Identität annehmen muß, wohlgemerkt muß, nicht will, wenn ich in Ithaka ankomme, und das besonders, nachdem ich eben eine Identität abgelegt habe, und noch nie habe ich mich so gut gefühlt wie jetzt, da ich identitätslos bin. Aber in dieser verwalteten Welt muß jeder sein, was er zu scheinen hat, damit er verwaltbar ist. Die mythischen Zeiten, Melitta, sind längst vorbei, und fortan werde ich immer einen Koffer voll Sand mit mir herumtragen, auch wenn ich nicht reise. Ein Koffer voll Sand muß auch in der Wohnung stehen, immer griffbereit, damit ich meine Identität nicht begreifen muß, an der ich sonst verzweifeln könnte, sondern mich mit der Bedeutungslosigkeit des Sands einreiben kann. Der Wahnsinn produziert Gehirnsteine, die Toleranz Nierensteine, Blasensteine, Gallensteine, und weil man mit der Toleranz keinen Staat machen kann, fühlte Bernd Burger sich glücklich, staatenlos zu sein, zumindest für ein paar Wochen, solange das Geld reichte, um in Ithaka nicht ankommen zu müssen. Bernd Burgers Glück war eine Geldfrage. Bernd Burger hatte nie an den Zufall des Glücks geglaubt, der Zufall war stets pechschwarz. Und war das Pech einmal ausgeblieben, war das auch kein Glück, weil Bernd Burger sich auf das Pech eingerichtet hatte, und wenn es ausgeblieben war, war Bernd Burger enttäuscht. Irgendwann wurde Bernd Burger orientierungslos, worauf er nachzudenken begann, ob er nun Pessimist sei oder Optimist. Der Pessimist in ihm sagte, schlimmer kann es nicht werden, der Optimist in ihm sagte, o doch. Das hatte sich abgespielt in mythischen Zeiten, als Bernd Burger noch ein Kind war. Er hatte Schmetterlinge gefangen und sie auf seinen Bauch gesetzt, doch da die Schmetterlinge stets wegflogen, hatte Bernd Burger ihnen die Flügel ausgerissen, und so mußten die Schmetterlinge auf seinem Bauch auf und ab krabbeln, es gab keinen Ausweg, keinen Höhenflug. Bernd Burger nippte am Feigenschnaps, und da er immer unruhiger wurde, wußte er, es wird Vollmond geben, das heißt Schlaflosigkeit, gegen die er sich nicht wehren konnte, am allerwenigsten mit Schlaftabletten. Ein Arzt hatte Bernd Burger einmal gesagt, sein Herz sei ein Karpatenbär, er könne ihm die dreifache Dosis verschreiben, sie würde die Schlaflosigkeit nicht mildern, auch die vierte Dosis nicht, und die fünfte wäre tödlich. Also beschloß Bernd Burger spazierenzugehen, doch als er das Hotel verlassen wollte, saß neben dem Eingang ein Penner, der ein Schild umgehängt hatte, auf dem in großer Druckschrift stand: Bin durstig wie Harald Juhnke, in Klammer stand: Müllermilch. Bernd Burger war fasziniert, großartig, dachte er, im schlimmsten Elend noch Humor beweisen zu können. Bernd Burger legte einen Fünfzigmarkschein in den Hut des Penners, worauf dieser vehement protestierte. Nein, sagte er, also zehn Mark reichen schon, mehr nicht. Bernd Burger versuchte den Penner zu überzeugen, daß er zumindest vierzig Mark annehmen solle oder dreißig oder zwanzig, doch der Penner blieb stur, zehn Mark genügen, und keinen Pfennig darüber. Es gibt einen Stolz ganz besonderer Art, aber, sagte der Penner, wir sind aus einer Paste gemacht, die uns zerknetet, bis wir glauben, es steht uns allen zu, Großverdiener zu sein. Selbst das kleinste Scheißerle glaubt das, weil wir alle einzig groß sind im Glauben, da nur der Glaube uns mit Versprechungen lockt, sonst nichts. Also glauben wir, jeder hält fest an seinem Glauben, der eine, daß er zu früh geboren wurde, der andere, daß er zu spät geboren wurde, nur der Kretin glaubt, im rechten Augenblick geboren worden zu sein. So halten alle fest an ihrem Glauben, und aus diesem Glauben entsteht ein Glaubenskrieg, weil, wer glaubt, er sei zu spät geboren, sich nie mit jemandem verstehen kann, der glaubt, zu früh geboren zu sein, und der Kretin, der glaubt, im rechten Augenblick geboren worden zu sein, kann weder den verstehen, der glaubt, zu früh geboren zu sein, noch den, der glaubt, zu spät geboren zu sein. Und die, die glauben, zu früh oder zu spät geboren worden zu sein, können den Kretin nicht verstehen, der glaubt, im rechten Augenblick geboren worden zu sein. Also, sagte der Penner, einigen wir uns auf einen Zehnmarkschein, ich will nicht größenwahnsinnig werden, weil der Wahnsinn mich zu dem gemacht hat, was ich nun bin. Also junger Mann, sei tolerant, lern Toleranz, treib nicht einen armen Penner wie mich in den Wahnsinn, von dem ich gerade versuche mich zu lösen.

Bernd Burger verzweifelte an der Ehrlichkeit dieses Mannes, also ließ er ihn in seiner Ehrlichkeit allein zurück. Bernd Burger ging weiter, einen Fanatiker der Ehrlichkeit hatte er noch nie getroffen, und Bernd Burger waren viele Fanatiker begegnet. Sie alle, egal welchen Fanatismus sie vertraten, wollten nur, daß ihnen das gegeben wird, wovon sie fest überzeugt waren, es stehe ihnen zu. Und, im Grunde stand ihnen alles zu, aber daß auch anderen etwas zusteht und sie auch geben müßten, war ihnen fremd wie das Wort Fanatismus. Bernd Burger, auf seinem Weg zum Hafen, den er eingeschlagen hatte, um auf den Bodensee blicken zu können, fiel ein, was er alles an Beweismaterial sammeln mußte, um glaubhaft zu machen, daß er Deutscher war, und irgendwann schämte sich Bernd Burger, Deutscher zu sein. Doch er trug die Scham gelassen. Was bleibt mir anderes übrig, dachte er, und irgendwann verwandelte sich diese Scham in Stolz. Deutscher Feldwebel Bernd, du Poet, dichteten seine rumänischen Freunde ein Liedl, und alle umarmten Bernd Burger, wenn sie das Liedl sangen. Während Bernd Burgers Blicke die Weite des Bodensees zu erfassen versuchten, fand er es geradezu absurd, daß er in Rumänien nie irgendwelche Urkunden bemühen mußte, die beweisen sollten, daß er Deutscher war. Er war eben einer, und damit basta. Doch in Deutschland war es gar nicht selbstverständlich, daß ein Deutscher ein Deutscher sei, und Bernd Burger, während er versuchte, das Beweismaterial zusammenzutragen, komponierte ein Liedl: Ach, weshalb bin ich kein deutscher Zahnarzt, der beweisen kann, daß er in Siebenbürgen nur deutsche Zähne behandelt hat, dann, nämlich, würde der Rest der Beweiskette ausfallen. Doch Bernd Burger wußte, daß seine rumänischen Freunde nicht da waren, die ihn hätten umarmen können. Also sammelte Bernd Burger Beweise, die das Deutschtum belegen sollten, nicht seins, das war total unwichtig, sondern das seiner Eltern und Großeltern, was insoweit die Lage verkomplizierte, da er vier Eltern und sieben Großeltern hatte. Neben der Rubrik Deutschtum, bei allen Altvorderen, war auf dem linken Rand der Formulare enorm viel Platz, in den man die Pflege des Deutschtums einzutragen hatte, mit Hinweis auf Belege, die man mitliefern mußte. Als Bernd Burger zum ersten Mal mit diesem Procedere konfrontiert worden war, fiel ihm nichts anderes ein als der Wunsch, die Behörden würden den etwa achtzig Millionen Deutschen die gleiche Frage stellen, nämlich, was sie und ihre Eltern und ihre Großeltern für das Deutschtum getan hätten. Etwa siebzig Millionen würden über diese Frage erstaunt sein und wohlweislich schweigen, aber dann müßten die Behörden die etwa siebzig Millionen Deutsche aussiedeln, aber wohin? Welches Land wäre gewillt, siebzig Millionen Deutsche aufzunehmen, überhaupt eine Million? Aber Bernd Burger lieferte einige Beweise. Er schickte Bücher und Rezensionen, die über seine Bücher erschienen waren, worauf er die Antwort bekam, alle Emigranten schrieben ja jetzt deutsche Bücher, bloß um Aufenthaltsrecht in Deutschland zu bekommen. Da fuhr Bernd Burger großes Geschoß auf, er schickte Belege, daß seine Mutter im evangelischen Chor gesungen hatte, daß sein Vater im deutschen Wandervogelverein war, daß ein Großvater Organist in der katholischen Kirche war, daß eine Großmutter einen Preis im deutschen Strickverein erhalten hatte, ein Großvater in der deutschen freiwilligen Feuerwehr war, daß ein anderer Großvater stellvertretender Vorsitzender im deutschen Schützenverein war, daß seine Stiefmutter Mitglied des deutschen Turn- und Kegelklubs war, die andere Stiefmutter in ihrer Kneipe nur deutsche Lieder duldete, daß ein Großvater im deutschen Anglerverein Ehrenmitglied war, obwohl er kein Angler war, aber die deutschen Angler tatkräftig finanziell unterstützte, daß ein anderer Vater Lehrer und Direktor in einer deutschen Schule war, ein anderer Großvater, ein Pferdedieb, den deutschen Reitersportklub gegründet hatte. Das konnte Bernd Burger einwandfrei mit Beitragsquittungen, Mitgliedschaftskarten, Ehrungen, Diplomen und Abzeichen beweisen. Und nun, da es bewiesen war, daß Bernd Burgers Vorfahren das Deutschtum gepflegt hatten, ging es endlich um Bernd Burger, und als er sein Germanistikdiplom einschickte, bekam er die lapidare Antwort, auch Chinesen würden Deutsch studieren, wogegen Bernd Burger ja nichts einzuwenden hatte. Im Gegenteil, er war froh, daß so viele Chinesen Germanistik studieren, und er bedauerte es, daß viel zuwenig Deutsche Sinologie studieren. Bernd Burger mußte tiefer in die Tasche der Vergangenheit seines Deutschtums greifen. Er reichte sein Abizeugnis ein, das beweisen sollte, daß er ein deutsches Gymnasium besucht hatte, aber die Antwort war wieder prompt, deutsche Gymnasien hätten auch Rumänen, Ungarn, Serben, Ukrainer, Türken, Tataren, ja selbst Zigeuner in Rumänien besucht. Es wurden Bernd Burger Zeugnisse abverlangt aus der Grundschule, als stichhaltiges Argument dafür, daß er nur deutsche Schulen besucht hätte. Bernd Burger hatte Glück, daß seine Mutter Buchhalterin war, die jede Stromrechnung aufbewahrt hatte, jeden Mietbetrag, jeden Zettel mit Ausgaben und

Einkäufen, jede Diagnose über Bernd Burgers Krankheiten, Quittungen über Geburtstagsfeiern oder Beerdigungen, selbst wenn Herr Schob gekommen war, um die Türangeln zu ölen, und kein Geld nehmen wollte, alles hatte Bernd Burgers Mutter genauestens in Büchern vermerkt. Inzwischen standen vier große Schränke mit Dokumenten im Haus, und natürlich wußte Bernd Burgers Mutter, wo seine Zeugnisse lagen, vom Gymnasium bis zurück in die Grundschule, bis zum Kindergarten, die er alle in deutscher Sprache besucht hatte. Diese Dokumente genügten nicht, die Behörden forderten Beweise, daß auch Bernd Burgers Tochter deutsche Schulen besucht hatte, was Bernd Burger makellos beweisen konnte, inklusive Kindergarten. Bernd Burger hatte nicht mehr die Kraft, wütend zu sein. Er war einfach traurig. Es war eine Traurigkeit, die er bisher noch nicht gekannt hatte. Bernd Burger wußte, hätte es diese deutsche Schule in Klausenburg nicht gegeben, die getragen wurde von verschiedenen Nationalitäten, die einfach Deutsch lernen wollten, ohne dabei ihr Tum zu verlieren, hätte Bernd Burger seine Tochter in eine rumänische oder ungarische Schule einschreiben müssen, und damit hätte Bernd Burger sein Deutschtum aufgegeben. Bernd Burger schämte sich endgültig, Deutscher zu sein, doch er war stolz auf die deutsche Sprache, die letztendlich so tolerant war, seine Scham zu akzeptieren.

Bernd Burger fühlte sich, nachdem die Gedanken seine Erinnerungen zerknabbert hatten wie eine Maus, die nur ihren Dreck hinterläßt, sichtlich erleichtert. Er ging die Hafenstraße entlang, die ihre eigenen Erinnerungen haben mußte, von denen Bernd Burger keine Ahnung hatte, und es tat ihm gut zu wissen, daß diese Straße Erinnerungen hatte, noch und noch, von denen er keine Ahnung hatte. Bernd Burger fühlte sich wohl in dieser Ahnungslosigkeit, irgendwie geborgen, und er ging diese Geborgenheit auf und ab, doch da die Straße viel zu kurz war, bekam er plötzlich Angst vor dieser zu kurzen Geborgenheit. Bernd Burger betrat eine Kneipe, und er staunte gewaltig, da an einem Tisch der Herr Domuskulos saß. Doch das Staunen war ihm angenehmer als die zu kurze Geborgenheit. Herr Atheist, sagte Herr Domuskulos, da wir uns nun nicht aus dem Weg gehen können, schlage ich vor, daß wir uns duzen. Das macht es einfacher, mich mitzuteilen, und auch einfacher, dich zu verstehen. Ich heiße Andonis, zufällig, aus einem Irrtum heraus, weil der Pope, der mich getauft hat, ein Analphabet war. Er hat einfach zwischen das A und das D noch ein N eingefügt. Deshalb gebe ich mich als Aldois aus. Aber du hast dich gut verspätet, ich wußte ja, daß du in diese Kneipe kommen wirst. Schon seit fast zwei Stunden warte ich hier auf dich, also habe ich die Zeit mit einer Frau verbracht. Das Gespräch, das wir nun führen werden, wird diese Dame zu Tode langweilen. Ich weiß, ich kann sie dir nicht schenken, weil du schon zwei Frauen, die ich dir schenken wollte, nicht angenommen hast. Also entschuldige mich, bitte, für einige Augenblicke, ich möchte diese Dame nicht unglücklich machen. Ich muß noch kurz einen Mann finden, dem ich die Dame schenken kann, nur du kannst so blöd sein, kein Geschenk anzunehmen, mitsamt Hotelrechnung und Zeche, für eine volle Woche, das ist mehr als Vollpension. Kein Christ würde ein so großzügiges Angebot ausschlagen, er kann auch das Hotel wählen, in dem sie sich Ewigkeitsschwüre zuflüstern, und sollte es klappen, wäre ich froh, aber nicht minder enttäuscht.

Froh, daß jemand an die Ewigkeit glaubt, enttäuscht, weil der Glaube die Ewigkeit langweilig macht. Als Aldois zurückkam, fragte er Bernd Burger, wie heißt du mit dem Vornamen? Elfried, antwortete Bernd Burger. Da wir uns scheinbar nicht aus dem Weg gehen können und du mir die Geschichte deines Vornamens erklärt hast, will ich dir die Geschichte meines Vornamens erzählen, weil wir schon bei der Geburt in Geschichten verwickelt werden, die nicht nach uns fragen. Mein Vater wollte unbedingt eine Tochter haben, und als ich geboren wurde, hatte er in den Taufschein Elfriede eingetragen. Meine Mutter, in der Aufregung, hatte noch die Geistesgegenwart, das E zu streichen. Ja, sagte Aldois, wir alle tragen Namen, die uns der Zufall gibt, nachdem er uns aufgerufen hat, ins Leben zu treten, und niemand kann sich dieser Laune des Zufalls entziehen, weder seiner Laune der Geburt noch der Laune des Namens. Und wenn jemand auf den Namen Willi getauft wird, muß er wie ein Willi aussehen, ob er will oder nicht, alle werden auf ihn einreden, daß er seinem Namen Ehre machen muß, und zwar so lange, bis dieser Willi wirklich wie ein Willi aussieht. Oder jemand heißt Marion. Der Zufall wird sie zwingen, mit diversen subtilen Methoden, schließlich wie eine Marion auszusehen. Wer die Laune des Zufalls der Geburt und des Namens lange genug studiert hat wie zum Beispiel ich, muß sich bloß den Menschen genauer ansehen, und schon weiß er, wie der heißt. Gut, es kann vorkommen, daß eine Claudia nicht Claudia heißt, sondern Clausia, solche Überraschungen gibt es immer wieder, weil der Pfarrer zu betrunken war und sich verschrieben hatte. Aber im Grunde, plus minus natürlich, sieht man es jedem an, welchem Namen er sich anpassen mußte. Unvorstellbar, zum Beispiel, daß sich ein Wolfgang wie ein Horst benimmt oder eine Meike wie eine Kathrin, als Baby vielleicht, aber später nicht mehr. Insofern mischt sich der Zufall tüchtig in die Notwendigkeit ein, umgekehrt geht es nicht, deshalb ist die Notwendigkeit auch so wenig produktiv. Aber da gibt es noch den Unterschied zwischen hellen und dunklen Vokalen in den Namen, und wenn der Zufall dir einen Namen mit hellen Vokalen zugeteilt hat, erwartet jeder, daß du frohsinnig bist, sonnig, und sind die Vokale besonders hell, wirst du gezwungen, zum Leichtsinn zu neigen. Bei dunklen Vokalen in deinem Namen wird von dir verlangt, daß du schwermütig bist, oft lustlos und depressiv, und sind die Vokale besonders dunkel, ist es klar, daß du einen Hang zum Selbstmördertum haben mußt. Ja, Elfried, Freund, der Unsinn bekommt nur dann einen Sinn, wenn der Sinn klug genug ist und es versteht, mit dem Unsinn zu spielen, was ja insoweit schwierig ist, da der Unsinn sich weigert, zum Sinn zu werden. Also, da muß man schon ein großer Spieler sein, um aus dem Unsinn mehr herauszuholen als nur Unsinn. Doch das ist unwichtig, wie es auch unwichtig ist, daß ein guter Christ nur jemand sein kann, der die Bibel nicht gelesen hat, zumindest nicht aufmerksam und integral, sondern bloß den Sonntagspredigten zuhört und Kirchenlieder singt. Wer jedoch die Bibel tatsächlich gelesen, ja studiert hat, und nicht nur die Bibel, sondern die Vielzahl der Bibeln, weil ja alle Religionen ihre eigene Bibel haben, kann nur ein Atheist sein, aus Überzeugung natürlich, nicht weil er glaubt, das würde ihn trösten oder ihm weiterhelfen. Wer die Geduld nicht aufbringen kann, alle Bibeln zu lesen, ist ein schwacher Mensch, obwohl er glaubt, ein Psalm, der in die Predigt eingeflochten wird, könnte ihn stärken. Er schöpft eben Mut aus Halbheiten, nicht aus dem Ganzen. Das Wissen könnte er nicht ertragen, also besser Kirchenlieder singen in der Gemeinschaft, an die man glaubt, nur kein Atheist sein. Das sind einsame Menschen, die nicht einmal fähig sind, sich zu treffen, um atheistische Lieder zu singen. Elfried, lieber Freund, ich bin nebenbei auch Bestsellerautor, aber da ich keine Zeit habe, Romane zu schreiben, weil ich wichtigere Geschäfte abzuwickeln habe, habe ich einen Ghostwriter eingestellt, dem ich das Thema vorgebe, und dann macht er einen Bestseller draus. Doch beim letzten Buch hatte er hundertzwanzig Seiten aus Paustowski abgeschrieben, wortwörtlich. Mein Buch war wieder ein überwältigender Erfolg, weil niemand Paustowski kannte, ich selbst nicht. Doch dann hat der Ghostwriter, obwohl ich ihn gut bezahlt hatte, er aber glaubte, es sei nicht gut genug gewesen, seine Perfidie platzen lassen, was zur Folge hatte, daß mein Buch noch mehr Erfolg hatte. Aber das Positive daran war, daß alle Verlage sich um Paustowski rissen, und ich hatte mir vorgenommen, diesem Paustowski ein lebenslanges, fettes Stipendium zu gewähren, doch schließlich stellte es sich heraus, daß Paustowski tot war. Ich war fest entschlossen, ihm ein Denkmal in Moskau errichten zu lassen, doch die sowjetischen Behörden antworteten mir, niemand hier kenne Paustowski, also gäbe es auch keinen Anlaß, ein Denkmal für jemanden zu errichten, den niemand kennt. Wo käme Moskau hin, wenn jedem Arschloch ein Denkmal aufgestellt werden würde, bloß damit das Arschloch bekannt wird. Als ich zurückschrieb, in Zürich gebe es eine Büste von Lenin, den in Zürich auch niemand kennt, wurde ich in einem entrüsteten Schreiben beschimpft und aufgeklärt, Lenin sei kein Arschloch gewesen, worauf ich zurückschrieb, ich würde Paustowski ja auch nicht kennen, da ich meine Bücher nicht lese, geschweige denn schreibe, aber wenn mein Buch, in dem mein Ghostwriter hundertzwanzig Seiten aus Paustowski abgeschrieben hat, einen so großen Erfolg hatte, kann Paustowski einfach kein Arschloch sein. Darauf bekam ich einen Drohbrief, mit dem ich mich in Zürich bei der sowjetischen Botschaft meldete und erklärte, entweder akzeptiert Moskau ein Paustowskidenkmal, oder ich sprenge die Leninbüste in Zürich in die Luft. Der Botschafter, ein Gigolo, lachte mich herzhaft aus. Sie haben keine Ahnung, sagte er, wie lang der Arm der Macht ist, er reicht bis in das letzte Mauseloch im entlegensten Winkel der Welt.

Als Bernd Burger den Oberst, der ihn in die Geschichte mit der Melodybar verwickeln wollte, nach der Revolution traf, begann dieser zu tanzen und stets zu wiederholen, gut, daß niemand weiß, daß ich Rumpelstilzchen heiß. Er war ziemlich betrunken und lud Bernd Burger zu einem Cognac ein. Bernd Burger nahm das Angebot an, weil er wußte, daß der Oberst der Securitate alle Geschichten über ihn, Bernd Burger, kannte, und nun war Bernd Burger neugierig, was für Geschichten der Oberst über sich erzählen würde. Es würden sicher bloß Ausredengeschichten sein, trotzdem war Bernd Burger neugierig. Nachdem sie sich an einen Tisch in der nächsten Kneipe gesetzt hatten, fragte Bernd Burger den Oberst, wie es denn käme, daß er so gut Deutsch spreche. Das ist eine Geschichte, antwortete der Oberst. Meine Mutter war eine Deutsche, genauer eine Siebenbürger Sächsin, doch mein Vater, aus Angst, nach dem Krieg, erlaubte ihr nicht, mit mir deutsch zu sprechen. Diese Sprache war im Elternhaus strengstens verboten. Mein Vater war kein schlechter Mensch, doch irgendwann hat er meine Mutter erschlagen, nicht absichtlich, meine Mutter hat einfach die Sprache der Prügel nicht verstanden, und an der Verständnislosigkeit dieser Sprache ist sie kaputtgegangen. Plötzlich war sie tot, ich kam ins Waisenhaus. Aus Waisenhäusern rekrutierte die Securitate hauptsächlich ihre Kader, je belasteter ein Kind war, um so besser, weil die Dankbarkeit dann größer war. Plötzlich stand ich in einer Uniform, mit dreizehn Jahren, ich war stolz, da ich vorher nur in Lumpen herumgelaufen bin und mich ständig schämen mußte. Ich habe auch den Schwur geleistet, von dem ich keine Ahnung hatte, was er bedeuten sollte. Der Oberst begann zu weinen. Bernd Burger wollte aufstehen und gehen, doch der Oberst hielt ihn zurück. Gut, sagte er, gib mir besser zwei Watschen, die du dich nie getraut hättest, mir vor ein paar Monaten zu geben. Ich weiß nicht, sagte Bernd Burger, wie ihr eure Probleme löst, wahrscheinlich nur mit Watschen, aber ich bin kein Schlägertyp. Gut, sagte der Oberst, aber da ist noch eine andere Geschichte, keine Watschengeschichte. Ich hatte meine Familie in den Urlaub geschickt, daß ich nicht mitfahren konnte, begründete ich mit dienstlichen Pflichten, aber ich wollte, im Grunde, das Haus in die Luft sprengen, vor Einsamkeit, doch ich war zu feig, wie ich auch zu feig war, während der Revolution auf Menschen zu schießen. Doch das ist wieder eine andere Geschichte. Ich wußte gar nicht, daß die Securitate so viele geheime Nester hatte. Gott sei Dank wurde ich nicht auf den Turm des Doms zugeteilt, von dem man scharf schießen mußte, ich bin ein gläubiger Mensch. Ich wurde ins Dachgeschoß der Bibliothek für Pharmakologie beordert, und mein Vorgesetzter brüllte nur, schießen, und als ich fragte, auf wen, sagte er, auf deinen Bruder, auf deine Schwester. Er hielt mir die Pistole an den Kopf, schießen sagte er, was sind wir, Schlappschwänze oder was, die vom Turm des Doms schießen, die sind nicht zu feig. Ich drehte mich um und erschoß ihn. Bernd Burger gab dem Oberst etliche Watschen, worauf der etliche Tische umriß, bis er friedlich in einer Ecke landete. Als Bernd Burger die Kneipe verlassen wollte, fragte der Wirt, wer für den Schaden aufkommen würde. Natürlich, sagte Bernd Burger, der Herr Oberst, und wenn er sich weigert, halten Sie ihn so lange gefangen, bis ich wiederkomme. Bernd Burger machte sich auf den Weg zum Hotel, und während er ging, dachte er, vielleicht habe ich dem Oberst doch unrecht getan, vielleicht liegt doch ein Quentchen Wahrheit in seinen Lügengeschichten.

Am Morgen schoben die Burgers ihre Fahrräder vom Hotel zu einem Autohaus, um ein Auto zu mieten und für diese Zeit die Fahrräder dort abzustellen, doch der Händler war entrüstet. Dies sei, meinte er, ein Autohaus und kein Autoverleih. Schließlich kaufte Bernd Burger einen Schrottwagen, für tausendsechshundert Mark, mit der Bedingung allerdings, wenn er das Auto in ein paar Tagen zurückbringe, müsse der Autohändler ihm das Auto wieder abkaufen, natürlich zum halben Preis. Der Autohändler sah Bernd Burger mit weiten Augen verständnislos an, als hätte ihn die Ewigkeit überrascht, mit der er nie gerechnet hatte, worauf Bernd Burger versöhnlich einlenkte. Sie sind, sagte er, eben kein Balkanese, Sie träumen vom großen Geschäft, versäumen dabei aber das große Geld, das man mit kleinen Geschäften machen kann. Inspiration, sagte Bernd Burger, ist die Ausnahme von der Regel, die Welt, sagte er, ist keine Landkarte, sondern ein internationales Gefühl der Dichter, also werden Sie Dichter. Distanz bewahren hat sowieso nur dann einen moralischen Wert, wenn man sich einbezieht, und um vernünftiger zu verdienen, hilft nur, vernünftiger zu verdienen, und wissen Sie, mit Definitionen kann man die Freiheit mehr schlecht als recht erklären, denn indem man Definitionen aufstellt, erklärt man bloß sein eigenes Verhältnis zur Freiheit, und das eigene Verhältnis zur Freiheit macht die Freiheit kaputt. Doch ohne Freiheit ist es immerhin erträglicher zu leben als mit dem Bewußtsein, daß man ohne Freiheit lebt, was nichts anderes heißt, als daß die Natur nirgends so innig mit dem Menschen verbunden ist wie auf dem Friedhof. Wissen Sie, Herr Autohändler, nicht der Weltuntergang an sich läßt mich erschauern, sondern die wie Trottel stolpernden und wie Honig fließenden Sätze, mit denen er beginnt. Bernd Burger tat einen kräftigen Schluck aus seinem Flachmann, den er immer bei sich trug, um einem Herzinfarkt vorzubeugen, wenn der sich anmelden würde, das hatte Prof. Dr. Anghel Anghelescu Bernd Burger empfohlen. Herr Autohändler, sagte Bernd Burger, manchmal ist mir zumute, ich soll jemanden umarmen, manchmal, ich soll jemanden ohrfeigen, das ist mein Problem. Mein weiteres Problem ist, ich soll nicht ohne Grund umarmen und nicht ohne Grund ohrfeigen. Ein nächstes Problem ist, ich soll vor Freude nicht die Falschen ohrfeigen und vor Ärger nicht die Falschen umarmen. Es ist, als würde man ans Meer fahren, um von Strandgut zu leben, es ist wie ein Vergleich, den ich nicht begreifen kann, ein Gewehr, das nicht schießt, sondern Porträts malt von denen, auf die es nicht schießt. Herr Oberbürgermeister, das größte Genie ist die Wirklichkeit, der Rest ist handwerkliches Können. Wissen Sie, Herr Bischof, es gibt Fragen, die weiterführen, und Fragen, die das verhindern. Wissen Sie, Herr Bahnhofsvorsteher, Gedanken, denen vor der Tiefe schwindelt, halten sich fest an Witzen. Herr Autohändler, unterbrechen Sie mich nicht, sonst geht das Geschäft kaputt, so einen Trottel wie mich finden Sie nie wieder. Sie verdienen achthundert Mark in zwei oder drei Tagen, ohne Ihren Arsch auch nur für eine Sekunde vom Sessel zu bemühen. Wissen Sie, ich hatte eine Geliebte, und ihre Liebe war so groß, daß sie einmal die Geduld verlor und nicht mehr warten konnte, bis ich zu ihr hochstieg, sie stürzte sich aus dem neunten Stock in meine Arme, doch meine Arme waren zu schwach, um sie aufzufangen. Ich frag Sie, was waren die den Göttern dargebotenen Opfer denn anderes als Bestechungsgelder? Wissen Sie, Herr Abgeordneter, jeder Satz sollte so formuliert sein, als wäre er der letzte, weil der Tod irgendwann an der Tür läutet und sagt, ich wollte bloß sehen, wie es dir geht. Bernd Burger nippte immer wieder an seinem Flachmann. Herr Staatsanwalt, sagte er, Zukunft liegt überall, in welche Richtung Sie auch blicken, überall winkt Zukunft, doch mir kommt es allein auf die Richtung der Zukunft an. Ich mag, Herr Autohändler, üppige Freuden. Der Geschlechtsakt als Befreiung ist mir zu wenig, weil er keine wirkliche Freiheit bringt, ich will die drückende Geographie des Universums nachvollziehen können, ich brauche keine Illusionen, ich will im Fleisch, in viel warmem Fleisch begraben sein, bevor ich in der kalten Erde verscharrt werde. Und dann gibt es noch etwas. Bitte haben Sie Geduld, mir noch eine Weile zuzuhören, denn nie wieder verdienen Sie so leicht achthundert Mark, also die Logik kann zum Prinzip ausarten, das Denken bleibt ein Akt, ich nenne ein Beispiel. Im Volksglauben gibt es Praktiken, die einer ganz bestimmten Logik entsprechen. Um den Regen herbeizuführen, ist man bereit, dies und das zu opfern, zuerst formuliert man die Opferbereitschaft verhalten bis geizig. Wissen Sie, Herr Autohändler, ich stamme aus den mythischen Karpaten, wo der Clown vom Wolf gemieden, aber von den Schafen aufgefressen wird, doch zurück zur Logik. Dann, sobald die Trockenheit anhält, ist man zu immer größeren Versprechungen bereit, Opfer zu bringen. Dies ist ein klarer Beweis, daß die Logik auch ohne Denken auskommen kann, obwohl sie es nicht sollte. Diese Art von Logik führt zu keiner zwangsläufigen Erkenntnis, sondern bloß zu einer formalen Richtigkeit. Sie, Herr Autohändler, hätten ja auch Bischof sein können oder Abgeordneter oder der Prof. Dr. Anghel Anghelescu oder Bahnhofsvorsteher oder Staatsanwalt, zum Glück aber sind Sie Autohändler, sonst wären Sie mir nicht begegnet, außer Sie wären Prof. Dr. Anghel Anghelescu gewesen, und so einem Halbidioten wie mir begegnet man selten. Wäre ich ein Vollidiot, würde ich das Geschäft mit Ihnen nicht abwickeln, also seien Sie froh und hören Sie zu. Wissen Sie, Herr Autohändler, es ist eine allgemeine Melancholie, in die man verfällt, weil nur wenige Gedanken im Kopf sind und man auch mit denen nichts anfangen kann, was heißt, wessen Verstand nicht arbeitet, der soll zwar zu essen bekommen, aber Schnaps soll ihm nicht gereicht werden. Andersherum, nicht die Logik, Bernd Burger nippte wieder aus dem Flachmann, lehrt uns denken, sie stellt uns im besten Fall eine Methode des Denkens zur Verfügung. Und das Denken beginnt dort, wo die Methode mit dem Absurden kollidiert, oder einfacher gesagt, die Wirklichkeit, sie holt jene, die Phantasie, immer wieder ein, ja, sie beflügelt jene ständig, damit sie wen einzuholen hat. Oder noch deutlicher, die Dinge sehn uns unentwegt an, wir müssen es nur verstehen, den Blickwinkel zu entdecken, aus dem ihre Augen uns betrachten, dann können wir ihre Blicke bannen. Wissen Sie, Herr Autohändler, Sie könnten mich jetzt fragen, weshalb ich einen Bart trage, ich würde antworten, damit nicht alle Schwalben im Herbst fortfliegen, damit die, die hierbleiben wollen, einen Ort haben, wo sie überwintern können. Das wäre eine mögliche Antwort, aber es gibt noch hundert andere, und spüre ich eine Leere in mir, stelle ich nie einen Gott hinein, zu dem ich aufschauen kann. Die Leere füllt mich dann so sehr aus, daß niemand und nichts mehr darin Platz hat. Aber, Herr Autohändler, Sie haben mir die Tür geöffnet wie einer Fliege, die niemandem etwas anhaben kann. Von diesem Gift, etwas benommen, grüßt Sie mein Zorn voller Ehrfurcht. Wenn mich die Verzweiflung packt, sage ich elfmal Dschambalaia, und wenn der Schluckauf auch dann nicht vergeht, sage ich dreimal elfmal Aialabamaschd, und wenn auch das nicht hilft, sage ich Dschambalaia bis zur Bewußtlosigkeit. Und wenn ich erwache, rüttle und schüttle ich die Verzweiflung, bis sie bis zur Bewußtlosigkeit das Wort Aialabamaschd wiederholt. Also besteht mein Denken aus Antworten auf die Fragen, die meine Freiheit sich stellt, was verdeutscht heißt, die Angst hat zwei Münder, der eine Mund flüstert dem anderen zu, er solle ein Schlafmittel nehmen, was dieser auch sofort tut, also interessiert mich weder die Unendlichkeit, aus der ich komme, noch die Unendlichkeit, in die ich einmünde, mich interessiert der ganz kurze Weg dazwischen. Dem Autohändler begannen Tränen die Wangen hinunterzurinnen. Er umarmte Bernd Burger innig und sagte, Sie sind aber ein toller Überredungskünstler, Hut ab, so etwas habe ich noch nie erlebt. Ich senk den Preis des Autos auf tausendvierhundert Mark, dann muß ich das Auto nur für siebenhundert Mark zurückkaufen. Na sehen Sie, sagte Bernd Burger, Sie haben endlich begriffen, was ein lukratives Geschäft ist.

10

Melitta fragte, und was glaubst du, Bernd, wie weit kommen wir mit diesem Schrottauto, es wird auf der Autobahn
unter unseren Ärschen auseinanderfallen.

Ach, Melitta, mein Arsch wiegt höchstens fünf Kilo.

Wieder willst du Streit.

Melitta, sei nicht immer so tragisch. Für diesen Preis war
eben kein solideres Auto zu haben, außerdem fahren wir ja
gar nicht Autobahn, sondern Bundesstraße. Fahr langsam,
und sollte der Boden des Autos schlappmachen und vor
Rost hinunterfallen, hole ich mir höchstens ein paar Schür-
fungen am Arsch ein, der dann interessanter aussehen wird
denn je.

Und wohin fahren wir jetzt?

Wenn ich nun Memmingen sage, kommen wir sicher in
Ravensburg an, und wenn ich Ravensburg sage, kommen
wir garantiert in Memmingen an.

Also, was jetzt, Ravensburg oder Memmingen?

Halt, nein, da steht ein Laster, ein Möbeltransporter, die
Adresse lautet: Tettnang, Klausenburger Straße zwölf, also
müssen wir jetzt nach Tettnang.

Was sollen wir in Tettnang?

Erfahren, weshalb die Klausenburger Straße Klausenburger Straße heißt.

Ist das jetzt so wichtig?

Ja.

Wieso?

Ach, es hat etwas mit der Schizophrenie dieses sympathischen Völkchens der Siebenbürger Sachsen zu tun. In Hermannstadt gibt es eine Straße, die Hundsrücken heißt, und das, weil die Leute, die sich dort angesiedelt haben, aus dem Hundsrück nach Siebenbürgen eingewandert sind. Das war vor etwa neunhundert Jahren. Es war schon ein neunhundertjähriges Abenteuer, wie die Straßen in den Städten in Siebenbürgen hießen. Selbst die Ortschaften, sie wurden je nach dem Ort benannt, aus dem die Ansiedler gekommen waren. Nun beginnt das fast neunhundertjährige Abenteuer in Deutschland, weil die letzten Nachkommen der ersten Aussiedler aus Deutschland wieder nach Deutschland auswandern und die Straßen nach den Orten benennen, aus denen sie ausgewandert sind. Siebenbürgenstraße, klar, weil es nur ein Siebenbürgen in der Welt gibt. Hermannstädter Straße, auch klar, da es bloß ein Hermannstadt in der Welt gibt. Kronstädter Straße, nicht so eindeutig, weil es nicht nur in Siebenbürgen, sondern auch in Schweden ein Kronstadt gibt. Doch es ist anzunehmen, daß die Straßen, die Kronstädter Straßen heißen, nach dem siebenbürgischen Kronstadt benannt wurden, weil es keinen schwedischen Kronstädtern, die nach Deutschland gezogen sind, einfallen würde, eine Straße, in der sie wohnen, nach dem schwedischen Kronstadt zu benennen. Mediascher Straße, ebenso klar, Bistritzer Straße, Klausenburger Straße, Brooser Straße, Mühlbachstraße, alles klar, weil es diese Städte nur einmal gibt, und zwar in Siebenbürgen. Melitta, leider, leider, sagte Bernd Burger, denn gäbe es diese Städte auch in Deutschland, entstünden weniger Frustrationen im Identitätsverständnis. Melitta, liebe, ich habe inzwischen erfahren, daß die Siebenbürger Sachsen Petitionen eingereicht haben, mit der Forderung, München in Hermannstadt umzubenennen, Ulm in Kronstadt, Fürstenfeldbruck in Bistritz, Augsburg in Mediasch, Forchheim in Großkopisch, Bamberg in Neppendorf, im Austausch natürlich. Dann würde Neppendorf in Siebenbürgen Bamberg heißen, Großkopisch Forchheim, Mediasch Augsburg, Bistriz Fürstenfeldbruck, Kronstadt Ulm, Hermannstadt München, dann wären auch etliche bereit zurückzuwandern, zum Beispiel ins München in Siebenbürgen, oder ins Bamberg in Siebenbürgen, oder ins Augsburg in Siebenbürgen. Dann würden sogar alle Deutschen aus München gerne auswandern in das München in Siebenbürgen, alle Forchheimer in das Forchheim in Siebenbürgen, alle Augsburger in das Augsburg in Siebenbürgen, alle Fürstenfeldbrucker in das Fürstenfeldbruck in Siebenbürgen. Damit würde das Emigrationsproblem gelöst werden, da nun die Galatzer nach Deutschland einwandern könnten, um das verlassene München, das ja nun in Siebenbürgen liegt, in Galatz umzubenennen. Das gleiche könnten die aus Craiova mit Ulm tun, die aus Buzau mit Fürstenfeldbruck, die aus Konstantza mit Konstanz, was, liebe Melitta, die Welt ärmer machen würde, weil es keine Spannungen in der Welt mehr gäbe, sondern bloß Frieden.

Bernd, du spinnst.

Melitta, wo du recht hast, hast du recht.

Und wohin sollen wir jetzt fahren?

Na, ins deutsche Tettnang, von dem ich hoffe, daß es nicht das Tartlau aus Siebenbürgen ist oder womöglich noch ein kleiner Ortsteil aus der Innenstadt von Klausenburg.

Und wie kommen wir hin?

Nur keine Aufregung, ich kaufe jetzt eine Autokarte von dieser wunderbaren Region.

Wohin also?

Laut Karte, Melitta, zweimal rechts, dann einmal links, dann wieder rechts, nachher halblinks, dann müssen wir in Tettnang ankommen, wo wir ja die Klausenburger Straße suchen.

Bernd, wir sind in Lindau angekommen.

O Scheiße, o Ovid, o Cervantes, ich habe die Landkarte umgekehrt gehalten, mit dem Süden nach oben und mit dem Norden nach unten, aber Lindau müssen wir uns merken, dahin kommen wir zurück.

In Tettnang wußte kein Mensch, weshalb die Klausenburger Straße Klausenburger Straße heißt. Als Bernd Burger die Vermutung aussprach, die Straße könnte nach Aussiedlern aus Klausenburg benannt worden sind, verneinten das alle. Hier gäbe es, versicherten sie, nur echte Deutsche. Bernd Burger bedankte sich höflich für die Auskunft.

Als die Burgers wieder im Auto fuhren, sagte Bernd Burger, für Fremde in Deutschland sind sie Deutsche, unter sich sind sie Siebenbürger Sachsen. In Siebenbürgen war das umgekehrt, vor Fremden waren sie Siebenbürger Sachsen, unter sich Deutsche.

Ach, Bernd, sagte Melitta, wir sind wieder in Lindau angekommen, und zwar am Bahnhof.

Der Bahnhof in Lindau war ein Sackbahnhof, und Sackbahnhöfe mochte Bernd Burger, weil es da nicht ewig weitergeht. Man ist zwar angekommen, aber in einem Sack, aus dem es auch wieder hinausführt, aber die Warnung ist unübersehbar, dann erst geht es weiter. Diese kurze Strecke, die man zurückfährt, ist die intensivste, weil einem nicht viel Zeit bleibt, auf dieser Strecke zurückzudenken. Man muß die Gedanken enorm bündeln, sie zur äußersten

Konzentration zwingen, und ist diese kurze Strecke, die man zurückfährt, vorbei, und man fährt weiter, ist auch der Spuk vorbei. Nun hörte Bernd Burger, die Deutsche Bahn wolle alle Sackbahnhöfe zu Durchfahrtsbahnhöfen umbauen, weil die kurze Strecke, die man zurückfährt, Zeitverschwendung sei, und außerdem sei keine positive Einstellung möglich, wenn man plötzlich mit dem Rücken zur Fahrtrichtung nachdenken müsse. Während die Deutsche Bahn, die ja nur in die Zukunft fährt, dies beschlossen hatte, stand Bernd vor einem Zeitungskiosk, wo neben den großen Zeitungen der Welt und Deutschlands auch die Deutsche Nationalzeitung ausgelegt war. Bernd Burger juckte es, die Deutsche Nationalzeitung zu kaufen, doch Bernd Burger schämte sich. Was würde, dachte er, die Zeitungsverkäuferin von ihm halten? Natürlich, er sei ein Rechter. Also hatte Bernd Burger nicht den Mut, die Zeitung zu kaufen. Er war ja nur neugierig auf die, die alles schon wissen. Bernd Burger wollte lernen, nicht von denen, die das Lernen ignorierten, er wollte sich einfach informieren, doch er hatte nicht den Mut, in die Augen der Verkäuferin zu sehen. Bernd Burger bat seine Tochter, die Deutsche Nationalzeitung zu kaufen, worauf die Tochter sich weigerte. Ich habe nie eine Nationalzeitung gekauft, weder eine ungarische noch eine rumänische, und jetzt werde ich auch keine deutsche kaufen, sagte sie. Bernd Burgers Frau versuchte, den Konflikt zu schlichten, indem sie sich anbot, die Deutsche Nationalzeitung zu kaufen, was Bernd Burger zu einer Dankbarkeitserklärung verpflichtete, aber auch zum Rat, gleich eine linke Zeitung mitzukaufen, nur um ihm, Bernd Burger, noch einen kleinen Spaß zu bereiten, nämlich den, daß die Zeitungsverkäuferin schließlich Bernd Burgers Frau nicht recht einstufen konnte, ob sie nun rechts sei oder links. Und, o Wunder, in der Deutschen Nationalzeitung war ein Gedicht von Bernd Burger abgedruckt. Er spuckte Gift, also wieder Vereinnahmung, und auch noch von diesen. Bernd Burger griff zu seinem Flachmann. Bernd Burgers Frau sagte, beruhig dich, Bernd, sie fotzen dich ab. Wirklich? fragte Bernd Burger. Wirklich, antwortete Bernd Burgers Frau. Na Gott sei Dank, sonst hätte ich noch einen Herzinfarkt bekommen. Es war das Gedicht *Kartoffeln im Frack* abgedruckt, mit der Widmung, meinen Freunden, den Zigeunern, zum Abschied, ein Gedicht, das Bernd Burger neunzehnhundertachtzig geschrieben hatte, als er aus dem Viertel ausgezogen war, in dem meist Zigeuner lebten. Nun wurde das Gedicht in der Deutschen Nationalzeitung so kommentiert, als sei Bernd Burger zur Zeit noch in Rumänien und begrüße die Auswanderung der Zigeuner nach Deutschland, ein Hanswurst schimpft sich Dichter, war die sachliche Aufklärung betitelt.

Bernd Burger, als er ins Zigeunerviertel einzog, weil ihm dort eine Wohnung zugeteilt worden war, gab, da seine Tochter noch sehr klein war, eine Annonce in der lokalen Zeitung auf, der Klausenburger Wahrheit, die kein Mensch kaufte, um die Klausenburger Wahrheit zu erfahren, sondern bloß, um den Anzeigenteil zu lesen. Suche eine Betreuung für eine zweijährige Tochter für fünf Stunden am Tag, plus minus. Die Schlange, die sich vor Bernd Burgers Haustür ansammelte, war groß. Zuerst kam ein Urgroßvater herein, der beteuerte, er kenne sich mit Kindern aus, er habe schon elf Kinder großgezogen, vierunddreißig Enkelkinder und zweiundsiebzig Urenkel. Für Melitta kam dieser alte Mann als Betreuung nicht in Frage, weil sie ihn für einen Kinderschänder hielt. Dann kam eine Frau, die einen Hut trug, neueste Pariser Mode, die Bernd Burger nicht akzeptieren wollte, weil er wußte, sie wurde von den Küntzels hinausgeschmissen, da sie den Sohn ständig auf das Topfi gesetzt hatte, um sich in Ruhe Pariser Modezeitschriften ansehen zu können. Die nächste Frau, in einem teuren Pelzmantel, war in Bernd Burgers Kreisen dafür bekannt, daß sie Eßbesteck und Bettwäsche klaute. Die nächste Frau, die an der Reihe war, war bescheidener, sie klaute nur hin und wieder ein Päckchen Fleisch, das war auch bekannt. Die fünfte Person, die eingelassen wurde, war eine Zigeunerin. Ich weiß, sagte sie, ich habe überhaupt keine Chance, weil ich schwärzer bin als die schwärzeste Krähe, und dazu noch kleiner als die kleinste Krähe. Bernd Burger war diese Frau auf Anhieb sympathisch, weil ihr ja nicht nachzuweisen war, daß sie geklaut hatte, da sie immer gleich abgewiesen wurde. Bernd Burger ging vor die Haustür und verkündete, die Schlange möge sich auflösen, da die richtige Person schon gefunden sei. Nachdem das Geschäft abgewickelt war, kniete Onusch, die Zigeunerin, vor Bernd Burger nieder und wollte seine Hand küssen, doch Bernd Burger sagte, da es abgemacht ist, daß man in Würde leben kann, trinken wir ein Gläschen Schnaps zusammen, und ab morgen kommen Sie. Als Onusch, die Zigeunerin, gegangen war, schlug Melitta die Hände über dem Kopf zusammen. Bernd, sagte sie, was werden die Leute von uns denken und halten, und vor allem die Weißen im Zigeunerviertel? Das, sagte Bernd Burger, juckt mich nicht einmal am Arsch, und schon nach wenigen Wochen dankte Bernd Burgers Frau ihrem Mann, daß es ihn nicht einmal am Arsch gejuckt hatte, als er sich entschlossen hatte, die Zigeunerin Onusch als Kindermädchen einzustellen. Onusch machte auch sauber, obwohl das in der Vereinbarung nicht vorgesehen war. Sie nahm Astrid mit zu sich nach Hause, wenn die Burgers nächtelang auf irgendwelchen Partys waren, und als Bernd Burger dafür noch ein Extrageld auf den Lohn drauflegen wollte, sagte sie immer wieder, nein, Herr Bernd Burger, Sie haben diese kleine, häßliche Krähe rehabilitiert, das reicht mir, mein Mann verdient gut als Schweißer. Die vier Jahre, in denen sie Astrid betreute, war Onusch stets zu Weihnachten, zum Fest der Liebe, eingeladen, und Astrid war jedesmal überglücklich, daß sie den Weihnachtsabend mit der Zigeunerin Onusch verbringen konnte, die sie über alles liebte, weil sie spürte, daß diese kleine Krähe eine wunderbar große Seele hatte. Einmal, als eine Krähe auf dem Fensterbrett saß, meinte Astrid, nicht wahr, Tata, die Krähe kann nichts dafür, daß sie so häßlich ist. Astrid, sagte Bernd Burger, wieso kommst du nur auf den Gedanken, sie sei häßlich, bloß unser fremder Blick ist häßlich, unsere Vorstellung von Schönheit ist häßlich, ansonsten gibt es keine Häßlichkeit. Auch später, als Astrid größer war und Onusch irgendwo in der Stadt traf, fiel sie ihr um den Hals, und Bernd Burgers Tochter schämte sich nicht, daß sie dieser kleinen Krähe um den Hals fiel und ihre schwarzen Wangen küßte. Die Zigeuner hatten überhaupt keine Probleme mit Bernd Burger, und er mit ihnen auch nicht. Er schätzte sie. Die Eltern schufteten und schufteten, damit ihre Kinder Musik studieren konnten, weil kein Völkchen musikalisch so begabt ist wie die Zigeuner, die noch nie einen Krieg begonnen hatten und deshalb auch nie einen Frieden stiften mußten. Etwa ein Drittel der Klausenburger Philharmonie war mit Zigeunern besetzt, die aus diesem Viertel stammten. Einer der weltberühmtesten Geiger stammte auch aus diesem Zigeunerviertel. Den

Weißen in diesem Viertel fiel aber nichts anderes ein, als die Zigeuner schlechtzumachen, weil die Kinder der Zigeuner begabter waren als ihre Kinder. Aus Dankbarkeit, weil Bernd Burger die Zigeuner schätzte, boten sich die Frauen an, seine Teppiche zu waschen, die Gardinen und Übergardinen, gratis natürlich, was Bernd Burger nicht akzeptieren wollte, worauf sie ihm den Stolz der Zigeuner erklärten und ihre Dankbarkeit, die nicht bezahlbar sei. Die Männer, wenn sie illegal Schnaps brannten, und das taten nicht bloß die Zigeuner, luden Bernd Burger stets ein, ihren Schnaps zu kosten. Im Spätherbst stank ganz Klausenburg nach Schnaps, weil ganz Klausenburg illegal Schnaps brannte. Die Revierpolizisten gingen mit großen Taschen durch die Viertel, um nach dem Rechten zu sehen. Wankend gingen sie von Haus zu Haus, bis ihre Taschen voll Schnapsflaschen waren, und je betrunkener sie waren, um so mehr kamen sie zur Einsicht, daß die Illegalität im Grunde ja gar nicht so illegal sei, bis sie schließlich zur endgültigen Erkenntnis kamen, die Illegalität sei völlig legal. Was Bernd Burger allerdings an dieser Schnapsprobe störte, war, daß die Gläser am oberen Rand voller Schminke waren. Das ekelte ihn, aber aus Höflichkeit, um die Gastfreundlichkeit der Zigeuner nicht zu beleidigen, überwand er seinen Ekel und trank die Gläschen aus. Bei den nächsten Gläsern wurde der Ekel immer kleiner, bis er schließlich ganz verschwand. Daran erinnerte sich Bernd Burger, als er einmal von Berlin nach Münster reiste, das war kurz nach der Revolution. Eine ausgesprochen nette, lustige Damengesellschaft saß im Wagen, in dem auch Bernd Burger war. Die Vorsitzende des Damenvereins ging von Abteil zu Abteil mit einem Tablett, auf dem Gläser standen, die mit Cognac oder Korn oder Likör gefüllt waren, und jede Dame bediente sich eben von dem, was sie mochte. Dann goß die sympathische Vorsitzende nach, dabei achtete sie überhaupt nicht darauf, was vorher in jedem Glas gewesen war. Immer blieb noch ein Rest im Glas übrig, so daß bis Hannover jede Dame alles getrunken hatte, obwohl alle Damen überzeugt waren, bei ihrem Getränk geblieben zu sein. Nach Hannover tat Bernd Burger den Damen vermutlich leid, weil er so gekrümmt, wie ein Fragezeichen, bald im Raum saß, bald im Raum stand. In diesem Fragezeichen, das Bernd Burger abgegeben haben mußte, sahen sie keine Frage, die eine Antwort wollte, sondern eine Hilflosigkeit, die Angst hat, überhaupt an eine Frage zu denken. Bernd Burger hatte in Siebenbürgen von dem Phänomen der Penner gehört, die alles durcheinandertrinken, aber so sympathisch wie diese Damengesellschaft hatte Bernd Burger sich das Pennertum nicht vorgestellt. Die Vorsitzende dieser geselligen Damenrunde bot Bernd Burger an mitzutrinken. Er möge wählen, Cognac oder Likör oder Korn, doch Bernd Burger mochte weder Likör noch Cognac, und schon gar nicht ein Gemisch von Korn und Likör und Cognac. Aber was die Sache noch schlimmer machte, war, daß der Rand der Gläser voller Lippenstift war. Er winkte dankend ab, worauf die nette Vorsitzende ihn fragte, ob er krank sei. Nein, sagte Bernd Burger, ich bin bloß im Sternzeichen der Antialkoholiker geboren. Was das denn sei, fragten die Damen neugierig, dieses Sternzeichen, da es in keinem Horoskop auftaucht. Ach, sagte Bernd Burger, in diesem Sternzeichen werden nur ganz wenige Menschen geboren, so daß es sich für das Horoskop gar nicht lohnt, dieses Sternzeichen zu führen. Die Verwunderung war groß, und alle Damen erklärten, sie seien froh, in einem normalen Sternzeichen geboren worden zu sein. Doch eine

Dame fragte Bernd Burger, wie er erfahren hatte, daß er in diesem unglücklichen Sternzeichen geboren wurde, das kein Horoskop zur Kenntnis nimmt. Oh, sagte Bernd Burger, das war sehr einfach. Da ich nicht trinken wollte, weder bei Taufen noch Begräbnissen, noch Geburtstagen, weder bei Betriebsfeiern noch bei der Einweihung einer neuen Wohnung, noch mit Pfarrern oder Popen, weder im Restaurant noch mit einem Postboten oder Friedhofsverwalter, weder zu Weihnachten noch zu Ostern, noch zum Erntefest, noch wenn ich Glück hatte oder Pech oder gar nichts von beiden, riet mein Freundeskreis mir, dringend zu einem Arzt zu gehen, weil ich chronisch an Antialkoholismus leide. Na gut, ich hatte Glück, weil der Arzt auch Germanistik studiert hatte, Philosophie, Architektur, Kommunikationswissenschaften, vor allem aber Astrologie und Metageographie, und er erklärte mir offen und knallhart, daß ich nicht gesellschaftsfähig wäre mit meinem Antialkoholismus, worauf ich ihm für die ehrliche Diagnose dankte. Bernd Burger hatte jetzt große Lust zu trinken, nicht vor den Damen, sondern in der Zugtoilette, doch sein Flachmann lag im Gepäck, und er wollte ihn von dort nicht herausnehmen, weil die Damen das gemerkt hätten. Also wurde Bernd Burger immer trauriger und die sympathische Damengesellschaft immer fröhlicher. Bernd Burger hatte sich einmal entschlossen, als er im Zigeunerviertel wohnte, Wahlzigeuner zu werden, weil er merkte, daß er sich immer mehr wie ein Zigeuner verhielt. Also ging Bernd Burger eines Tags zum Bürgermeisteramt und wollte seinen Namen in Firu Hadschakiki umändern lassen, doch eine nette, freundliche Beamtin erklärte ihm, daß das nicht gehe, obwohl sie Bernd Burger versicherte, privat könne sie ihn verstehen. Aber, sagte sie, um Gottes willen, wohin kämen wir, wir haben schon zu viele Zigeuner, und außerdem sind sie als Minderheit gar nicht anerkannt, und was nicht anerkannt ist, das können Sie nicht werden. Gut, wenn Sie schon kein Deutscher mehr sein wollen, weshalb, das begreife ich nicht, aber bitte, dann werden Sie Rumäne, das wäre am besten, oder Ungar, das wäre nicht so gut, oder Lipowener oder Tatare oder Ukrainer oder Serbe oder Armenier oder Slowake oder Türke oder Bulgare. Meinetwegen auch Portugiese oder Schotte oder Italiener, obwohl es diese Minderheiten in unserem Land nicht gibt. Oder werden Sie Isländer, dann haben wir auch diese Minderheit, nämlich Sie, und wir wären stolz, einen isländischen Minderheitler zu haben, und würden Sie fördern. Vielleicht würden auch andere Ihrem Beispiel folgen und Isländer werden, nur dürften es nicht zu viele werden. Aber zum Zigeunertum überzutreten, nein, das geht nicht, Sie müssen doch irgendwohin gehören. Eben, sagte Bernd Burger, ich möchte gar nicht irgendwohin gehören, ich möchte Zigeuner sein. Herr Bernd Burger, sagte die nette, freundliche Beamtin, geben Sie acht, was Sie reden, Sie könnten die größten Schwierigkeiten bekommen, also ich vergesse Ihre Geistesverwirrung und Ihre Forderung, Zigeuner sein zu wollen.

Es war unglücklicherweise ein Samstag, als die Burgers in Memmingen mit dem Schrottauto angeschlichen kamen, also ein Tag, an dem die Volksfeste fortgesetzt werden, die am Freitagnachmittag beginnen. Der Marktplatz war verstellt von Kiosken und Ständen, Tischen, Bänken, Schießbuden, Grillanlagen, Leierkästen, Filmkameras, Parteiprogrammen, Lotterien, Pantomimekünstlern, alle hatten ihre kleineren oder größeren Podeste. Vor dem historischen Rathaus war eine große Bühne errichtet worden, wo Possen gespielt wurden, die so blöd waren, daß alle sich glücklich fühlten. Gegenüber war eine kleinere Bühne, auf der eine Blaskapelle spielte. Also konnten sich alle auf ihren Bänken zur einen oder anderen Bühne drehen, wie jeder Lust hatte, und da alle Lust hatten auf beide Bühnen, drehten sich schließlich alle auf ihren Bänken im Kreis. Einige mußten in ihr Hotelzimmer gebracht werden, andere im Rettungswagen ins Krankenhaus, aber der Rauch und Alkoholdampf stieg weiter zum Himmel, zum Gott der Würste und Biere, der neuen Bekanntschaften und alten, des Neids und des Klatsches, der Rachegefühle und der Zufriedenheitsgelüste, und je länger die Feste dauern, um so mehr versöhnen sie sich mit Gott, der auf dem Marktplatz auf und ab geht, mit Blumen und Reliquien, die er zu Billigpreisen anbietet. Die wunderbaren Fassaden des alten Stadtkerns von Memmingen waren total besetzt von einem Gott, der ein Tohuwabohu wollte, das die Altstadt bloß als Kulisse verwenden sollte, in der die historischen Gebäude unterzugehen hatten. Es gab ein Geschunkel und Gejohle, als hätte man die Nachricht vernommen, daß die Barbaren, die kommen sollten, nun doch nicht kommen. Man hätte sie ja gnädigst und in allen Ehren empfangen, ihnen alles angeboten, was ihr Herz begehrte, den Schlüssel der Stadt, Doktorwürden, die Sparkassen und Banken, Gewerbegebiet und Rathaus, das Geschichtsmuseum und Vereine, Schulen und Parteisitze, Wetterdienst und Kirchen, Lokalsender und Gastwirtschaften, Amtsgericht und Obstgärten, Schienennetz und Zeitung, Schnapsbrennerei und Himmelskarte, Viehställe und elektronische Geräte, selbst das persönlichste Hab und Gut, bis hin zu Eltern oder Großeltern oder Ehepartnern oder Kindern, alles hätte man hingegeben. Aber man wußte ja nicht, ob sie dies alles nicht zurückweisen würden und nur gekommen wären, um den eigenen Kopf zu fordern. Also war es schon gut so, daß die Barbaren nicht kommen, weil die Barbaren unberechenbar sind. Deshalb war die Freude groß, daß die historischen Fassaden unsichtbar waren, sonst hätte man beim Betrachten der Fassaden nachdenken müssen, und das Nachdenken verdirbt die Freude, wo doch die Freude an sich das Absolute ist, im Gegensatz zum Denken.

Also nur weg von hier, aus Memmingen, Melitta, aber schleunigst, sagte Bernd Burger zu seiner Frau, sonst liefern sie uns auch den Barbaren aus, falls sie doch noch kommen sollten, obwohl wir mit Memmingen nichts zu tun haben. Doch wie sollten wir den Barbaren erklären, daß wir nicht zu Memmingen gehören, da wir ja die Sprache der Barbaren nicht kennen.

Was faselst du wieder, welche Barbaren?

Nun, Melitta, seien wir vorsichtig.

Und wohin fahren wir jetzt?

Na, wohin sonst, nach Ravensburg.

Vor Ravensburg waren Umleitungen ausgeschildert, die Parkplätze oder Umgehungsstraßen anzeigten.

Ach, Scheiße, Melitta, sagte Bernd Burger, hier wird ebenfalls gefeiert, weil die Barbaren noch nicht kommen.

Was machen wir nun?

Wir fahren nach Lindau, eine tapfere Stadt, wo die Touristen die Barbaren totschlagen würden, wenn sie denn kämen.

In Lindau waren alle Hotels ausgebucht.

Fahren wir dann nach Bregenz, sagte Bernd Burger.

Also zurück nach Österreich. Hat dich die Nostalgie gepackt? Dann fahren wir weiter zurück nach Wien, Budapest, bis Siebenbürgen. Bernd, du hast Heimweh.

Nein, Melitta, Heimat ist, wie ich denke.

In Bregenz waren auch alle Hotels besetzt. Nicht, weil hier gefeiert wurde, daß die Barbaren noch nicht gekommen sind. Man feierte in Bregenz die ständige Anwesenheit der Schutzengel in Bregenz.

Also fahren wir jetzt nach Dornbirn, sagte Bernd Burger. Wenn wir Glück haben, gibt es in Dornbirn noch keinen künstlichen Schnee, jetzt, Ende August. Bei der Einfahrt entdeckte Bernd Burger ein Hotel, das *Zum Tiroler Hut* hieß.

Bernd, sagte Bernd Burgers Frau, es hat keinen Sinn, daß du ständig auf der Flucht bist.

Melitta, es ist eine schöne Flucht, die schönste, die es geben kann. Ich flüchte ja nicht vor Verfolgern. Die Verfolger, vor denen ich nicht flüchten könnte, habe ich hinter mir gelassen, die bin ich los. Ich flüchte vor Ithaka, vor der Ankunft, und diese Flucht ist die einzige Freiheit, die mir bleibt. Es ist eben eine Irrfahrt, eine Fahrt, die nicht versucht, an einem Ziel anzukommen, sondern eine Fahrt, die sich weigert, irgendwo anzukommen. Melitta, was kann erhabener sein als diese Freiheit?

Bernd, bist du heute nacht verrückt geworden?

Nicht heute nacht.

Da hast du recht.

Melitta, jetzt muß ich mir eine Tiroler Pfeife kaufen, die zu meinem Tirolerhut und zu meiner Lederhose paßt, zu meinem Bart und zu meinem Schnauzbart, also fahren wir zuerst ins Städtchen.

Der Hotelier sagte, nach Ihrem Akzent sind Sie kein Tiroler.

Ich bin ein Schweizer Tiroler, antwortete Bernd Burger.

Ach so, dann bekommen Sie nullkommasechzig Prozent Rabatt.

Bernd Burger bedankte sich herzlich.

Da es in Dornbirn nichts zu sehen gab, fuhren die Burgers mit der Drahtseilbahn auf den Berg, in der Hoffnung, daß es von dort aus etwas zu sehen gäbe, doch da es nichts zu sehen gab als Dornbirn, in dem nichts zu sehen war, setzten sie sich auf die Terrasse. Bernd Burger bestellte einen Tiroler Obstler. Astrid und Melitta Tiroler Würste, und als sie hinunterfahren wollten, war die Drahtseilbahn kaputt, also mußten sie zu Fuß den steilen Berg hinuntersteigen, etwas über eine halbe Stunde. Doch Bernd Burger hatte Glück, er rutschte aus, fiel kopfüber in Purzelbäumen den Berg hinunter, in sechseinhalb Minuten war Bernd Burger unten. Er setzte sich auf einen Stein, rauchte, und während er etwa eine Stunde auf Astrid und Melitta warten mußte, erinnerte sich Bernd Burger.

Im wunderschönen Monat Dezember war es das letzte Mal, daß Bernd Burger persönlich mit dem Überwachungsapparat zu tun hatte. Das war fünf Jahre vor der Revolution. Er wurde in ein Hotel bestellt. Sollte er sich weigern, würde er zum Sitz geladen. Dorthin wollte niemand. Es gab allerlei Gerüchte über die Keller. Er war sich sicher, daß das Gespräch auf Band aufgenommen werden würde. Diesen Ernst, dachte Bernd Burger, kann man nur in kurzen Sätzen begreifen. Zwei Männer begrüßten ihn freundlich im Foyer, sie wiesen sich aus. Oberst Noditz aus Klausenburg, Oberst Karamadschiu aus Bukarest. Sie baten Bernd Burger hoch in ein Hotelzimmer. Bernd Burger war entschlossen, bloß in kurzen Sätzen zu antworten, so kurz wie nur möglich. Damit wollte er die Intention unterwandern, seine Sätze falsch zu interpretieren. Also Unterwanderung gegen Unterwanderung, so saß man sich gegenüber. Es entstand eine sinnlose Pause. Bernd Burger dachte an seinen ersten Geschlechtsverkehr, als er mit siebzehn Jahren mit Dagi auf den Friedhof ging, um dort zu lernen, und sie ihn dabei entjungferte. Bernd Burger wußte nicht, woran der Oberst Noditz und der Oberst Karamadschiu dachten. Weil niemand sagte, woran wer dachte, dachte Bernd Burger weiter, an seine zweite Freundin. Sie saßen auf einer Bank im Park, es war kurz nach zwanzig Uhr. Eine Polizeistreife kam vorbei, sie sagte, es sei unanständig, nach zwanzig Uhr auf einer Parkbank zu sitzen. Also mußten sie gehen. Wohin nur? Bernd Burger schlug vor, in den Jungen Wald, wo man das Heulen der Wölfe hörte. Dorthin würden sich die Polizisten nicht trauen. Es begann zu regnen. Aber es war ein warmer Sommerregen. Die ganze Nacht versuchten sie es. Doch es ging nicht. Karin begann zu weinen. Immer wenn ich Polizisten sehe, sagte sie, habe ich einen Scheidenmuskelkrampf. Bernd Burger versuchte sie zu trösten. Doch Karin war nicht zu trösten. Sie weinte, sagte immer wieder, aber ich will dich haben. Schließlich schlief sie ein. Der Oberst Karamadschiu begann zu lachen. Der Oberst Noditz wußte nicht, worüber der Oberst Karamadschiu lachte. Bernd Burger wußte auch nicht, worüber der Oberst Karamadschiu lachte. Der Oberst Noditz begann auch zu lachen. Der Oberst Karamadschiu wußte nicht, worüber der Oberst Noditz lachte. Bernd Burger wußte auch nicht, worüber der Oberst Noditz lachte. Bernd Burger begann zu lachen. Der Oberst Karamadschiu wußte nicht, weshalb Bernd Burger lachte. Der Oberst Noditz wußte auch nicht, worüber Bernd Burger lachte. Sie sind also unzufrieden, sagte der Oberst Noditz. Bernd Burger dachte an seine dritte Geliebte, die eine viel zu kurze Scheide hatte, so daß er dauernd heftig gegen ihren Muttermund stieß, was der Freundin, obwohl sie sich enorm wohl fühlte, wie sie stets versicherte, enorme Schmerzen bereitete. Der Oberst Noditz wiederholte seine Frage, die eher nach einer Behauptung klang. Wieso, fragte Bernd Burger. Wir sind nicht schuld, daß Sie nicht reisen dürfen und Ihre Einladungen in den Westen nicht wahrnehmen können, sagte der Oberst Karamadschiu. Bernd Burgers dritte Freundin hatte noch einen Freund. Das erfuhr Bernd Burger, als sie baden waren, in Salzburg, in Salzburg neben Hermannstadt. Da Bernd Burgers Freundin dachte, Bernd Burger schliefe tief in der Sonne, beantwortete sie die Frage einer Freundin, ob dies denn der Mann sei, den sie nächsten Sommer heiraten werde, mit nein. Sie erklärte auch, weshalb nicht. Bernd Burger, den sie mehr liebe als den anderen Freund, studiere einen brotlosen Beruf, bestenfalls könne er als Dorflehrer im letzten Kaff, in der dunkelsten Tasche der Karpaten, sein Leben fristen. Das solle er, bitte schön, allein tun. Der Oberst Karamadschiu fragte, und was werden Sie nun tun? Wieso soll ich jetzt antworten auf etwas, von dem ich noch gar nicht Zeit hatte, darüber nachzudenken, sagte Bernd Burger. Die Erinnerungen an seine Freundinnen taten ihm gut, so mußte er nicht aufmerksam zuhören, also konnte er auch keine falschen Antworten geben. Der Oberst Noditz fragte, wie es ihm gehe, so generell. Bernd Burger hatte eine Freundin, die ihn verlassen hatte, weil ihre Mutter behauptete, Bernd Burger verströme keinen internationalen Schweiß. Seit ihre Tochter Petrochemie studiere, sei das Haus voller Söhne von Ölscheichen aus aller Welt. Ihr

Schweiß dufte, ihr Schweiß sei ein exotisches Parfüm, das nach Erfüllung dufte, nach Erhabenheit, nach Ernsthaftigkeit, nach Glück, nach Vision. Bernd Burger aber könne nicht einmal deutsch schwitzen. Wir sind ehrlich zu Ihnen, sagte der Oberst Karamadschiu. Der Oberbürgermeister von Mannheim hat bei einem offiziellen Besuch in Bukarest unserem Außenminister ein Protestschreiben überreicht, zum Glück konnten wir es rechtzeitig abfangen. Darin ging es um Sie und die Behauptung, Sie dürften nicht reisen. Ehrlich gesagt, das hat uns etwas verblüfft, wieso dürfen Sie nicht reisen? Bernd Burger hatte Pech, alle Frauen, in die er verliebt war, wollte er gleich heiraten, doch keine Frau, die in Bernd Burger verliebt war, wollte schließlich Bernd Burger heiraten. Wie haben Sie, fragte der Oberst Noditz, solche Informationen in den Westen geschmuggelt? Wir wollen Sie, sagte der Oberst Karamadschiu, nicht bedrohen. Wir wollen, sagte der Oberst Noditz, nur wissen, wo unser Netz nicht dicht genug ist. Helfen Sie uns, sagte der Oberst Karamadschiu. Eine andere Freundin, die in Bernd Burger verliebt war, machte irgendwann Schluß, weil sie ihren Eltern nicht den Kummer antun wollte, einen Deutschen zu heiraten. Der Oberst Noditz sagte, ja, helfen Sie uns. Bernd Burger war nie böse auf seine Freundinnen, die ja einleuchtende Gründe hatten, sich von Bernd Burger zu trennen. Er bat auch nie um eine Chance, weil er wußte, wenn man auf eine Chance hofft, ist das Leben kaputt. Bernd Burger hatte stets ein gutes Verhältnis zu seinen Freundinnen bewahrt und gepflegt, auch nach der Trennung. Der Oberst Karamadschiu fragte, Herr Bernd Burger, wo sind diese Schlupflöcher, die wir nicht kennen? Es gibt keine, soweit ich weiß, es ist alles dicht, sagte Bernd Burger. O doch, es gibt viel zu viele, behauptete der Oberst Noditz. Sind Sie Profis oder nicht, wollte Bernd Burger fragen, doch statt dessen sagte er, wenn ich dort nicht ankomme, wo ich erwartet werde, liegt es doch auf der Hand, daß ich dort nicht angekommen bin, wo ich erwartet werde, da bedarf es keiner besonderen Informationen, die geschmuggelt werden müssen. Der Oberst Karamadschiu behauptete, Bernd Burgers Reiseanträge seien nie bei ihnen angekommen. Wieso sollen sie denn bei Ihnen ankommen, fragte Bernd Burger. Also, hören Sie, wir sind ehrlich, natürlich müssen sie bei uns ankommen, wir entscheiden alles. Aber, sagte der Oberst Noditz, wir unterstützen Sie voll, doch das können wir nur, wenn die Unterlagen bei uns ankommen. Sie können ja irgendwo auf dem Weg zu uns verlorengegangen sein, lenkte der Oberst Noditz versöhnlich ein. Ja, wo denn, fragte Bernd Burger. Beim Schriftstellerverband, bei der Partei, beim Paßamt, beim Kulturministerium, sagte der Oberst Karamadschiu. Dort war ich überall, sagte Bernd Burger, und alle haben behauptet, die Reiseunterlagen ordnungsgemäß weitergeleitet zu haben. Eine Institution lügt, sagte der Oberst Noditz. Das kann nur der Schriftstellerverband sein, sagte Bernd Burger. Nein, alle können das sein, sagte der Oberst Karamadschiu, es wird überall so viel gelogen, daß es selbst uns verunsichert. Trotzdem, fragte Bernd Burger, wie können Unterlagen einfach so verschwinden, sind wir hier im Dschungel? Ja, wir sind im Dschungel, antwortete der Oberst Noditz. Der Oberst Karamadschiu sagte, Herr Bernd Burger, Sie haben sicher einen Feind in einer dieser Institutionen. Oh, sagte Bernd Burger, eine Menge wahrscheinlich. Dieser, sagte der Oberst Noditz, hat sicher ihre Unterlagen in eine Schublade gesteckt und nicht weitergereicht. Schon möglich, sagte Bernd Burger. Suchen

Sie diesen Feind, sagte der Oberst Karamadschiu. Wo, im Dschungel? fragte Bernd Burger. Hören Sie sich um, lernen Sie horchen, dann werden Sie ihn sicher finden, riet der Oberst Noditz. Ja, woher soll ich diese viele Zeit nehmen, sagte Bernd Burger. Oder, sagte der Oberst Karamadschiu, brechen Sie bei der Partei ein, beim Schriftstellerverband, beim Paßamt, beim Ministerium, und durchsuchen Sie alle Schubladen. Und wenn ich erwischt werde, fragte Bernd Burger. Dann haben Sie Pech gehabt, sagte der Oberst Noditz. Nun, da alles gesagt war, verabschiedeten sich der Oberst Karamadschiu und der Oberst Noditz von Bernd Burger, und Bernd Burger verabschiedete sich vom Oberst Noditz und vom Oberst Karamadschiu.

11

Während Bernd Burger noch immer im Tal auf Melitta und Astrid wartete, kamen irgendwelche Touristen vorbei, die schwarze Steine schleppten.

Was machen Sie mit diesen Steinen? fragte Bernd Burger höflich.

Sie bringen Glück, sagte einer.

Woher wissen Sie das? fragte Bernd Burger.

Eine Sterndeuterin hat sie uns verkauft, etwas weiter oben im Tal, Sie müssen höchstens zehn Minuten gehen.

Bernd Burger wollte noch eine Weile mit Astrid und Melitta das Tal hinaufwandern, doch nun entschloß er sich, das nicht zu tun, weil er den Rest seines Lebens nicht Steine mit sich herumtragen wollte, die zwar seine Frau kaufen würde, er aber schleppen müßte.

Als Melitta und Astrid angekommen waren, schlug Melitta vor, sie sollten noch ein Stück talaufwärts spazieren, da es so wunderschön sei, in der Stadt sei sowieso keine Überraschung zu erwarten, aber vielleicht weiter oben.

Melitta, hast du inzwischen auch von diesen Glückssteinen gehört?

Was für Glückssteine?

Ach, ich bin immer noch benommen von meinem Sturz den Berg hinunter. Es waren dabei immerhin etwa achthundert Meter, die ich in Purzelbäumen zurückgelegt habe. Ich sah Stock und Stein, eine fromme Nonne, Bären, die mit Wölfen kämpften, Blechdosen, ich hörte Staatsreden, ich zählte die Ameisen, ich unterhielt mich mit netten Damen, ich sah Schuhe, eine Geschirrspülmaschine, eine Sekunde begriff ich die Theorie über die Meteoriten, ich war zu Besuch, bei wem, daran kann ich mich nicht mehr erinnern, ich sah Vogelfedern, Liebespaare, einen Western, Fahrradreifen, Angebote, ein Ultimatum, Drahtrollen, ich hörte eine Tür zuschnappen, eine Knospe sich öffnen, ich verstand die Sprache der Weltmächte, ich sah Hochzeitsfeste, Sägemühlen, Broschüren, Zigarettenschachteln, der Code zum Geheimnis fiel mir ein, den ich längst vergessen hatte, ich hörte die Amsel, die kuckuck kuckuck rief, ich ging einfach spazieren, ohne Vorurteile, während ich den Berg kopfüber hinunterrollte.

Und was machen wir jetzt, fragte Melitta.

Komm, gehen wir ins Restaurant des Hotels, ich trinke Tiroler Obstler, das wird den Tirolern guttun.

Der Wirt fragte Bernd Burger, wieso er als Spanier so gut deutsch spreche, natürlich mit spanischem Akzent.

Ach, sagte Bernd Burger, ich lebe schon eine Weile in Deutschland.

Der Wirt griff sich an den Kopf. Nein, sagte er, wieso habe ich den Akzent verwechselt, Sie stammen aus Siebenbürgen.

Wieso vermuten Sie das?

Darf ich mich zu Ihnen setzen, da Sie ja zur Zeit die einzigen Gäste sind?

Aber natürlich.

Bei mir hat ein Ehepaar gearbeitet, das auch aus Siebenbürgen stammte. Er war Pfarrer, evangelischer Pfarrer, aber da wir ja fast alle katholisch sind, waren die wenigen Stellen in den evangelischen Gemeinden besetzt. Wenn er katholischer Priester gewesen wäre, hätte er sicher eine Stelle bekommen. Seine Frau war Rumänischlehrerin, du meine Güte, wer hier Rumänisch kann, möchte es so schnell wie möglich verlernen. Als Pfarrer in Deutschland konnte er nicht tätig sein, weil es ein Abkommen geben soll: Der Kapitän verläßt nicht irgendwann das Schiff, sondern erst dann, wenn auch der letzte Mann ausgewandert ist. So emigrierte er nach Kanada, wo der Kapitän vermutlich als erster das Schiff verlassen darf. Dort war er dann auch etliche Jahre evangelischer Pfarrer, und nachher ist er nach Deutschland eingewandert, wo er heute drei Gemeinden betreut, weil er ja, aus Kanada kommend, kein sinkendes Schiff verlassen hatte. Er macht immer wieder Urlaub in der Gegend, und dann besucht er mich.

Bernd Burger dachte an die Glückssteine. Er wünschte sich, wenn es denn soweit wäre, an einem Abend gesund einzuschlafen und am nächsten Morgen tot aufzuwachen.

In der Nacht hatte Bernd Burger einen Traum, der sich mal in mythischen, mal in märchenhaften Zeiten bewegte, als die Alltäglichkeiten keine Alltäglichkeiten waren, sondern Wunder. Ein General der Securitate bot Jonas seine Tochter an, eine häßliche, hundertelf Jahre alte Vettel. Wenn er sie denn heiraten würde, schenke er ihm sein Reich, mit schätzungsweise sieben Millionen Angestellten, damit schenke er ihm auch die Unverwundbarkeit. In der Hochzeitsnacht noch verprügelte die alte Vettel Jonas jämmerlich, wobei sie stets wiederholte, mein Leben lang wurde ich geprügelt, nun habe ich jemanden, den ich verprügeln kann, und das werde ich tun, bis Gott uns scheidet. Irgendwann war Jonas aus der Märchenwelt verschwunden. Die alte Vettel weinte bitterlich und war bis ans Ende ihres Lebens nicht zu trösten. Der General der Securitate ließ Jonas in seinem ganzen Reich suchen. Er setzte seine gesamte Angestelltenschaft ein, doch Jonas blieb unauffindbar. Papa, sagte die alte Vettel, die Tochter des Generals, es hat keinen Sinn, gib endlich auf. Jonas ist in seine mythische Welt geflüchtet, aus der er kam, wo er aber auch nicht die Rolle gespielt hat, die ihm angedichtet wurde. Und um Jonas schlechtzumachen, erzählte sie ihre Geschichte von Jonas, den sie gut zu kennen vorgab, da sie ja mit Jonas verheiratet war. Mit dieser Geschichte reiste sie durch die ganze Welt und verdiente viel, viel Geld. Der General der Securitate aber starb vor Gram, weil seine Macht nicht bis in die mythische Welt reichte. Die biblische Variante der Legende von Jonas und dem Wal, erzählte sie, glauben nur noch Kinder, Schwachsinnige und Greise. Viel wahrscheinlicher ist, daß es sich so zugetragen hat: Es war zur Zeit der Sintflut, als die Wasser sich wie Reptilien über das Festland wälzten und rülpsend und glucksend alles auf ihren Wegen verschlangen. Die Menschen, die noch nicht ahnten, was da auf sie zukam, machten verzweifelte Versuche, sich und ihr Hab und Gut zu retten, indem sie auf Dächer, Bäume, Türme und Anhöhen stiegen. Allmählich aber mußten sie einsehen, daß es ein lächerliches Unterfangen war, das keine Rettung bringen konnte. Die flüssigen, ins Unendliche wachsenden, sich auflösenden und wieder in anderen Gestalten auftauchenden Reptilien schnappten mit wutschäumenden Mäulern nach Häusern, Bäumen, Städten, Wäldern, Bergen, Gebirgen, zermalmten diese und ließen sie krachend in ihren dunklen Leibern verschwinden, die sich sofort wieder verwandelten und andersgestaltig auf neue Opfer losstürzten. Auf Noahs Arche, die meinem Vater gehörte, dem General der Securitate, wollte Jonas nicht. Jonas war zwar blöd, aber ein gewitzter, klarsichtiger, wendiger Vertreter seiner Gattung. Er sah gleich ein, daß es nur zwei Möglichkeiten gab, der vernichtenden Tücke der Wasser zu entkommen. Noahs Arche war die eine Möglichkeit, allerdings die riskantere, mußte Jonas gedacht haben. Jonas wählte die andere. Er rief den Wal, der sich sowieso schon die längste Zeit in seiner Nähe herumtrieb, stürzte sich in seinen weit geöffneten Rachen und rettete sich so vor der Sintflut. Als Jonas seine Geschichte über die alte Vettel, die Tochter des Securitategenerals, erzählen wollte, wachte Bernd Burger auf.

Am Morgen war Bernd Burger entschlossen, diesen Traum seiner Frau gegenüber mit keinem Wort zu erwähnen, weil er wußte, sie würde ihm vorwerfen, so falsch, wie er denke, so verrückt seien auch seine Träume. Er träume ja nur noch Gedanken, keine Träume mehr, die etwas mit der Realität zu tun hätten. Bernd Burger wollte diskret bleiben und seine Frau verschonen, etwas begreifen zu müssen, das sich ihrer Realität entzog, und da Astrid und Melitta noch schliefen und das Hotelzimmer keinen Balkon hatte, setzte sich Bernd Burger auf die Klosettmuschel im Bad und rauchte eine Zigarette nach der anderen. Dabei dachte er, im Grunde kann ich alles aufgeben, nur die Sprache nicht, die ich unbedingt brauche, um erstens mit etwas spielen und zweitens aufzeichnen zu können, was ich aufgegeben habe. Während er rauchte, dachte Bernd Burger immer wieder über diesen Satz nach, bis Melitta das Bad betrat.

Pfui Teufel, wie es nach Zigarettenrauch stinkt, schimpfte Melitta.

Bernd Burger verließ das Bad, wobei er sagte, Melitta, wenn du das Bad verläßt, wird es nach Rosen duften.

Bernd, du bist ein Schwein.

Bernd Burger dachte, mein Pech bestand nicht darin, daß ich immer den falschen Weg gewählt habe, mein Pech war, daß ich stets bloß zwischen zwei falschen Wegen zu wählen hatte, aber vielleicht wird sich das ändern.

Melitta begann eine Arie zu singen.

Während Bernd Burger duschte, sagte er sich, je weiter du abrückst, um so größer wird die Einsamkeit um dich herum, bis du fast nur noch Selbstgespräche führst. Aus noch größerer Distanz hören auch diese auf. Dort irgendwo ist der Punkt, von dem aus, aus noch größerer Ferne, der Wahnsinn beginnt. Und das alles wegen des immer weiter reichenden Blicks.

Was machst du, fragte Melitta, so lange unter der Dusche, onanierst du?

Das kann man wohl sagen.

Bernd, schrie Melitta, bleiben wir nun in Dornbirn?

Bernd Burger kam aus dem Bad und sagte, Melitta, du schreist nicht, weil ich taub bin, du schreist, weil du taub bist gegenüber jedwelcher Antwort, von der du weißt, daß ich sie geben könnte.

Bernd, ich bin hungrig und Astrid auch.

Woher weißt du, daß Astrid hungrig ist, sie schläft ja noch.

Dann weck sie auf.

Tauschen wir mal die Rollen, sei ein einziges Mal der Teufel, und ich bin der Engel, der Gladiolen im Himmel und auf Erden verteilt, also weck du die Tochter.

Während Bernd Burger die Taschen und Koffer packte und Melitta die Tochter sanft aus dem Schlaf kitzelte, dachte er laut, obwohl er das immer zu vermeiden versuchte, was ihm ja auch meistens gelang, aber nicht immer, wie zum Beispiel jetzt. Er sagte, die Verzweiflung ist der

Langeweile vorzuziehen, schon aus dem einzigen Grund, weil sie zum Handeln anspornt, und wenn auch nur zum Selbstmord.

Was redest du da von Selbstmord, wir müssen nur aus Dornbirn weg.

Ich will versuchen, die Selbstmörder zu verstehen, die ja nur geächtet werden, vor allem, wenn sie keinen Abschiedsbrief hinterlassen haben. Aber, Melitta, wenn ein Selbstmörder jemanden gehabt hätte, dem er etwas hätte erklären können, hätte er keinen Selbstmord begangen.

Denkst du an Selbstmord?

Die Frage kommt etwas zu früh.

Besser früher Fragen stellen als zu spät.

Es müssen nur die richtigen Fragen sein.

Was willst du sagen?

Ich habe noch keine Lust, anderen Schadenfreude zu bereiten.

Fahren wir jetzt weg aus Dornbirn oder nicht?

Aber natürlich fahren wir.

Gehen wir zuerst frühstücken, oder tragen wir zuerst das Gepäck hinunter?

Zuerst tragen wir das Gepäck hinunter. Man kann ja nie wissen, was für eine Delegation im Frühstücksraum sitzt, und dann will ich den Repräsentanten nicht auch noch im Fahrstuhl und auf den Korridoren begegnen.

Während die Burgers das Gepäck hinuntertrugen, fragte Melitta, und wohin fahren wir dann?

Den Weg zurück, den wir gekommen sind, aber nur bis Romanshorn, nicht bis Siebenbürgen, das ja auch kein Ithaka ist, sagte Bernd Burger.

Auf der Fähre von Friedrichshafen nach Romanshorn sangen die Sirenen, die auch ausgewandert waren, weil sie in Griechenland niemanden mehr verlocken konnten. Bernd Burger lauschte dem göttlichen Gesang, hingebungsvoll, hingerissen. Er stellte sich vor, daß nur noch Loreley so schön singen konnte, die letzte Nachfahrin der Sirenen. Bernd Burgers Gesichtszüge verklärten sich, die alte Spannung wurde von einer Entspannung zu einer neuen Spannung geweckt, die jede Last von Bernd Burger nahm, jede Erinnerung, jede Illusion, jede Enttäuschung, jede Beliebigkeit, jeden Zwang, jeden Optimismus, jeden Pessimismus, jede Absicht, jeden Verzicht. Bernd Burger wußte, nach dieser Musik müßte er selbst die Sprache umdenken. Bernd Burger war einige Augenblicke traurig, weil es noch keinem Komponisten gelungen war, eine solche Musik zu schreiben. Doch dann war er froh, daß das bisher noch nicht möglich war, sonst hätte die ganze Welt diese Musik hören können, so aber hörte nur Bernd Burger diese Musik, und wenn er einmal tot sein wird, wird er diese Musik mit ins Grab nehmen als sein einziges Vermächtnis. Bernd Burger wußte, daß er ziemlich blöd ausgesehen haben mußte, während er diese Musik hörte. Bernd Burgers Frau hatte sicher eine düstere Eingebung, weil sie sehr nervös wirkte, unruhig und zerfahren.

Was ist los, Melitta, fragte Bernd Burger seine Frau.

Und wenn nun die Russenmafia unser Auto geklaut hat, einfach weil wir keine Rußlanddeutschen sind, das spüren die, sagte Melitta.

Ja, daran hab ich nicht gedacht.

Siehst du, immer muß ich an alles denken.

Melitta, noch wissen wir ja gar nicht, welche Mafia unser Auto geklaut hat, falls es tatsächlich geklaut wurde.

Und wenn es geklaut wurde, könnte es ja auch ein kleiner Schweizer Gangster gewesen sein, also reg dich nicht immer gleich auf, Melitta.

Auf dem Parkplatz des Romanshorner Hafens war ein großes Polizeiaufgebot, und als die Burgers in ihr Auto einsteigen wollten, mußten sie sich ausweisen.

Also, sagte ein Polizist, staatenlos.

Ja, sagte Bernd Burger, was soll unsereins sein, wenn wir abgereist sind für immer und noch nicht angekommen sind, aber ich will Ihnen versichern, wir wollen nicht klagen, im Gegenteil, das ist ein wunderbares Gefühl, Herr Leutnant.

Oberleutnant.

Entschuldigen Sie, Herr Oberleutnant, aber ich kenne mich mit den Schweizer Polizeidienstgraden nicht aus.

Sie stammen aus Rumänien.

Ja.

Wissen Sie, daß heute nacht eine rumänische Bande vier Autos gestohlen hat, zwei links von Ihrem Auto, zwei rechts, kommt Ihnen das nicht verdächtig vor?

Ich habe gerade auf der Fähre meiner Frau erklärt, sollte unser Auto geklaut worden sein, dann nur von einem Schweizer Gauner oder von der Russenmafia, aber keinesfalls von einer rumänischen Bande. Die riechen das am Auto, daß wir aus Rumänien stammen, und das tun sie keinem Kompatrioten an, daß sie sein Auto klauen. Die haben nationalen Stolz, das sind Patrioten, die würden auch nie eine Bank von Ion Ţiriac überfallen oder den berühmten Detektiv Tudor in Frankfurt erpressen.

Wir müssen Sie leider zur Polizeistelle bitten.

Dürfen meine Frau und meine Tochter mitkommen?

Sie müssen sogar.

Wunderbar, sonst würden sie sich auf dem Parkplatz nur langweilen.

Die Burgers wurden auf der Polizeidienststelle von einem Beamten empfangen, dessen Dienstgrad Bernd Burger nicht ausmachen konnte. Das ist sowieso unwichtig, tröstete sich Bernd Burger, ob ich mich in den Schweizer Polizeidienstgraden auskenne. Das löste eine gewisse Heiterkeit in Bernd Burger aus, und indem er den Polizeibeamten aufmerksam studierte, seinen Haarschnitt, seine Gesichtszüge, seine Hände, seine Bewegungen und was sich abspielte hinter all dem, das er vorgab zu sein, versuchte Bernd Burger sich vorzustellen, was dieser Mann geworden wäre, wenn er nicht Polizist geworden wäre. Bäcker kam nicht in Frage, Taxichauffeur auch nicht, ebensowenig Schauspieler oder Autohausbesitzer oder Krankenpfleger oder Parlamentsabgeordneter oder Kleintierzüchter oder Fußballtrainer. Vielleicht Hausmeister oder Priester oder Damenfriseur oder Glückwunschtexter oder ein Freiwilliger, vielleicht ein Gott, konnte Bernd Burger noch schnell denken, und als Bernd Burger weiter nachdenken wollte, was aus diesem Mann geworden wäre, wenn nicht Polizist, wurde sein Denken jäh unterbrochen von einer Stimme, von der nichts anderes zu denken war, als daß sie die strenge Stimme Gottes sei.

Sie haben, sagte der Damenfriseur, etwas mit dieser rumänischen Gangsterbande zu tun, das ist erwiesen, weil nur Ihr Auto nicht gestohlen wurde.

Ja, sagte Bernd Burger, hätte ich etwas mit dieser Bande zu tun, hätte ich den Gangstern dringend empfohlen, zuerst mein Auto zu stehlen und auf irgendeinem Parkplatz abzustellen, von dem ich mir das Auto locker hätte abholen können.

Sie sind pervers, sagte der Krankenpfleger, aber ich bin psychologisch hervorragend geschult, was Sie gewußt haben mußten. Deshalb haben Sie eine andere Variante des Diebstahls vorgezogen. Ich nehme an, Ihr Repertoire ist unerschöpflich, aber mich können Sie nicht täuschen, egal mit welchen Tricks Sie es auch versuchen.

Ich habe noch nie gestohlen, sagte Bernd Burger, vielleicht doch, in der Kindheit, Tomaten, Holzspäne und Flaschen, die ich dann verkaufte.

Ich wußte es doch, sagte der Priester, damit beginnt es.

Bin ich jetzt verhaftet, fragte Bernd Burger.

Noch nicht, aber damit können Sie fest rechnen. Jeder, der auf die Welt kommt, muß sich darauf vorbereiten, daß er verhaftet wird, sonst haben ja die Gesetze keinen Sinn, die wir verabschieden, die Ordnung wäre durchschaubar, und jeder könnte sich danach richten. Die Welt würde langweilig werden und die Gesetze überflüssig, demnach ist das Chaos schon aus dem einfachen Grund dringend nötig, damit wir Gesetze verabschieden können. Wir wären machtlos ohne Chaos, und wer ist schon gerne machtlos, also brauchen wir das Chaos mehr als das tägliche Brot, sagte der Parlamentarier.

Aber, sagte Bernd Burger, meine Jugendsünden sind längst verjährt.

Das würde Ihnen so passen, sagte der Kleintierzüchter, aber nach dem Schweizer Denken darf nichts verjähren. Alle haben einmal gesündigt, und da auf die Hölle längst kein Verlaß mehr ist, greifen wir vor und verhaften jeden, den einen früher, den anderen später, und seien Sie froh, daß Sie in der Schweiz verhaftet worden sind und nicht in Rumänien. Dort hätte man Sie zu Tode geprügelt. Pfui Teufel, ich bin gegen Gewalt. Stellen Sie sich nun vor, ich würde Sie zu Tode prügeln lassen, dann hätten Sie ja gar nichts von Ihrer Haftstrafe. Pfui Teufel, sage ich noch einmal. Im Gefängnis haben Sie genügend Zeit, nachzudenken, weshalb Sie im Gefängnis sitzen, denn niemand kommt unschuldig ins Gefängnis, und sollten Sie die Autos tatsächlich nicht geklaut haben, werden Sie nach Ihrer Haftstrafe nur noch Autos klauen, damit Sie beim nächsten Mal, wenn wir Sie verhaften, nicht mehr den Eindruck haben, Sie seien ein Unschuldslamm.

Bernd Burger war froh, daß er als Autodieb verhaftet wurde und dabei sein staatenloser Paß ins Vergessen geraten war.

Eine Tür öffnete sich, herein trat ein jovialer Herr, in Schweizer Uniform natürlich. Sein Schnauzbart kreiste fröhlich, als würde er Walzer tanzen, sein Gesicht war von dünnen, roten Äderchen der Lebenslust durchzogen, seine Haut strahlte einen Optimismus aus, der so überzeugend war, daß Bernd Burger sich plötzlich zu schwach fühlte, um Angst zu haben. Alois, fragte der joviale Herr, der seine Mütze mit Würde abnahm, weil er schwitzte, was ist mit diesen Leuten, weshalb sind sie da?

Ich habe sie verhaftet, antwortete der Glückwunschtexter.

Weshalb?

Sie sind der Kopf der rumänischen Gangsterbande, die die Autos auf dem Parkplatz des Romanshorner Hafens geklaut hat.

Aber Alois, die Diebe sind längst gefaßt, es waren vier kleine Schweizer Gauner.

Und was soll ich jetzt, fragte der Krankenpfleger.

Sie freilassen.

Nie und nimmer, sagte der Bäcker. Endlich ist es mir

gelungen, jemanden zu verhaften, und dann soll ich ihn wieder freilassen, nein, dann trete ich lieber aus der Polizei aus.

Alois, geh und trink einen Pflaumli, aber nur einen, die Flasche steht hinter Tschudis Astrologie.

Ich muß mich entschuldigen, sagte der Chef, dieser Hausmeister hat nur Verhaftungen im Kopf, also, willkommen in der Schweiz.

Bernd Burger war so gerührt und beeindruckt, daß er dem Chef gestand, er hätte einen staatenlosen Paß.

Au, das muß beschissen sein, sagte der Chef.

Nein, im Gegenteil, sagte Bernd Burger, es gibt kein erhabeneres Gefühl, als staatenlos zu sein. O doch, ich könnte mir ein noch erhabeneres Gefühl vorstellen, nämlich wenn ich dreihundertvierundneunzig Staatsbürgerschaften hätte, aber das werde ich wohl nicht mehr erleben.

Ach, werden Sie nicht so tragisch, ich war auch einmal staatenlos, bloß kann ich mich daran nicht mehr erinnern. Ich war ein Kleinkind, ich stamme aus Südtirol, und meine Eltern sind nach dem Krieg auch mit einem staatenlosen Paß in die Schweiz gekommen, und damit Sie nicht so einsam sind, drücke ich Ihnen jetzt ein Schweizer Visum in Ihren staatenlosen Paß.

Das dürfen Sie nicht, ein Visum in einen staatenlosen Paß kleben.

Wer sagt das? Hier schaltet und waltet jeder nach Belieben.

Nein, bitte, kein Schweizer Visum, sonst wird mein staatenloser Paß ungültig, und wer bin ich dann, wenn ich nicht einmal staatenlos bin? Aber wissen Sie, was noch schlimmer ist als sogar die Staatenlosigkeit?

Das kann ich mir schwer vorstellen.

Die Opportunisten.

Wieso denn das?

Die meisten Opportunisten, sagte Bernd Burger, haben in so hohem Maße jedwelche moralische Orientierung verloren, daß sie glauben, der Status eines erfolgreichen Opportunisten ist ein erstrebenswerter Zustand, den alle mit allen ihnen zur Verfügung stehenden Kräften und Mitteln zu erreichen versuchen. Und so sind denn in den Augen der Opportunisten die moralisch Aufrechten nichts anderes als klägliche Versager, die einfach zu dumm sind, um sich zum Status eines erfolgreichen Opportunisten hochschwingen zu können. Demnach fühlen sich die Opportunisten den Nichtopportunisten zu alledem auch noch geistig weit überlegen.

Meinen Sie jetzt diesen Hausmeister, der nichts anderes im Kopf hat als Verhaftungen?

Nein, den meine ich nicht, der ist ein harmloser Fanatiker.

Auf der Autobahn sagte Bernd Burger, schade, daß der Chef der Romanshorner Polizei mich nicht gefragt hat, wohin denn die Reise ginge. Ich hätte geantwortet, ich bin auf der Flucht. Vor wem? hätte er gefragt. Nicht vor wem, sondern vor was, hätte ich gesagt. Und er hätte gefragt, wieso vor was? Vor Ithaka natürlich, hätte ich gesagt. Der Chef der Romanshorner Polizei hätte behauptet, alle Griechen wollen nach Ithaka, wie einst der Obergrieche. Man kann eben nicht nach vorn, sondern nur zurück, hätte der Chef der Romanshorner Polizei gesagt, und er hätte noch gesagt, Sie werden in Ithaka ankommen, selbst wenn Sie es nicht wollen, und wenn Sie es nicht wollen, sind Sie ein degenerierter Grieche, aber ich kann das verstehen, ich bin auch degeneriert, ein degenerierter Südtiroler, doch daran sind meine Eltern schuld. Und ich hätte gesagt, mein Großvater ist schuld, daß ich ein degenerierter Slowake bin. Der Chef der Romanshorner Polizei, dieser joviale Mensch, hätte die Flasche Pflaumli hervorgeholt, die hinter Tschudis Astrologie stand, und er hätte gesagt, lassen wir das sein, diese Schuldzuweisungen, wird sind eben degeneriert. Ich wäre dann auf den Unterschied eingegangen, der enorm wichtig ist, ob man nämlich aus der ersten oder zweiten Generation degeneriert ist. Nach dem dritten Pflaumli hätte der Chef der Romanshorner Polizei mir recht gegeben. Ich hätte ihn umarmt wegen seiner klugen Einsicht. Und er hätte gesagt, wir sind eben degeneriert, aber ich bin besonders stolz, Schweizer zu sein. Ich hätte gesagt, ich eben Deutscher, ohne darauf besonders stolz zu sein. Wir müssen, hätte er gesagt, nur achtgeben, daß unsere Enkelkinder nicht noch mehr degenerieren, zum Beispiel ins Schwarz, wir sind halt weiß degeneriert, die Farbe der Unschuld, schwarz ist die Farbe des Todes, aber wir werden nichts verhindern können, weil wir ja selbst Degenerierte sind, ich ein degenerierter Südtiroler, Sie ein degenerierter Grieche.

Ja, das bist du wohl, ein degenerierter Grieche, sagte Melitta, der Mann hätte recht gehabt, hätte er das gesagt, aber jetzt muß ich auf die Toilette, und außerdem bin ich hungrig, die Haftbedingungen waren ja nicht gerade ideal. Sie hätten uns zumindest einen Kaffee mit Kuchen anbieten können.

Oder einen Pflaumli, sagte Bernd Burger.

Also, wir fahren bei der nächsten Gaststätte von der Autobahn hinunter.

Da die nächste Gaststätte noch dreiundvierzig Kilometer entfernt war, sagte Bernd Burger, Melitta, du hast nicht recht, sie haben uns auf der Polizeistation in Romanshorn ordentlich behandelt. Ich hätte gerne noch einige Stunden dort verbracht, aber schließlich haben sie uns ja höflich hinausgebeten. Und in noch einem Punkt, Melitta, hast du nicht recht. Ich bin kein Grieche, um so weniger kann ich ein degenerierter Grieche sein, aber du hast wieder jemandem recht gegeben, der das gesagt haben könnte, doch nicht gesagt hat.

Dann bist du, sagte Melitta, ein degenerierter Siebenbürger Sachse.

Melitta, das klingt schon optimistischer.

Nachdem die Burgers gegessen hatten, fragte Melitta, wohin wollen wir nun fahren?

Nach Frankreich natürlich, sagte Bernd Burger.

Welche Richtung?

Basel.

Du, Bernd, ich bin ziemlich fertig.

Wieso?

Weil wir verhaftet worden sind.

Ach, Melitta, das war keine Verhaftung, es war bloß eine nette Einladung auf die Polizeistation, aber ich verstehe dich, du hast noch keine Erfahrung mit solchen Einladungen, ich schon, doch jedesmal, wenn ich dir davon erzählen wollte, hast du dich gelangweilt. Diesmal war es wirklich nicht schlimm, stell dir vor, ein rumänischer oder deutscher Grenzpolizist würde zugeben, daß er degeneriert ist. Dieser Schweizer Polizist aber hat es großzügig zugegeben, doch die Geschichte mit seinem Tirolertum, vermute ich, war nur eine Alibigeschichte. Er fühlt sich degeneriert, einfach weil er Polizist an der Grenzstation ist und seine

Untergebenen an nichts anderes denken, als zu verhaften. So eine Ehrlichkeit wünschte ich mir von allen Grenzpolizisten, auch wenn sie dabei ein wenig tricksen, das finde ich übrigens sympathisch. Schau, Melitta, diese Theorie des Bademeisters auf der Romanshorner Grenzstation ist nicht so abwegig, alle müßten verhaftet werden. Nur, seine Theorie hat einen Haken, denn wenn alle verhaftet werden, ist ja niemand mehr da, der verhaften kann, und dann reichen auch die Gefängnisse und Gefängniswärter nicht aus. Also müßte man mustergültige Gefangene als Gefängniswärter berufen, was ja auch in Ordnung ist, bloß dann sind die Gefängniswärter keine echten Gefangenen mehr. Aber, Melitta, da wir nun schon bei den Kriminellen sind, muß ich dir etwas sagen. Gnade, das ist etwas, das sehr viel mit Unmenschlichkeit zu tun hat, denn entweder hat der zu Begnadigende tatsächlich ein Unrecht begangen, und dann kann sich keine Instanz das Recht herausnehmen, ein gerechtes Urteil außer Kraft zu setzen, oder der zu Begnadigende wurde zu Unrecht verurteilt, und dann darf und kann er nicht begnadigt, sondern es muß das Urteil kassiert werden. Doch die begnadigende Instanz interessiert nie eine solche Unterscheidung von Recht und Unrecht, denn beim Akt der Begnadigung geht es dem Begnadiger nie um das Schicksal des Verurteilten, sondern immer bloß um die Kosmetik des eigenen Images. Das Fazit wäre, je mehr Begnadigungen, um so ungerechter die Justiz. Also ist Gnade keinesfalls das, für das sie der Volksglaube hält, nämlich eine menschliche Geste.

Bernd, sagte Melitta, trink nicht zuviel.

Ich habe heute noch nichts getrunken, außer Kaffee, und in den Kaffee gehört ein Schuß Cognac.

12

Bernd Burger war froh, daß Melitta sich ständig verfuhr. Das war nicht immer so. Am Anfang war er ungehalten, ja wütend darüber, doch mit der Zeit fand er sich damit gut zurecht. Er lernte, daß es unvergleichlich interessanter war, dort anzukommen, wo man eigentlich nicht ankommen wollte. Das brachte etwas Spannung in den grauen Alltag, in dem man erst gar nicht versuchen sollte, sich zu orientieren, weil es sowieso nichts gab, wonach man sich hätte orientieren können. Nun schätzte Bernd Burger diese Eigenschaft Melittas über alles, und er glaubte auch zu wissen, woher sie kam. Bernd Burger hatte sich nie dazu geäußert, weil er an einen Punkt gelangt wäre, an dem Melitta besonders verletzlich war. Das hatte, glaubte Bernd Burger, etwas mit ihrem Leben in Internaten zu tun. Schon ab der fünften Klasse mußte Melitta von zu Hause weg, weil es in dem Städtchen, in dem sie wohnte, keine Musikschule gab. Melitta hatte schon früh mit dem Klavierunterricht begonnen, und da sie unbedingt eine Musikschule besuchen wollte, mußte sie in eine andere Stadt. Das Internatsleben war streng geregelt, es verlief nach Vorschriften, die der Eigeninitiative kaum Spielraum ließen. Man konnte nicht lernen, wie man sich außerhalb des Kreises zu bewegen hatte, man wurde nur unterrichtet, wie man sich innerhalb der Vorschriften zu verhalten hatte, und wer sich lange Zeit nur innerhalb eines engen Kreises zu bewegen gelernt hat, wird sich außerhalb dieses Kreises nie richtig orientieren können. Die Gewohnheiten, in denen man zu leben hatte, waren vorgeschrieben, darüber hinaus gab es nichts außer Gefährdung. Wenn die Verbotstafeln weg sind, fehlt plötzlich jede Orientierung. Es waren immerhin siebzehn Jahre, inklusive Studium am Konservatorium, die Melitta in Heimen verbracht hatte. Einmal hatte Melitta im Gymnasium versucht, aus dem Internatsleben auszubrechen, indem sie zur Miete zu einer Tante zog. Dort spürte sie täglich den Essensgeruch, wenn die Tante kochte, doch nie hatte die Tante Anstalten gemacht, sie zum Essen einzuladen, nicht einmal sonntags. Es wurde ja bloß die Miete bezahlt, Essen war nicht drin, Nichte hin, Nichte her. Das war sicher eine schlimme Erfahrung, und Melitta mußte sich gedacht haben, wenn schon strenge Regeln, dann besser die von Fremden. So zog Melitta wieder ins Internat. Oder war es die Sehnsucht nach dem altbewährten Kreis, in dem man gelernt hatte, sich zu bewegen? War es das Gefühl, wenn man sich sicher bewegen kann, selbst in einem engen Kreis, ist man freier? Wird Melitta sich gedacht haben, was nützt mir die größere Freiheit, die sie zweifellos bei ihrer Tante hatte, wenn ich mich darin nicht orientieren kann? Jedem, dachte Bernd Burger, wird die Freiheit in die Wiege gelegt und damit die Fähigkeit, sich zu orientieren, doch vielen wird dieses Geschenk auch gleich wieder genommen wie ein Spielzeug, das nicht für Kinder ist. Man sollte doch bitte nie erwachsen werden, was ja eine wunderbare Idee an sich wäre, wenn dahinter nicht die perfide Absicht stecken würde, die Erziehung bis an die Grenze der Manipulation treiben zu wollen. Das funktionierte so in der Diktatur, und erst recht in Internaten in der Diktatur. Melitta hatte bloß gelernt, sich zwischen Lernsälen, Schlafsälen, Speisesälen, Turnsälen und Konzertsälen zu bewegen, und auch das nicht nach Lust und Laune, sondern eingebunden in die Gemeinschaft, die sich an sich selbst orientierte und nicht an den Bedürfnissen des einzelnen. Als Bernd Burger Melitta kennengelernt hatte und sie einen Laden betraten, ging Melitta beim Verlassen des Ladens immer in die Richtung, aus der sie gekommen waren. Sie wollte es nicht, sie tat es instinktiv. Jeder Schritt schien ein Ausbruch aus einem Kreis, in den es Melitta wieder hineindrängte. Da Bernd Burger sehr verliebt war in Melitta, und Melitta in ihn auch, dachte er, diese Orientierungslosigkeit hätte etwas damit zu tun, daß die Liebe einen ganz schön verwirrt. Erst später, nachdem Melitta unzählige Internatsgeschichten erzählt hatte, wußte Bernd Burger, daß das weniger mit der Liebe zu tun hatte als vielmehr mit dem Leben in Internaten. Darüber wollte Bernd Burger nie mit Melitta sprechen, weil er ihr keinen Schmerz zufügen wollte, denn das hätte ganz sicher geschmerzt.

Bernd Burger schlief im Auto ein. Melitta ließ ihn ruhig schlafen. Sie war sogar froh, daß Bernd Burger schlief, weil sie sich sagte, wenn er schläft und träumt, redet er zumindest keinen Unsinn. Doch irgendwann war Melitta ziemlich verunsichert, und sie weckte Bernd Burger aus den Fragmenten eines abstrakten Traums.

Du Bernd, wir sind vor Freiburg.

Also wieder in Deutschland, sagte Bernd Burger.

Ja, was soll ich machen?

Ach, Melitta, sagte Bernd Burger, das ist kein Malheur.

Aber wir wollten doch über Basel nach Frankreich.

Melitta, das ist doch völlig egal, ob wir über Basel oder über Freiburg nach Frankreich fahren, Hauptsache ist, wir kommen in Frankreich an.

Und wohin fahr ich jetzt?

Nach Colmar, dann irgendwann nach Strasbourg, und vielleicht auch nach Paris.

In Colmar stiegen die Burgers in einem Hotel ab, in dessen größtem Saal des Restaurants eine Hochzeit gefeiert wurde. Es war eine Mischehe. Der Bräutigam war Franzose, die Braut Deutsche, und zum Zeichen der Verbrüderung waren alle Franzosen in deutscher Volkstracht und alle Deutschen in französischer Volkstracht erschienen. Damit wollten sie ein Zeichen der ewigen Freundschaft setzen, doch das Zeichen mußte noch deutlicher werden, und so sprachen an diesem Tag die Franzosen nur deutsch miteinander, und die Deutschen sprachen nur französisch miteinander. Die Lieder sang man gemeinsam, mal deutsche, mal französische, auch getanzt wurde gemeinsam. Eine kleine Band spielte. Der Sänger, ein berühmter Friseur aus dem Nachbarort, sang französische Chansons deutsch, und deutsche Schlager französisch, er selbst hatte die Texte übersetzt, und alle sangen mit, mal französisch, mal deutsch. Auch das Essen war der Verbrüderung angemessen, zum Beispiel gab es französische Pasteten und Terrinen mit deutschen Knödeln und deutschem Sauerkraut. Irgendwann ergriff der Vater des Bräutigams das Wort, und er begann die Mutter der Braut zu loben, in einer langen, wuchtigen Rede. Er sagte, sie sei immer toll und klug gewesen, vor allem mutig. Schon als fünfjähriges Kind hatte sie General Keitel den Handschlag verweigert, als er den Kindergarten besuchte. Der General war damals noch nicht Feldmarschall, sie hatte aber klar erkannt, daß sie einem solchen Monster nicht die Hand reichen durfte, und als der General sie in seine Arme schloß, hatte sie ihm aus Protest eine Ohrfeige verabreicht. Mutig und klarsichtig war sie schon immer gewesen, eine Heldin, auch später, in den sechziger Jahren, stand sie auf der richtigen Seite, der der Demonstranten. Als Beweis reichte der Vater des Bräutigams ein Foto in der Runde herum, auf dem die Mutter der Braut zu sehen war, zwischen vielen Menschen. Bernd Burger sah sich das Foto auch an, aber so klar erkennbar war nicht, ob es sich nun tatsächlich um eine Demonstration der Achtundsechziger handelte, oder ob es eine Geburtstagsfeier war oder ein Sommerschlußverkauf oder eine Beerdigung oder eine Schlange vor dem Arbeitsamt, jedenfalls war das Gesicht der Mutter der Braut deutlich auszumachen. Doch Bernd Burger fiel ein, daß der Conducator auch auf vielen Fotos bei Demonstrationen gegen den Faschismus gezeigt wurde. Dabei kam er gar nicht wegen illegaler Überzeugung ins Gefängnis, sondern wegen Diebstahls. Nach der Revolution wurde die Methode erklärt. Ein Kopf aus der Masse der Demonstranten gegen den Faschismus wurde weggelöscht, und der Kopf des Conducators wurde so lange verkleinert, bis er in die Masse der Demonstranten paßte. Dann wurde der Kopf auf das Foto geklebt. Es war ja nicht nur perfide, daß sein Kopf an dieser Stelle erschien, es war einfach ein Skandal, daß da ein Kopf weggelöscht wurde, der tatsächlich an den Demonstrationen gegen den Faschismus teilgenommen hatte. Und nachdem alle das Foto bestaunt hatten, Deutsche wie Franzosen, fuhr der Vater des Bräutigams in seiner Rede fort. Unsere mutige Kunigunde hat schließlich unverhofft eine Fabrik von einem kinderlosen Onkel geerbt, aber ihr Herz schlägt immer noch an der rechten Stelle, also links. Der Applaus war überwältigend, und die Mutter der Braut bedankte sich herzlich beim Vater des Bräutigams. Sie begann eine Rede auf den Vater des Bräutigams zu halten, die etwas kürzer war. Er hat, sagte sie, tapfer in der Résistance gekämpft, obwohl er nach London flüchtete, wo er aktiv in einem Komitee mitwirkte und Spenden sammelte für die Partisanen in Südfrankreich. Auch in der linken Szene war er später sehr aktiv, und auch daß er jetzt im Vorstand einer der größten Banken sitzt, hat seine linke Überzeugung nicht erschüttert. Und zum Zeichen der absoluten Versöhnung hatte der Bräutigam seinen französischen Nachnamen behalten, jedoch seinen französischen Vornamen in einen deutschen Vornamen umschreiben lassen, und die Braut hatte ihren deutschen Vornamen in einen französischen Vornamen umändern lassen, aber ihren deutschen Nachnamen beibehalten. Als die Versöhnung ihren absoluten Höhepunkt erreicht hatte, ging man gut gelaunt dazu über, das Glas halb mit deutschem Wein und den Rest des Glases mit französischem Wein zu füllen, aber man machte es auch umgekehrt, aus gegenseitigem Respekt natürlich. Zuerst goß man einen Schuß französischen Wein und darauf einen Schuß deutschen Wein in die Gläser, und ob jemand aus Freude zum Rotwein Weißwein hinzuschüttete, spielte überhaupt keine Rolle mehr, denn wenn man gute Laune hat, ist der Umgang mit Flaschen anders, als wenn man schlechte Laune hat, und schlecht gelaunt war hier niemand. Irgendwann kam es zu Meinungsverschiedenheiten und Streitereien, aber nur zwischen Franzosen und nur zwischen Deutschen, aber nie zwischen Deutschen und Franzosen. Die Verbrüderung wurde von Stunde zu Stunde einfallsreicher gefeiert, man entschloß sich sogar, das Schild Colmar bei der Einfahrt in die Stadt zu übersprühen und auf das Schild zu schreiben, Stadt der Verbrüderung, aber niemand fand das Schild. So kamen alle enttäuscht zurück, doch sie versicherten sich gegenseitig, bei der nächsten Hochzeit würden sie klüger sein und das Schild finden. Melitta, sagte Bernd Burger, mir reicht es jetzt, morgen fahren wir in Richtung Hamm, ins Auffanglager, diese Irrfahrt bringt nichts. Ich habe mir die Flucht vor Ithaka anders vorgestellt, aber so sollte es eben nicht sein. Ich hatte mir vorgestellt, sie wäre eine lange Kette von Verlockungen, weil ich die ja nie hatte kennenlernen können, und ich wollte diese Verlockungen geradezu herausfordern, einfach weil ich jetzt frei bin, aber diese Irrfahrt war ein Abenteuer des Unsinns. Melitta, ich habe Angst, zum ersten Mal richtig Angst. In der Diktatur wußte ich, wo der Unsinn sitzt, er war überschaubar, berechenbar, also konnte ich lernen, damit umzugehen, aber ich weiß nicht, ob es jemand fertigbringt, in der Freiheit den Unsinn vom Sinn zu unterscheiden. Melitta, ich glaube, das Bedürfnis hat man ja gar nicht in der Freiheit, weil man bloß die Freiheit kennt, über die sich niemand in der Freiheit Gedanken zu machen braucht, weil in der Freiheit alles Platz hat, egal, was einem gerade einfällt, und dieses Gefühl ist unschlagbar, es ist das absolute Gefühl eines Siegers, der nie eine Schlacht zu bestehen hatte. Melitta, es hat keinen Sinn mehr, egal, wohin wir jetzt noch fahren, wir können dem Ziel nicht entgehen, an dem wir letzten Endes ankommen müssen, wie sehr ich mich auch dagegen zu wehren versuche, also kapituliere ich, dann hat diese ganze Agonie endlich ein Ende, und eine neue Agonie kann beginnen.

Bernd Burger erinnerte sich.

Ein Puppenspieler, der den ganzen Tag gesoffen hatte, begann sich gegen Abend in der Kneipe zu langweilen. Er beschloß, die Kneipe zu wechseln, und als er die Kneipe wechseln wollte, war der Domplatz von Panzern umstellt. Eine enorme, stille Menschenmasse stand den Panzern gegenüber, den Massen standen auch Spezialeinheiten mit geladenen Gewehren gegenüber. Der Puppenspieler wunderte sich. Am Morgen, als er die Kneipe betreten hatte, sah der Domplatz noch normal aus, wie er ihn kannte und liebte. Zuerst dachte er, das sei bloß ein Spuk, den ihm seine Betrunkenheit vorgaukelte. Er faßte einen Offizier an, um sich zu vergewissern, daß der kein Gespenst sei, doch der Offizier schlug ihn zu Boden. Der Puppenspieler kam wieder hoch und ging in die Knie. Bitte, auf Brüder nicht schießen, sagte der Puppenspieler. Er bettelte, nicht schießen, und zwar so lange, bis der Offizier die Nerven verlor und auf den Puppenspieler schoß. Darauf verloren alle die Nerven und das Geballer ging los. Das Geschrei wuchs von Sekunde zu Sekunde, als könnte es Leben retten. So hatte sich eine friedliche Demonstration binnen weniger Augenblicke in eine blutige Revolution verwandelt. Der Puppenspieler, während in der Nacht die Toten abgeschleppt wurden und der Platz von Blut gereinigt wurde, schrie immer wieder, nicht schießen. Als er aus dem Suff und nach einer schweren Operation erwacht war, entschuldigte er sich im Krankenhaus vor den Kameras des Klausenburger Fernsehens, daß er nicht totgeschossen wurde, doch er versprach, bei der nächsten Revolution würde das nicht mehr passieren.

Die Burgers kamen schließlich in Hamm an. Sie suchten die Straße, in der das Auffanglager war, doch sie konnten kein Auffanglager in dieser Straße ausmachen.

Also, sagte Bernd Burger, fahren wir nach Bottrop, vielleicht ist es ja dort.

In Bottrop gab es zwar auch eine Straße mit diesem Namen, aber dort war auch kein Auffanglager. Nachdem die Burgers sich durchgefragt hatten, erfuhren sie, daß das Auffanglager doch in Hamm sei.

Wieder in Hamm angekommen, stellten die Burgers das Auto ab und gingen zu Fuß die Straße lang, um aufmerksamer gucken zu können. Schließlich fanden sie das Lager. Am Tor war ein ganz kleines Schild angebracht, das diskret darauf schließen ließ, was sich hinter dem Schild verbarg, als wäre das ein Schandmal, das kein Mensch in Hamm wollte. Doch Bernd Burger war erleichtert, daß die Irrfahrt ein Ende genommen hatte.

Bernd Burgers Frau wunderte sich, da sie ein so kleines Firmenschild noch nie und nirgends gesehen hatte.

Nun, Melitta, was hast du erwartet, sagte Bernd Burger, etwa, daß ein riesengroßes Transparent über dem Tor hängt mit der Aufschrift, *Willkommen in Deutschland*?

Auf dem Weg zurück zum Auto entdeckte Bernd Burger einen Großmarkt, und er schlug vor, zuerst einzukaufen, weil es gar nicht sicher sei, daß sie heute noch etwas zu essen bekämen, vielleicht auch morgen nicht, da man ja nicht wissen konnte, wie lange es dauerte, bis festgestellt würde, daß die Burgers tatsächlich die richtigen Burgers wären, die im Auffanglager erwartet wurden. Nachdem die Burgers eingekauft hatten, gingen sie in ein Restaurant essen, in dem Bernd Burger sich ekelte, weil die Wände mit so kitschigen Meerlandschaften bemalt waren, daß sie ihn an eine Geliebte erinnerten, die ständig sang, Alt, lieber, was bist du für ein alter Fluß, mir wird bald warm, bald kalt, wenn ich dich besingen muß. Dabei badeten sie gar nicht im Alt, sondern in der Mieresch. Das Lied aber sang sie immer, selbst in der Badewanne, auch wenn in der Küche aus dem undichten Hahn über der Spüle Wasser tropfte, oder wenn sie die Klosettspülung zog oder Mineralwasser in ein Glas goß, oder wenn es regnete oder Bernd Burger eine Gemüsesuppe kochte und die Suppe überlief, selbst wenn sie Bernd Burger pissen hörte, sang sie, Alt, lieber Alt, was bist du für ein alter Fluß, mir wird bald warm, bald kalt, wenn ich dich besingen muß, so daß es nach sechs Wochen höchste Zeit für Bernd Burger war, sich von ihr zu trennen.

Als die Burgers mit dem Auto auf das Gelände des Auffanglagers fuhren, waren rechts und links die Parkplätze leer, also parkten die Burgers rechts vor dem Pförtnerhäuschen, und Bernd Burger stieg aus, mit den Papieren, um sie dem Pförtner zu präsentieren.

Der Pförtner schnauzte Bernd Burger an, Sie haben kein Recht, hier zu parken.

Entschuldigung, sagte Bernd Burger, also ist dies doch nicht das Auffanglager.

O doch, aber hier ist das Gelände der Verwaltung, und das hier sind die Parkplätze der Verwaltung. Das Lager beginnt hinter der Schranke, und ganz hinten im Lager sind die Parkplätze der Aussiedler.

Chef, sagte Bernd Burger, dann öffnen Sie bitte die Schranke, damit wir legal parken können.

Das geht nicht, sagte der Pförtner, ich weiß ja gar nicht, wer Sie sind.

Ich habe doch die Papiere.

Aber Sie haben noch keinen Lagerausweis und keine Malteservignette auf Ihrem Auto, also dürfen Sie hier nirgends parken.

Den Wahnsinn kann man nur mit Wahnsinn austreiben, dachte Bernd Burger, und er sagte, ja wo soll ich jetzt das Auto parken, auf meinem Strohhut? Und er dachte noch, wenn man schon Fehler begehen muß, dann lieber die eigenen statt die Fehler anderer, und Bernd Burger nippte an einem Flachmann, um sich von diesem Pförtner die gute Laune nicht verderben zu lassen, die ihn plötzlich grundlos ausfüllte.

Sie fahren jetzt, sagte der Pförtner, sofort von hier hinaus und parken irgendwo auf der Straße.

Aber da gibt es nirgends eine Parklücke, sagte Bernd Burger.

Fahren Sie durch Hamm, bis Sie irgendwo parken können, und kommen Sie zu Fuß wieder, dann kümmere ich mich um Ihre Papiere. Da Sie nun in Deutschland sind und nicht in Sibirien, müssen Sie endlich lernen, was Ordnung ist.

Also bin ich Bürger dritter Klasse, sagte sich Bernd Burger. Er mußte an Onusch, die Zigeunerin, denken, die, als sie zur Schule fuhr, immer in einem Wagen dritter Klasse saß, für mehr reichte das Geld nicht. In ihrer Kindheit gab es noch das Dreiklassensystem bei der Bahn. Die Verwaltung, dachte Bernd Burger, fährt jetzt erste Klasse, der Rest der Deutschen zweite Klasse, die anderen sollen, bitte, zu Hause bleiben.

Die Burgers fanden schließlich einen Parkplatz im Zentrum, neben einer Kirche, und als sie sich zu Fuß beim Pförtner meldeten, nahm er ihre Papiere in Empfang und meinte, sie sollten in einer oder besser in zwei Stunden wiederkommen, weil es so lange dauern würde, bis ihre Papiere überprüft werden könnten. Melitta standen Tränen in den Augen, doch Bernd Burger konnte seine Frau trösten, indem er den Vorschlag machte, in ein Eiscafé zu gehen, wo die Burgers zwei Stunden lang ein Eis nach dem anderen aßen.

Als die Burgers sich wieder im Auffanglager meldeten, war es ein anderer Pförtner, dem sie gegenüberstanden. Er überreichte ihnen die Lagerausweise und die Malteservignette für das Auto. Bei der Malteservignette wurde er stutzig, er sagte, aber wo ist Ihr Auto, ich sehe da auf dem Parkplatz kein Auto.

Wir haben, sagte Bernd Burger, das Auto irgendwo im Zentrum geparkt, weil wir hier in der Nähe keine Parklücke fanden.

Aber da stehen doch alle Parkplätze leer.

Das sind die Parkplätze der Verwaltung, sagte Bernd Burger.

Es ist schon lange Dienstschluß.

Trotzdem.

Das muß mein Kollege Pätzke gewesen sein, der Tag und Nacht davon träumt, Oberpförtner zu werden. Aber hier gibt es keinen Oberpförtnerposten, wir sind fünf Pförtner, die abwechselnd Schicht schieben. Aber kommen Sie herein, ich koche Kaffee, und ich möchte Ihnen etwas sagen. Ich war schon überall Pförtner, wo Pförtner gebraucht wurden, ich bin ein Profipförtner. Aber dieser Pätzke ist bloß Gelegenheitspförtner, er war Verwalter in einer Kugellagerfabrik, die Pleite gemacht hat. Also kann dieser Pätzke auch nicht wissen, wie ein ordentlicher Pförtner sich zu verhalten hat, er macht im Grunde alles falsch. Vielleicht war es ja richtig, was er als Lagerverwalter machte. Es sind eben zwei verschiedene Berufe. Ich müßte mich als Lagerverwalter auch anders verhalten, als ich es nun als

Pförtner tue. Aber es gibt eben keine Pförtnerausbildung, geschweige denn eine Umschulung zum Pförtner, was ich für einen kapitalen Fehler halte mit katastrophalen Folgen. Sie sehen es ja. Einen einzigen größenwahnsinnigen Pförtner gab es, allerdings in biblischen Zeiten, Petrus hieß er, falls das heute noch jemanden interessiert, und ich fürchte, unser Pätzke eifert diesem Pförtner nach.

Als sich die Schranke des Lagers öffnete und die Burgers endlich ihr Auto auf dem richtigen Parkplatz abgestellt hatten, sah Bernd Burger sich um, und ihm fiel auf, daß die Glascontainer überquollen von Wodkaflaschen. Berge von Wodkaflaschen lagen neben den Containern, und Bernd Burger wunderte sich über die hohen Mauern um das Lager herum, auf denen noch massive Stacheldrahtrollen angebracht waren. So viel Stacheldraht hatte Bernd Burger noch nie gesehen, weil er sich nie einer Grenze nähern durfte. Er ahnte es bloß, wieviel Stacheldraht es dort geben mußte. Bernd Burger dachte, die Wodkacontainer werden nicht entsorgt, als Mahnung, und der Stacheldraht wird nicht abmontiert, als Warnung.

Auf dem Parkplatz ging ein altes Ehepaar spazieren. Die Frau mußte gut über hundert Kilo wiegen, ihr Mann war dürr und reichte ihr etwa bis zu den Schultern. Das Männlein trug einen Anzug, der aus den fünfziger Jahren stammen mußte, aber die rechte Brusthälfte war voll mit Orden, etwa zwanzig mochten es gewesen sein. Das Männlein reckte stolz seine Brust hervor, während es mit seiner Frau auf dem riesengroßen Parkplatz spazierenging, wo kein Mensch war, bloß vier Autos standen da.

Bernd Burger, ziemlich genervt, sagte, nehmen Sie diese Stalinküsse von Ihrer Brust.

Das Männlein erschrak dermaßen, daß es noch mehr

einschrumpfte und fast im Anzug zu verschwinden drohte, der sowieso viel zu groß und weit war.

Bernd Burger erschrak auch, als das Männlein zu verschwinden drohte. Er umarmte das Männlein, aus Angst, daß es ganz abhanden kommen könnte und nur noch der Anzug mit den Orden übrigbliebe. Bernd Burger wollte das Männlein einfach festhalten, indem er es umarmte.

Das Männlein dankte Bernd Burger und sagte, diese Orden habe ich mir ehrlich verdient, einige im vaterländischen Verteidigungskrieg. Einen Orden hat mir sogar Stalin persönlich angeheftet. Die anderen Auszeichnungen habe ich als Bestarbeiter im Bergwerk bekommen. Einmal war auch ich ein großer und starker Mann, aber das Bergwerk hat schön geschlaucht. Nun bin ich ein Häuflein Elend, und wenn Sie meinen, daß ich die Orden nicht tragen soll, hat mein Leben keinen Sinn gehabt. Nach neunzig, wenn ich die Orden in Rußland trug, wurde ich ausgelacht, also darf ich sie auch hier nicht tragen?

Auf der Reeperbahn in Hamburg oder auf der Zeil in Frankfurt schon. Die Leute würden staunen und Sie bewundern, wie es Ihnen gelungen ist, so viele Orden aufzukaufen. Aber in Greifswald oder Halle oder Hutzenhorn würde man über Sie nicht lachen wie in Rußland nach neunzig, man würde Ihnen die Orden von der Brust reißen und sie zertrampeln, und dann wären Sie dran. So schnell könnten Sie gar nicht laufen, um davonzukommen.

Das ist traurig, so etwas hören zu müssen. Deshalb gehe ich ja auf diesem leeren Parkplatz spazieren, weil auch meine Kinder sich schämen, wenn ich durch Hamm mit diesen Orden auf der Brust herumgehe, und ich habe sieben Kinder großgezogen und dreiundzwanzig Enkelkinder, ist das nicht traurig?

Nein, das ist es nicht. Sie müssen sich nicht schämen vor der Schamlosigkeit, nur, Sie dürfen mit diesen Orden nirgends mehr herumlaufen, auch auf einem leeren Parkplatz nicht. Verstauen Sie die Orden in einem Koffer, und wenn Sie die Nostalgie packt, öffnen Sie den Koffer, betrachten Sie einsam Ihr Leben, das aus lauter Geschichten besteht, die niemand begreift, vor allem Sie selbst nicht. Seien Sie deshalb nicht traurig, wenn andere Ihre Traurigkeit nicht verstehen, weil niemand die Traurigkeit des anderen mit ihm teilen will, die Freude schon, das ist auch richtig so, die Freude kann man mitteilen. Aber weshalb sollte man die Traurigkeit mitteilen können, so daß sie auf andere überspringt, das wäre nicht nur falsch, sondern auch fatal für die Kommunikation, also im Namen der Kommunikation, nehmen Sie, bitte, Ihre Orden ab.

Bernd Burger klebte die Malteservignette sichtbar auf die Autoscheibe und legte die Lagerausweise in ein zuklappbares Fach seiner Brieftasche, weil die Burgers ohne Malteservignette und Lagerausweise weder das Lager verlassen noch betreten hätten dürfen.

Melitta begann laut zu weinen.

Laß, Melitta, sagte Bernd Burger, das überstehen wir auch, aber du siehst, alles ist ganz anders, als du es dir vorgestellt hast.

Bernd, ich traue meinen Augen nicht.

Melitta, wir sind doch nicht im Hotel *Zum Tiroler Hut* in Dornbirn, und außerdem finde ich das wunderbar, ja traumhaft schön, daß wir noch keine Ausweise und Pässe haben, sondern bloß Lagerausweise. So haben wir noch keine endgültige Identität, nur die vorläufige Identität von Lagerbewohnern, ein Status quo, der viel zu schnell vorbei sein wird, leider, leider, aber diese kurze Zeit, die uns noch gegeben ist, einen Lagerausweis zu besitzen und keine richtige Identität, werden wir göttlich genießen, das verspreche ich dir.

Bernd, ich bin froh, wenn wir hier weg sind.

Bernd Burger hatte sich entschlossen, sich früh schlafen zu legen, doch er konnte nicht einschlafen. In seinen Ohren klang das gewaltigste Konzert, das er jemals gehört hatte. Es war eine seltsam atonale Musik. Am zweiundzwanzigsten September begannen, aus Trauer und Protest, alle Kirchenglocken in Klausenburg punkt neun Uhr zu läuten, und es waren über fünfzig Kirchen in Klausenburg. Hinein mischten sich die Fabriksirenen, es mußten über hundert gewesen sein. Jede Glocke hatte einen absurden Klang, weil sie zu schnell gezogen wurde, jede Sirene heulte anders, wobei man den Eindruck hatte, daß sich ihre Stimmen überschlugen. Das ergab eine Atonalität, die ihren Komponisten noch sucht. Es war eine Musik, die die Wut tröstete, und der Trost ging über in Ohnmacht, über hunderttausend Menschen sangen, man hörte es, obwohl alle Menschen wie versteinert schwiegen. Einen solchen Chor muß ein Musiker noch komponieren, aber so, daß es auch herüberkommt, dieses Schweigen. Bernd Burger stand auf und ging in die Stadt, wo er sich in eine Kneipe setzte und dreißig kleine und zwei große Schnäpse bestellte. Der Gastwirt sagte, für so viele Gäste haben wir ja gar nicht Platz, worauf Bernd Burger ihn tröstete, indem er ihm versicherte, daß die Gäste gar nicht kommen werden, weil sie tot sind. Bernd Burger schüttete zuerst die zwei großen Schnäpse auf den Boden, für die Kinder, die bei der Revolution von Kugeln tödlich getroffen wurden. Den Rest der Schnäpse schüttete er auch auf den Boden für die Sinnlosigkeit. Hätte der Conducator die Revolution in den Griff bekommen, wären die Schützen als Helden ausgezeichnet worden. So aber gab es keine Helden, nur Tote. Der Gastwirt war entsetzt über Bernd Burgers Handeln, doch Bernd Burger hatte keine Lust, dem Gastwirt zu erklären, daß man in Rumänien, wenn man die Toten ehren will, etwas Schnaps auf den Boden schüttet, und so bezahlte Bernd Burger und ging. Er wollte diesem Gastwirt nicht die Ehre erweisen, ihm etwas zu erklären, was dieser Gastwirt für Unsinn gehalten hätte. Schnaps muß man trinken, meinetwegen im Namen der Toten, hätte er gedacht, aber doch nicht auf den Boden schütten. Wenn das so weitergehen würde, hätte der Gastwirt gesagt, wäre das eine Revolution im Schnapsgeschäft.

Am nächsten Morgen sagte Bernd Burger, Melitta, nachdem ich den Stempel einer Identität aufgedrückt bekomme, was ich ja akzeptieren muß, Melitta, dann erst beginnt für mich die Irrfahrt.